VICTORIA DAHL

LOS HoMBrEs de VERDAD...
no Mienten

Editado por Harlequin Ibérica.
Una división de HarperCollins Ibérica, S.A.
Núñez de Balboa, 56
28001 Madrid

© 2011 Victoria Dahl
© 2018 Harlequin Ibérica, una división de HarperCollins Ibérica, S.A.
Los hombres de verdad... no mienten, n.º 144 - 24.1.18
Título original: Real Men Will
Publicada originalmente por HQN™ Books

Todos los derechos están reservados incluidos los de reproducción, total o parcial. Esta edición ha sido publicada con autorización de Harlequin Books S.A.
Esta es una obra de ficción. Nombres, caracteres, lugares, y situaciones son producto de la imaginación del autor o son utilizados ficticiamente, y cualquier parecido con personas, vivas o muertas, establecimientos de negocios (comerciales), hechos o situaciones son pura coincidencia.
® Harlequin, HQN y logotipo Harlequin son marcas registradas por Harlequin Enterprises Limited.
® y ™ son marcas registradas por Harlequin Enterprises Limited y sus filiales, utilizadas con licencia. Las marcas que lleven ® están registradas en la Oficina Española de Patentes y Marcas y en otros países.
Imagen de cubierta utilizada con permiso de Harlequin Enterprises Limited. Todos los derechos están reservados.

I.S.B.N.: 978-84-9170-559-8
Depósito legal: M-27742-2017

Para mi marido

Agradecimientos

Todo el mérito de este libro descansa en mi familia y amistades. La comunidad de la novela romántica me ha proporcionado un enorme apoyo, que he podido sentir durante todo este año.

Me resulta imposible nombrar a todas las amigas que me han animado a seguir adelante, pero me esforzaré al máximo.

Gracias Lauren, Jami, Courtney, Tessa, Carrie, Julie, Barb, Jeri, Louisa, Zoe, Meljean, Rosemary, Viv, Ann, Megan, RaeAnne, Anne y Carolyn.

¡Jodi, Carrie P. y Lara, gracias a vosotras también! Guau. ¡Es todo un pueblo entero!

Y a Jennifer Echols –amiga, terapeuta y extraordinaria pareja crítica– gracias por hacerme reír en los buenos y en los malos momentos. Eres la mejor.

Gracias a Amy, Tara y Leonore, por todo vuestro trabajo duro y por vuestra paciencia. ¡Y gracias a todas mis maravillosas lectoras!

Pero, por encima de todo, gracias a mi increíble marido y a los dos mejores niños del mundo. Me alegro de que estemos juntos en esto.

Capítulo 1

Hacía casi medio año que Beth Cantrell no había pensado en él.

Bueno, eso no era del todo cierto.

Beth carraspeó y se removió nerviosa, mirando a su alrededor como si todos los clientes de la cervecería pudieran percibir la mentira que se estaba contando a sí misma.

La verdad era que había pensado en Jamie Donovan muchas veces. Había recordado la hora o dos que habían compartido, había fantaseado con lo que habría podido suceder si se hubiera quedado toda la noche en aquella habitación de hotel.

Pero, durante los seis últimos meses, ni una sola vez se había permitido pensar en la posibilidad de volver a verlo. No había pensado ni en llamarlo ni en contactar con él de manera alguna. Al fin y al cabo, en eso consistía el trato que habían hecho. Una sola noche. Una única ocasión. Nada de ataduras ni de expectativas. Y ella había tenido que atenerse a esa regla, porque de lo contrario nunca habría accedido a verse con él ni en aquella habitación de hotel ni en ningún otro lugar.

Él no era su tipo. No formaba parte de su círculo social. Y ella, definitivamente, tampoco formaba parte del de él. Beth Cantrell dirigía The White Orchid, la primera boutique erótica de Boulder. Sus empleadas eran sus amigas: mujeres a las que quería como a hermanas. Eran valientes y atrevidas, muy liberales en el terreno sexual. Y salían con tipos que eran como ellas mismas: gente culta, tatuada, con piercings. Gente *cool*. Sí, absolutamente *cool,* aunque ello les costara comportarse de una manera increíblemente torpe.

Beth, por el contrario, no era así. Ella era simplemente... Beth. Lo cual estaba bien, sin embargo, porque era su jefa y las quería, mientras que ellas hacían todo lo posible por incorporarla a su círculo. Le organizaban citas con hombres. Amigos suyos. Conocidos que les gustaban. Hombres a la moda, *hipsters,* liberados. Pero ninguno de aquellos hombres le había producido la impresión que sí le había causado Jamie.

Todavía se ruborizaba cuando pensaba en él, con su polo impoluto y sus caquis. Con su gran sonrisa blanca y sus hombros anchos. Vestido de ejecutivo, había estado todavía mejor. La encarnación perfecta del pijo guaperas de clase media. Y Beth lo había deseado hasta la locura.

No se habían conocido hasta entonces, pese a vivir en una población tan pequeña. Pero en aquella habitación de hotel, con la promesa de que su aventura solo sucedería una vez... el secretismo que había rodeado su encuentro había hecho que se sintiera segura. El problema era que, desde entonces, no había podido dejar de pensar en él.

Todo lo cual había sucedido precisamente con la primera gran cita que había tenido en años.

–Hey –le dijo en aquel momento su pareja en la fiesta, agitando una mano delante de su cara–. ¿Estás bien? –le sonrió, quitando toda crítica a sus palabras.

–Lo siento.

Antes de que ella se hubiera puesto a pensar en Jamie, su acompañante le había estado hablando de... algo. Se estrujó el cerebro. Algo artístico e importante sobre los primeros años de la carrera de Robert Mapplethorpe.

–De verdad que lo siento –insistió–. No me había dado cuenta de lo cansada que estaba hasta que he bebido el primer trago de cerveza. Por lo general no soy tan grosera.

Él sonrió de una manera que vino a confirmarle que no se había sentido ofendido.

–Me alegro de que no te molestara venir a la fiesta conmigo. Faron y yo somos amigos desde hace años. No quería perdérmela. Y me figuré que tú también la conocías.

–Sí, tenemos amistades comunes –repuso. La fiesta no era el problema. Como tampoco lo era su acompañante. El problema era que Beth no había tenido la menor idea de que la fiesta estaba convocada en la cervecería Donovan Brothers. No lo había sabido hasta que su acompañante metió el coche en el aparcamiento, y para entonces el alma se le había caído a los pies.

No era culpa de aquel tipo que la fiesta a la que había pensado llevarla hubiera tenido lugar precisamente en el local de los hermanos Donovan.

Desde que llegó, había pasado los primeros cuarenta y cinco minutos escaneando con la mirada la fila de camareros y clientes de la barra, pero Jamie no estaba allí. Un golpe de pura suerte por su parte. Jamie Donovan era copropietario de la cervecería, pero también un barman famoso por su simpatía. O al menos eso había oído ella. Porque cuando estuvo con él, la había impresionado lo serio y concentrado de su carácter.

No quería volver a verlo de aquella forma. Como tampoco quería que él pensara que se había llevado a otro hombre a su cervecería. Seguía esperando a que Jamie apareciera por allí en cualquier momento, y dudaba de que pudiera superar la tortura que ello supondría.

–Voy al servicio –le espetó. Vio que su acompañante recibía una cerveza de manos de la camarera, sonriendo de oreja a oreja mientras se lo agradecía.

–¿Quieres que te pida otra cerveza mientras tanto? –le preguntó él de pronto.

–No, gracias... –por un momento, se quedó boquiabierta de sorpresa. Oh, Dios, se había olvidado hasta del nombre de su acompañante. Cierto que aquella era la primera vez que salían juntos, pero se había mostrado tan amable con ella... –No, gracias –repitió, aferrando su bolso y levantándose tan rápidamente de la silla que a punto estuvo de caerse–. Vuelvo ahora mismo.

Desafortunadamente, tenía que pasar por delante de la barra para llegar hasta el baño, y le fallaron las rodillas como si fueran a doblarse bajo su peso. Contempló la barra, descubriendo que el tipo que estaba detrás del grifo de cerveza era el mismo joven delgado que había visto antes. A continuación volvió a escrutar la zona entera del pub, con el corazón latiendo a un ritmo aterrador.

No estaba allí, gracias a Dios. Para cuando alcanzó el corto pasillo que llevaba al baño, estuvo a punto de echar a correr. Empujó la puerta, rezó una silenciosa plegaria de agradecimiento al ver el servicio vacío y se pasó una mano por los ojos.

–Menos mal.

Una vez que su corazón dejó de galopar como un loco, dejó el bolso a un lado y se lavó las manos. La sensación del agua helada la hizo sentirse mejor.

–Todo va a salir bien –musitó, intentando convencerse a sí misma de que estaba lista para volver a salir. Pero cuando descubrió su mirada desorbitada en el espejo y descubrió lo muy pálida que estaba, comprendió que iba a necesitar algunos minutos más.

Apoyándose con ambas manos en el lavabo, se inclinó hacia delante.

—Todo va a salir bien —se repitió.

Dos minutos más, y se marcharía con la cabeza bien alta y el corazón en su justo lugar. Y ya no volvería a pensar en Jamie Donovan por esa noche.

Que Dios lo librara de las mujeres sexualmente liberadas.

Eric Donovan se cruzó de brazos y miró ceñudo sus zapatos, mientras intentaba procesar lo que acababa de oír de su maestro cervecero.

—Wallace, no te entiendo. Faron está aquí con su marido. Su marido. ¿Cómo puede molestarte eso? ¡Si está casada con ese hombre!

—¡Ese tipo es un canalla donjuanesco! —gritó Wallace, alzando el puño y blandiéndolo en dirección a la zona del pub con el rostro rojo de rabia.

¿Un canalla? Eric se pasó una mano por el pelo.

—Perdona, pero no lo entiendo. Esos dos son una pareja abierta, liberal. De hecho, tú mismo estás saliendo con Faron, así que... ¿cómo puedes decir que su marido la está engañando?

Wallace Hood, un gigante barbado con aspecto de dormir en una cabaña de troncos cada noche, lanzó a Eric una mirada de horror.

—¡Yo no estoy saliendo con ella, hombre! Yo estoy enamorado de ella. Y por supuesto que su marido puede engañarla. No seas imbécil.

Eric probablemente habría debido molestarse por aquel insulto, pero lo cierto era que estaba demasiado perplejo por la conversación. Allí, en la sala de los barriles, miró a su alrededor como buscando ayuda. Pero estaban solos, en medio de las cubas y toneles de fermentación. Finalmente se encogió de hombros, sacudiendo la cabeza.

–Lo siento. Pero no lo entiendo.

El maestro cervecero suspiró y se pasó una mano con gesto impaciente por la cerrada barba.

–En las parejas abiertas hay unas reglas básicas, y el canalla de su marido las ha incumplido so pretexto de seguirlas. La engaña. Le miente. Y luego veta a cualquier tipo al que ella desea ver, arguyendo que no le cae bien. Eso fue lo que me hizo a mí, a pesar de que los conocía a los dos desde hacía años. Y, para colmo, esta noche la ha traído a ella aquí a propósito.

–¿Por qué? –inquirió Eric.

–Para burlarse de mí, porque él sabe que lo conozco bien. Yo intenté decírselo a Faron hace unos meses. Faron es una reina, mientras que él ni siquiera es digno de besarle los pies. Pero ella le es leal y siempre está viendo lo mejor de la gente. Quiere darle una oportunidad.

–La verdad es que parece una chica muy dulce –comentó Eric, basándose en la única vez que había hablado con ella. De hecho, le habían sorprendido su voz callada y su tímida sonrisa. Aquella menuda jovencita de adorables ojos había parecido desmentir de hecho los prejuicios de Eric sobre su liberal estilo de vida.

–Sí que lo es –suspiró Wallace–. Y se estaba enamorando de mí. Y ahora ese canalla se la va a llevar a California, y deliberadamente ha organizado esta fiesta de despedida para las amistades de ella en mi cervecería...

Técnicamente, no era su cervecería, pero Wallace se mostraba tan posesivo y apasionado con el negocio como si fuera su propietario. Así que Eric se limitó a poner los ojos en blanco.

—No puedes irte ahora, Wallace. Necesito que...
—Bueno, no puedo quedarme aquí. Es evidente, ¿no?

¿Qué se suponía que él tenía que decir a eso? Miró a la cocina a través del panel de cristal de la sala de cubas. Pese a lo avanzado de la hora, todavía había obreros allí, trabajando horas extras para abrir un agujero de ventilación en la pared. Esbozo una mueca.

—Ella está justo allí, hombre —rezongó Wallace—. Sé que es un mal momento para que me vaya, pero es que... está justo allí.

Sí que era un mal momento. La cinta embotelladora estaba en marcha por tercera vez en aquel mes y la cocina estaba llena de visitantes de fuera. Por supuesto, la hermana y el hermano de Eric los habían traído allí, que no él, pero aun así... Todos aquellos cambios en la cervecería no habían sido idea suya, aunque los hubiese aprobado, y él no quería saber nada de todo aquello...

—De verdad que te necesito aquí esta noche. Me prometiste que te quedarías hasta tarde y que transferirías ese pequeño lote de cerveza rubia a las nuevas barricas de roble.

Al oír aquellas palabras, Wallace lo miró con una expresión tan desconsolada que a Eric le entraron ganas de retirarlas.

—Pero —cedió al fin— supongo que tampoco pasará nada por unas pocas horas.

—Mañana vendré más temprano que nunca. Te lo juro.

Eric suspiró.

—Quizá sea una buena cosa que ella se mude a California.

—Es una gran chica —dijo Wallace con una voz sospechosamente ronca—. Ella quiere confiar en ese tipo, y no lo dejará hasta que se convenza realmente de que la relación está acabada. Pero él va a romperle el corazón.

Eric seguía sin comprender lo que podía significar el matrimonio para una mujer que salía con otros hombres al mismo tiempo, pero la verdad era que nunca había entendido el estilo de vida de Wallace. Pese a su intimidante aspecto de montañés, Wallace se relacionaba con hombres, mujeres y con cualquier persona de género indefinido. Pero era la primera vez que lo había visto tan fuera de control. Parecía que el amor le había dado fuerte esa vez.

Eric lanzó otra mirada a la sala de las barricas.

—Está bien. Yo me encargaré de los toneles. Tú...

—Oh, no sé si quiero que tú...

—Wallace —le espetó Eric—. Ya llevamos suficiente retraso.

Wallace entrecerró los ojos. El hombre se mostraba demasiado posesivo con su cerveza. Era casi una obsesión. Pero también era su cerveza, y además había perdido demasiado control sobre su propia vida durante el último año. No iba a dejar que Wallace pensara que iba a poder aprovecharse un poco más.

—Está bien —se resignó al fin el maestro cervecero—. Pero no la líes —arrojó sus guantes de trabajo sobre la mesa y salió a toda prisa, dando un portazo. Todavía se detuvo por un momento, mirando con ojos como láseres la doble puerta que llevaba a la zona del pub y a Faron, pero luego sacudió la cabeza y abandonó el local por la puerta trasera.

—Dios mío —masculló Eric.

Últimamente, todo el mundo a su alrededor parecía tiranizado por el amor y el sexo. Tanto su hermana como su hermano estaban embarcados en relaciones muy serias, y ahora resultaba que Wallace, un tipo que se tomaba las relaciones como un deporte profesional, estaba desconsoladamente enamorado de una mujer casada. Él tenía la sensación de ser la única persona no tocada por aquella locura.

Lo que no quería decir que no hubiera tenido alguna experiencia al respecto. De hecho la había tenido unos pocos meses atrás: un encuentro que, aunque breve, le había dejado muy afectado. No podía imaginarse a sí mismo enfrentando toda aquella intensidad emocional cada día. Quizá por ello pudiera disculpar el hecho de que toda la gente cercana que conocía hubiera perdido el juicio.

Flexionó los hombros, en un intento por sacudirse la sensación de cansancio que parecía haberse apoderado de él. Siempre estaba tenso en el trabajo. Pero, por lo general, el estrés no lo molestaba, aunque solo fuera porque no podía imaginarse la vida sin él. Tenía un negocio; por supuesto que estaba estresado. Lo que no le gustaba era la devoradora incertidumbre que parecía haberlo invadido durante el último par de meses.

Había sido una situación de pesadilla tras otra. Contratos perdidos, estafas, robos, y ahora este caos en la cocina. Su hermano, Jamie, estaba convirtiendo la cervecería familiar en un pub que además servía pizza, y él tenía la sensación de haber perdido completamente el control.

Esbozando una mueca, contempló la pequeña nube de polvo de ladrillos que se levantaba procedente del muro de la cocina. Habría preferido quedarse escondido en la paz y tranquilidad de la sala de barricas, pero, desgraciadamente, los toneles tendrían que esperar un par de horas.

Cuando salió a la cocina, su ceño fruncido se evaporó a pesar del estrépito que estaban armando los obreros. El lugar podía ser el reino del caos y del polvo, pero Jamie permanecía en su sitio mirándolo todo con una sonrisa en los labios. Aquel no era precisamente su sueño, pero sí el de Jamie, razón por la cual Eric estaba dispuesto a todo con tal de hacerlo realidad.

Jamie se volvió para mirarlo con una sonrisa. La relación ente ellos había mejorado mucho durante los últimos meses. Gracias a Dios. Aún no era muy estable, pero Eric se sentía inmensamente aliviado de que tantos años de discusiones hubieran quedado atrás.

Acercándose, le dio una palmada en el hombro.

—¿Qué tal va todo?

—¡Estupendo! —gritó Jamie para hacerse oír.

Eric se volvió para contemplar los progresos con su hermano durante unos segundos, pero como nada sabía sobre hornos y demás instalaciones del restaurante, se limitó a darle otra palmadita en la espalda.

—Iré a echar un vistazo al pub para asegurarme de que todo va bien.

Conforme se dirigía hacia allí, podía escuchar el creciente rugido de las carcajadas. Empujó las puertas y contempló a la multitud, buscando a Faron y al canalla de su marido. Pero antes de que las puertas se hubieran cerrado a su espalda, alguien chocó contra su hombro. Una mujer. La sujetó al ver que perdía el equilibrio. Ella intentó apoyarse en él, rozándole un costado con una mano al tiempo que alzaba la mirada.

Por unos instantes, sus rostros quedaron tan cerca que Eric pensó que se lo estaba imaginando todo. Sonrió pese a que los nervios de su cuerpo parecieron activarse uno a uno. La oleada de aquella cruda sensación fue ascendiendo progresivamente por sus dedos, sus manos, sus brazos. Para cuando ella lo empujó con una exclamación ahogada, tenía todo el cuerpo electrizado.

«Beth». Estaba tocando a Beth Cantrell. Su cerebro entró en pánico.

Diablos. Tenía las manos sobre Beth Cantrell. Y en su cervecería.

Sintió su intención de alejarse, pero de alguna manera

sus manos se tensaron sobre sus hombros al tiempo que desviaba la mirada hacia las puertas que tenía detrás. Jamie seguía en la cocina. Siempre y cuando no se asomara al pub, todo iría bien. No pasaría nada. No había, por lo tanto, razón alguna para el pánico.

Excepto que.... ¿qué diablos estaba haciendo ella en la cervecería? ¿Había ido allí a verlo?

—Beth —empezó, justo cuando ella se liberaba de sus brazos. El cosquilleo de las puntas de los dedos se desvaneció lentamente, aunque en aquel momento se estaba desplazando a su cerebro.

Si Jamie entraba por aquella puerta, Beth se quedaría terriblemente sorprendida de verlo. «Terriblemente» sería poco.

Al ver que ella retrocedía unos pasos hacia el pasillo, Eric la siguió.

—Hola —susurró Beth.

—¿Todo bien?

—Sí. Absolutamente.

Estaba tan impresionante como seis meses antes. Igual de bella y sofisticada. Esa noche no llevaba recogido su pelo castaño oscuro, que le caía sobre los hombros en suaves ondas. Su cuerpo, de largas piernas y generosas caderas, lo tenía tan hipnotizado como la primera vez que lo vio. Nada había cambiado. Se embebió de la vista de sus curvas hasta que se dio cuenta de que ella estaba mirando algo detrás de él.

Se volvió de nuevo, pero no había nadie. Si Jamie entraba en aquel momento, si alguien lo llamaba por su nombre...

Dios, quizá debería decírselo sin más. Quizá, si lo hacía, la cosa no fuera tan grave, después de todo. Se imaginó lo que le diría: «Curioso. Cuando me llamaste Jamie en la feria comercial... debí corregirte. En realidad me llamo Eric. Qué tontería, ¿verdad?». Y luego ella se echaría a reír, sacudiría la cabeza y le contestaría que todo aquello no importaba nada, ya que simplemente había sido una aventura de una sola noche.

Ya. Claro. En realidad tendría suerte si ella no lo asesinaba allí mismo, con los tacones de aguja de sus zapatos.

Aparte de la adrenalina que percutía en sus venas, a Eric se le erizaba el vello de la piel ante la perspectiva de volver a estar cerca de ella. Porque todavía podía recordar aquella noche con todo detalle. Su cuerpo desnudo, sus labios entreabiertos en un gemido, su trasero ancho y firme, la manera que tenían sus músculos de flexionarse mientras la penetraba por detrás. El ardiente calor envolviéndolo.

—¿Qué estás haciendo aquí? —le preguntó él.

El calor parecía envolverla también a ella. Sus mejillas enrojecieron. ¿Acaso había ido allí a verlo? Nervioso como estaba, Eric sintió una súbita, feroz punzada de esperanza. Quería volver a tocarla. Quería sentir aquellas chispas. El deseo. La necesidad.

Se acercó un poco más, lo suficiente como para poder tocarla. Beth cerró los ojos, y él apretó los puños para contenerse mientras todavía podía.

Beth estaba casi segura de que se lo estaba imaginando. De que se lo estaba imaginando a él. Aquel hombre olía igual. Y tenía exactamente su mismo aspecto: alto y moreno, con aquel constante ceño de preocupación, como si no pudiera nunca dejar de pensar.

—¿Beth? —volvió a pronunciar él, y de repente ella tuvo la sensación de que el corazón le estallaba en el pecho. Quería que la tocara, para poder lanzarse a sus brazos. A la vez que quería rodearlo y salir corriendo de allí.

Sacudió la cabeza y abrió los ojos.

Él lanzo otra rápida mirada a su espalda antes de volverse de nuevo hacia ella.

–¿Cómo estás?

–Bien –logró pronunciar–. Estupendamente. He venido a una fiesta.

–Oh –Eric hundió las manos en los bolsillos–. ¿Conoces a Faron?

–¡Sí! Yo... –se cambió el bolso de mano. Dos veces–. Sí, la conozco –no era del todo una mentira. Tenían amistades en común. Se habían visto un par de veces a lo largo de los últimos años.

El pasillo se le antojaba demasiado estrecho, a pesar de que medía casi dos metros de ancho. Las espaldas de él eran demasiados anchas, mientras que sus propios recuerdos eran demasiado grandes, con lo que el espacio que los separaba parecía empequeñecerse por momentos. Él carraspeó, y Beth pudo ver que estaba tan incómodo como ella.

–Lo siento –dijo de pronto–. No sabía que la fiesta a la que acepté venir iba a celebrarse aquí. Sinceramente no era mi intención...

–Por supuesto –se apresuró a interrumpirla él–. De todas maneras, puedes venir cuando quieras –dijo, aunque sus ojos gris azulado volvieron a clavarse en el fondo del pasillo.

Beth pensó entonces que quizá estuviera con alguna chica. Tal vez se tratara de alguna de las camareras. Y deseó de pronto que el suelo se abriera bajo sus pies para tragársela a ella y a su estúpido corazón, que no dejaba de atronarle en el pecho.

–Precisamente estaba a punto de marcharme –dijo al fin.

Él retrocedió un paso.

—Estupendo. Quiero decir... claro. Por supuesto. Que pases una buena noche.

Mortificada, lo rodeó y regresó presurosa a la fiesta.

—¡Bienvenida! —la saludó su acompañante cuando casi chocó contra él.

—Gracias.

—¿Te encuentras bien?

—¡Perfectamente! —sonrió al tiempo que él le entregaba la cerveza que había pedido antes. Al ver la manera en que le temblaba la mano, tomó asiento en la mesa más cercana y dejó cuidadosamente el vaso de cerveza.

Disimuló un estremecimiento en el momento en que él se sentó frente a ella. ¿Estaría Jamie observando? Bebió un trago de cerveza para refrescarse la boca reseca.

Desvió la mirada hacia la barra, pero no vio a Jamie por ninguna parte.

—Lo siento —logró pronunciar, y vaciló de nuevo al no recordar su nombre—. Yo...

«¡Davis!». Ese era su nombre. No David, sino Davis, por Miles Davis, porque el tipo había sido un *cool d*esde el día en que sus padres lo bautizaron.

Beth se sintió culpable por aquel pensamiento tan perverso, pero la sensación de culpa se evaporó cuando oyó gritar a una chica:

—¡Hola, Jamie!

Beth giró tan rápidamente la cabeza que la voz de Davis se interrumpió como si ella hubiera cortado sus palabras con un cuchillo.

—¿Beth? ¿Seguro que estás bien?

Definitivamente, no. Escrutó la zona atestada de la barra, pero no lo vio. Mientras observaba, un atractivo rubio vestido con una camiseta con el logo de la cervecería saludó a alguien con la mano. Una chica se separó del grupo en el que se encontraba y le dio un gran abrazo.

–Oye, quizá una fiesta llena de desconocidos no sea precisamente el lugar ideal para una primera cita.

–No, no es eso –Beth intentó pensar en una réplica ingeniosa. Intentó concentrarse en el tipo. Sí, era *cool* y sofisticado, pero también un tipo majo. Y con una sonrisa que habría podido derretir la mantequilla en un día helado. De hecho, desde el primer momento en que lo vio, pensó que podría disfrutar realmente saliendo con él. Que podría animarse y desear incluso tocarlo, besarlo.

Por primera vez en seis meses, Beth había pensado que quizá podría encontrar finalmente a otro hombre capaz de excitarla. Solo que justo aquella noche, como un genio diabólico al que hubiera convocado con el pensamiento, Jamie Donovan había reaparecido en su vida para recordarle lo que había vivido con él.

Sí, con Jamie no había tenido que preguntarse si el sexo sería bueno o malo. El tipo la había tentado desde el primer instante, como un postre sabroso. La manera en que la había mirado, con los ojos clavados en su boca cuando entreabrió los labios.... En aquel entonces había deseado...

Davis le cubrió de pronto la mano con la suya por un instante.

–Me despediré de Faron y luego nos iremos.

–No. ¡Lo siento! No quiero estropearte la fiesta...

–No te preocupes. Vamos a buscar a Faron.

Davis volvió a tomarle la mano y la guio a través del pub atestado hacia la diminuta mujer que se hallaba en las cercanías de un gran grupo de gente. Beth se preguntó por lo alta que sería sin aquel peinado afro perfectamente esférico, porque aún con él, no debía de medir más de un metro cincuenta y poco. Un tipo flacucho de pelo largo le rodeaba los hombros con un brazo, sonriendo con actitud posesiva. Pero Faron no sonreía. No al menos hasta que ellos se acercaron y, nada más reconocer a Davis, una sonrisa estalló en sus labios.

Abrazó primero a Davis y luego a Beth, a modo de despedida. El marido de Faron había aceptado un trabajo en Santa Bárbara, pero nadie quería verla marchar a ella. Nadie parecía, por lo demás, especialmente afectado por la marcha de su marido.

—¿Lista? —inquirió Davis.

—Sí —respondió Beth, dándose cuenta de que era la cosa más sincera que había dicho en toda la noche. Estaba ya abandonando el local cuando se atrevió a lanzar una última mirada sobre su espalda, pero Jamie seguía sin aparecer.

Las gruesas gotas de lluvia que le cayeron de pronto en la cara la sacaron de sus reflexiones.

—¡Corre! —la instó Davis, tirando de ella.

Beth corrió, y para cuando llegaron al coche de él, estaba riendo tan fuerte y con tanto alivio que no podía respirar. Davis se apresuró a abrirle la puerta antes de rodear rápidamente el vehículo para sentarse al volante.

—¡Tengo los pies empapados! —exclamó ella, pisando con fuerza la moqueta del interior del coche—. Creo que alguno de aquellos charcos era más bien una balsa.

—Toda tú estás empapada —la corrigió él. Le acarició una mejilla, apartándole de paso un húmedo mechón de pelo. Una gota de agua helada resbaló hasta su mandíbula y, de repente, inclinó la cabeza y la besó.

Beth aspiró profundo y lo sintió sonreír contra su boca. Cuando él volvió a acariciarle los labios con los suyos, se obligó a relajarse, a disfrutarlo.

En realidad no había razón alguna por la que no debiera hacerlo. Davis olía bien. Entreabría los labios justo lo suficiente como para animarla a ella a hacerlo también. Y su mano era un dulce contacto en su mejilla. Así que Beth suspiró y se negó a pensar en Jamie Donovan. Él no había querido verla a ella más de lo que lo deseaba ella misma.

Pero de pronto Davis se apartó y el beso terminó antes de que Beth hubiera tenido oportunidad de disfrutarlo.

–Me alegro mucho de que Cairo nos presentara –murmuró él.

–Yo también –era cierto. Cuando no estaba pensando en Jamie, podía imaginarse a ese hombre siendo su amante. Sabía por experiencia que un primer beso decía mucho sobre el desempeño de un hombre en la cama. Por ejemplo, el tipo que dos años atrás le había metido inmediatamente la lengua garganta abajo: ese había sido el mismo nivel de contención y sutileza que luego había utilizado en el sexo. Los preliminares se habían reducido a la frase «Prepárate. ¡Voy a entrar!».

Pero Davis... Davis podía llegar a ser bastante tierno.

–Admito, sin embargo... –arrancó el coche y la miró–, que no eres en absoluto como había esperado.

Los cálidos pensamientos de Beth se congelaron al instante.

–¿Qué quieres decir?

–Bueno, con la tienda y la columna de consejos en la prensa local sobre temas sexuales... Ya sabes. Cairo y los demás son...

Sabía exactamente a dónde quería ir a parar. Se alisó la falda con una mano y disimuló una sonrisa resignada.

–Hacía tiempo que no salía con una mujer sin tatuajes. Eres una especie de rareza aquí, en Boulder.

Al oír aquello, Beth soltó una genuina risotada. Era un tipo directo, al menos. Clavó de nuevo la mirada en él y la deslizó lentamente por su cuerpo. Era mayor que la mayoría de los amigos de Cairo, con un punto alternativo sin ser escandaloso. Tejanos oscuros y una camiseta de aspecto caro bajo una cazadora de cuero bien cortada. Y aunque Beth podía distinguir los bordes de unos cuantos tatuajes asomando bajo su ropa, ni siquiera llevaba las orejas perforadas. Aunque siempre había zonas ocultas sobre las que no podía decir nada...

—Entiendo —dijo finalmente, contestándole con la misma sinceridad—. Supongo que no soy la mujer que esperaría cualquiera —aunque lo dijo con una coqueta sonrisa, aquellas palabras no dejaron de atenazarle dolorosamente el corazón.

—A mí no me molestan las sorpresas —repuso Davis.

Era la respuesta correcta, y a Beth le gustaba, pero cuando estaban abandonando el aparcamiento para dirigirse a la zona en la que ella vivía, se dejó llevar por el desánimo. Así que no era lo que él había esperado. En realidad, no lo era nunca. Ya podía ver cómo iba a terminar aquello.

Al tipo le caía bien. De alguna manera, se sentía intrigado. Al fin y al cabo, era la propietaria de The White Orchid, una boutique erótica de categoría. Tal vez pareciera una ejecutiva como tantas, pero se pasaba los días vendiendo juguetes eróticos y lencería cara. Y las noches dando clases de educación sexual y escribiendo una columna de consejos como experta en sexualidad.

En la superficie, era una mujer fascinante. Pero por debajo de todo ello...

Beth aferró con fuerza su bolso e intentó no pensar. Siempre pensaba demasiado. La única vez que había sido capaz de desconectar su cerebro había sido con... él.

En anteriores citas, que hubiera seguido pensando en él no había resultado preocupante. No se había sentido atraída por ninguno de aquellos hombres, de modo que lo natural había sido pensar en Jamie. Pero en aquel momento le estaba arruinando las citas buenas, también, y estaba empezando a sentirse un tanto desesperanzada.

—Menos mal que no fui a recogerte en moto –le dijo en ese momento Davis–. Correr bajo la lluvia es una cosa, pero en moto puede llegar a ser brutal.

Se imaginó a Davis con su cazadora de cuero, inclinado sobre su motocicleta, con ella detrás abrazada a su cintura. La imagen debería resultar excitante. Al menos para cualquier otra mujer de sangre caliente.

Davis aparcó en el sendero de entrada, apagó el motor y bajó del coche para abrirle la puerta. Tal vez se hubiera criado entre los *hipsters* de Boulder, pero había sido bien instruido en los rituales de rigor a la hora de salir con chicas. Definitivamente, aquel hombre no tenía nada de malo. Como tampoco lo tenía la manera en que la besó una vez que estuvieron a cubierto bajo el tejado del porche.

—Vuelves a estar toda empapada –murmuró mientras le enjugaba dulcemente el agua de lluvia de los labios con los suyos.

Quizá llegara a estarlo del todo, pensó, si se dejaba llevar... Así que cuando él volvió a urgirla suavemente para que abriera la boca, Beth le tocó la lengua con la suya. Y qué lengua tenía... Cálida, de movimientos lentos...

Beth le devolvió el beso y pensó en invitarlo a entrar. Sabía tan bien... Era alto y guapo y, por lo que podía adivinar, desnudo tendría un aspecto magnífico. Él bajó entonces una mano hasta su cadera, masajeando sus curvas con los dedos al tiempo que profundizaba el beso.

Sí, podía dejarse tocar por aquel hombre. Lo disfrutaría. Y, probablemente, él lo disfrutaría también. Pero ella no era una chica de tatuajes, ni tenía piercings ocultos. Y a pesar de lo que escribiera en aquellas columnas, las cosas que le gustaba hacer en la cama eran igual de convencionales que el resto de sus gustos.

Así que él disfrutaría, pero al mismo tiempo se sentiría secretamente sorprendido. Les sucedía a todos. ¿No se suponía acaso que la encargada de una boutique erótica debía ser... erótica? ¿No se suponía que debía ser un poquito... rara en la cama? ¿O mejor aún... muy rara? ¿No se suponía que en la cama debería ser mejor que las demás mujeres?

Cerró los ojos con fuerza e intentó desconectar el cerebro, pero no funcionó. Nunca funcionaba. Era demasiado consciente de sí misma. Consciente, por ejemplo, de la manera en que aquellos dedos se tensaban demasiado sobre su cadera. El tipo se estaba excitando. Mientras que ella, simplemente... estaba pensando. Una vez más.

Interrumpió el beso y suspiró profundamente.

—Gracias, Davis. Me lo he pasado muy bien.

Pero aquella mano seguía sobre su cadera.

—Yo también —esperó durante unos segundos, dándole una y hasta dos oportunidades de que lo invitara a entrar.

No podía hacerlo. No esa noche, después de haber vuelto a estar tan cerca de Jamie. No tenía la menor duda de cómo terminaría aquello. Ella estaría pensando durante todo el tiempo, comparando a Davis con Jamie, y comparándose a sí misma con quien había sido aquella noche seis meses atrás.

Tenía que volver a encontrar aquello, pero eso no iba a suceder esa noche. No con Davis.

—Gracias —dijo de nuevo.

Davis retiró finalmente la mano y se apartó, con aspecto no demasiado decepcionado.

—Te llamaré. Quizá nos atrevamos a más la próxima vez. ¿Una cena?

—Tal vez —respondió tímida, regalándole un rápido beso en la mejilla antes de refugiarse en su apartamento.

Dejó el bolso sobre la mesa y colgó su abrigo en el armario del vestíbulo. El apartamento estaba tan silencioso y tan palpablemente solitario que, para cuando se dirigió a la cocina con la intención de servirse una copa de vino, ya se estaba arrepintiendo de haber despachado a Davis. Le había mentido. Con una sola copa de cerveza no había tenido bastante. Debería haber tomado tres, y quizá solo entonces habría tenido el coraje suficiente para dejarlo entrar en su apartamento. Para intentar dejarse llevar. Pero le resultaba imposible.

En alguna parte de su ser, sin embargo, debería encontrar la fuerza necesaria para ello. Y no estaba dispuesta a renunciar.

Capítulo 2

Para el día siguiente, Beth estaba absolutamente enfadada consigo misma. Un solo minuto con él, un vistazo, un simple contacto y ya no podía sacárselo de la cabeza. Y lo peor era que cada vez estaba resultando más obvio que Jamie había estado desesperado por quitársela a ella de encima, por sacarla de su local. Primero, la había acorralado pasillo abajo, y luego había saltado de alegría ante la oportunidad de despedirla a la mayor rapidez posible.

Seguramente tenía una relación. A ella eso le daba igual. ¿Pero y si estaba casado? ¿Y si había estado casado, ya en aquel entonces, la noche que habían pasado juntos?

Solo de pensarlo se le aceleró tanto el corazón que tuvo que apretarse el pecho con una mano. Eso lo explicaría todo...

Intentó olvidarse de ello mientras entraba en la tienda y saludaba a Cairo. Y lo mismo mientras procedía a desenvolver los últimos juguetes eróticos y a colocarlos en el escaparate. Pero en cierto momento, justo cuando estaba desembalando un sofisticado vibrador con música incorporada gracias al Mp3 que llevaba alojado dentro, no pudo ya luchar contra el constante remolino de pensamientos.

—¿Cairo?

Cairo estaba ocupada escuchando tonos de llamada en su móvil, intentando dar con el adecuado.

—¿Sí?

—Anoche estuve en Donovan Brothers y...

—¡Oh! —Cairo alzó la mirada hacia ella con una sonrisa de oreja a oreja—. Me olvidé de preguntarte cómo te había ido con tu cita.

—¿Mi cita?

—¿Con Davis?

—Oh. ¡Estupendamente! —exclamó Beth con demasiado entusiasmo—. ¡Sí, fue maravilloso!

Los ojos castaños de Cairo se iluminaron.

—¿Maravilloso? ¿De veras? ¿No esconde esa palabra un cierto arrepentimiento del día después?

—Para nada. Davis fue realmente dulce.

—Y sexy, ¿verdad? —insistió Cairo, sonriéndose como si Beth estuviera escondiendo algo—. ¿Te gustó ese dragón que lleva tatuado en el estómago?

Beth arqueó una ceja.

—No le vi el estómago, Cairo.

La joven se echó a reír, con su brillante melena negra enmarcando su delicioso rostro.

—Lo sé. Hablé con él esta mañana.

—¿Te llamó?

—No, lo vi en el curso de yoga. Razón por la cual sé lo del tatuaje del dragón, y por la que se me ocurrió juntaros a los dos, también. Si yo no tuviera ya dos novios, le daría un meneón tan grande que no volvería a recuperarse.

Beth puso los ojos en blanco.

—Fue muy correcto conmigo. Aunque, la verdad, no

sabría qué pensar de un hombre que al día siguiente va y te cuenta a ti cómo ha pasado la noche...

–Él no me dijo nada. Fui yo la que me figuré que un tipo que teóricamente había pasado la noche en tu cama jamás necesitaría presentarse a las ocho a clase de yoga. El sexo es mucho más relajante.

Bueno, esa sería una buena manera de poner a prueba a Davis, pensó Beth. Dejar que pasara la noche con alguien y esperar luego a ver si iba a yoga al día siguiente.

–Por cierto... –dijo Cairo con un familiar brillo en los ojos–. Tienes que ver ese tatuaje. Se lo hizo el mejor artista de Colorado. Le delinea los abdominales hasta por debajo de la cintura. Pero muy abajo... Estoy segura de que se depila. Se lo depila todo.

A juzgar por la reacción de Cairo, Beth debió de haber hecho una mueca.

–¿Qué? ¡No me digas que nunca has estado con un hombre depilado!

Intentó adoptar una expresión de indiferencia. Lo intentó de veras. Pero, obviamente, no podía disimular su horror.

–¡Oh, Beth! –exclamó Cairo–. Te lo juro, es lo mejor. Toda esa carne tan suave. Nada entre tu boca y su piel... Y con un tipo como Davis, una querría acercarse todo lo posible, ¿no te parece?

–Yo... yo... –no podía imaginar el proceso. ¿Tumbado y espatarrado, con los pies en los estribos?–. Seguro que es estupendo.

–Bueno, quizá lo averigües por ti misma.

–Ya... –Beth intentó en vano ahuyentar la imagen–. ¿Harrison y Rex están depilados? –había coincidido con los dos novios de Cairo en numerosas ocasiones.

–Oh, Harrison siempre va muy arreglado. Rex no estaba interesado en un principio, pero se enceló con toda la atención que le estaba dedicando a Harrison, así que al final se acostumbró a la idea –la sonrisa de Cairo se estiró aún más, de oreja a oreja–. Ahora los dos son tan suavecitos...

«Oh, Dios», exclamó Beth para sus adentros. No debió haber preguntado. La próxima vez que viera entrar en la tienda a Harrison o a Rex, se desmayaría de vergüenza. Pero aquella no era la reacción adecuada en una sofisticada profesional de su negocio como ella, así que se esforzó todo lo posible por disimular su azoro.

–Eres una mujer de suerte –le dijo–. Y si tuviera que darte un dólar por cada vez que te he dicho lo que te he dicho...

–Ya hablaremos de eso después, si sigues viendo a Davis –Cairo pulsó en ese momento el botón del *play* de su teléfono y ambas bajaron la mirada a la pulsante cabeza del vibrador, que se iluminó de pronto de manera intermitente. Le dio un empujoncito con el hombro–. ¿Piensas seguir viendo a Davis?

–Ya veremos –Beth se quedó mirando las luces danzantes mientras procuraba no imaginarse a Davis sin vello.

–Terminas a las siete, ¿verdad? –le preguntó Cairo–. Si quieres marcharte ahora, yo me encargo. Quizá deberías darle un toque.

Cairo era la mejor empleada de Beth, siempre amable, vivaz e igual de trabajadora que ella. De hecho, Beth acababa de hacerla ayudante personal suya.

–Oye, ¿qué es lo que dijiste antes de Donovan Brothers?

–¿Qué? –inquirió a su vez Beth, con voz demasiado alta.

–La cervecería. Dijiste que estuviste allí anoche.

—Ah, sí. Er... una amiga mía quería saber si Jamie Donovan estaba casado. Tú lo has mencionado antes, ¿no?
—Oh, Dios, definitivamente no está casado.
—Ya. Bien. Se lo diré entonces a...
—Pero la semana pasada estuvo aquí con su novia, así que no está disponible, al menos por lo que yo sé. Aunque quizá tenga cada uno sus aventuras...

Beth asintió varias veces sin pensar, antes de llegar a asimilar sus palabras.

—¿Qué? —inquirió sin aliento.
—Ya lo sé, ya lo sé, perdona. Nada de cotillear sobre los clientes. Ahora mismo vuelvo al trabajo.

Cairo dejó fuera de la caja el modelo de vibrador como muestra y regresó a la caja registradora. Beth se quedó donde estaba por un momento. El pulso había empezado a atronarle la cabeza. ¿Jamie había estado allí? ¿Con su novia?

No, eso no podía ser verdad. Él no sería capaz de hacer algo así. Nunca se llevaría a su novia a su lugar de trabajo, sabiendo que vendía juguetes y lencería erótica. Eso sería demasiado cruel.

Cairo tenía que estar equivocada.

Beth asintió, intentando convencerse a sí misma de ello, pero no sentía la más mínima seguridad al respecto. Porque... ¿por qué Jamie no habría de ir allí?

Estaban en el sigo XXI. Ella era una mujer moderna, de pensamiento evidentemente avanzado. Se habían liado una sola vez, sentimientos aparte. Sin lazos ni compromisos. Ciertamente, muchos de los ex-novios de Cairo acudían a la tienda y la saludaban tan tranquilos, todo abrazos amistosos. Quizá no se le hubiera ocurrido a Jamie que ella pudiera sentirse dolida si lo veía con otra chica.

Habían convenido explícitamente en que aquella noche no significaría nada. Que a ella no se le diera tan bien ceñirse al trato no quería decir que Jamie fuera a tener el mismo problema.

Juntó las manos con fuerza mientras se repetía a sí misma que no se sentía dolida. Aun así... había sido una suerte que ella no hubiera estado presente cuando Jamie se presentó en su local. No habría podido reprimir el dolor de verlo entrar en su tienda en compañía de otra mujer, tomándola de la mano, escogiendo en su compañía artículos que usar más tarde en el dormitorio...

Beth suspiró profundamente solo de pensarlo. En las breves horas que había pasado con él, le había parecido un hombre bueno y considerado. Oh, diablos, quizá estuviera simplemente más evolucionado que ella en el terreno sexual.

Pero la noche anterior se había comportado de una manera absolutamente taimada. Escurridiza. Aquello no tenía ningún sentido.

Se retiró a su despacho y cerró la puerta. Se enfadó de repente. Se había sentido terriblemente culpable por haber acudido a su cervecería con otro hombre. ¿Qué clase de imbécil era él? ¿Y cuándo exactamente se había liado con aquella otra chica? Todo aquel misterio que se le había antojado tan excitante en la feria comercial en la que lo conoció parecía haber adquirido de pronto una nueva luz mucho más siniestra...

—El muy canalla... —gruñó.

Debería olvidarse del tema. En aquel momento, a seis meses vista, no podía importarle menos, aunque lo cierto era que se sentía abrumada por la necesidad de confrontarlo. Abrió el móvil, pero era inútil. Había borrado su número a las dos semanas de haberlo conocido. Había tenido que borrarlo de su vida porque el recuerdo de aquel único encuentro se había convertido en un afrodisíaco en sí mismo. Porque había sabido que, si no lo hacía, la tentación crecería y crecería hasta tragársela.

—Maldita sea —masculló.

Quizá le resultaría más fácil contactar con él por medio de la cervecería. Menos privacidad, menos intimidad. Nada que le recordara la noche en que su móvil había sonado y él había pronunciado dos únicas palabras: «habitación 421».

Se le erizó el vello de los brazos mientras un escalofrío eléctrico recorría todo su cuerpo.

Carraspeó y sacudió la cabeza. No debería llamarlo. Eso lo sabía bien.

Pero tal vez pudiera averiguar la verdad de otra manera. Entre Facebook, Twitter y demás redes sociales, la vida de la gente había dejado de ser privada.

—No importa —se dijo. Si él era una especie de canalla engañoso de dos caras, ella no tenía la culpa. Pero terminó cediendo a la debilidad y buscó su nombre en Google de todas formas. Aparecieron miles de entradas, todas aparentemente relacionadas con la cerveza y premios recibidos por la cervecería. Buscando una información más personal, clicó un enlace de Twitter. La cuenta estaba a nombre de Jamie Donovan, de la cervecería Donovan Brothers, pero la imagen estaba equivocada.

Frunciendo el ceño, clicó en la foto para ampliarla. Definitivamente, aquel tipo no era Jamie. De hecho, se parecía mucho al joven rubio al que había visto atendiendo la barra de la cervecería la noche anterior.

—¿Qué diablos...?

Absolutamente perpleja, volvió a Google y clicó la búsqueda de imágenes. La primera que salió fue la del joven rubio, otra vez. Siguió mirando. La mayoría de las imágenes pertenecían al rubio. Las únicas en las que vio a Jamie eran de grupo. Clicando en la mayor de las imágenes de grupo, leyó el pie: *Wallace Hood, Eric Donovan, Tessa Donovan, Jamie Donovan, Chester Smith.*

Aquello no tenía ningún sentido. Continuó revisando las siguientes páginas de imágenes, pero en su mayoría eran logos de la empresa Donovan Brothers y fotos de jarras de cerveza.

Hasta que vio dos imágenes de vídeo y las abrió, casi mareada de expectación.

El primer vídeo estaba enlazado a una cadena local de noticias. Lo abrió y esperó, conteniendo el aliento.

Sonó la melodía de entrada de las noticias, y luego la cámara enfocó a una periodista rubia muy arreglada que sonreía de oreja a oreja.

—¡Hoy damos una gran noticia referente a un establecimiento icónico de la localidad! Me encuentro en la cervecería Donovan Brothers de Boulder, Colorado, y me acompaña ahora mismo uno de los dos hermanos, en persona...

La cámara se retiró lentamente, introduciendo en el cuadro un brazo, luego un hombro, y por fin al hombre de cabello rubio oscuro al que había visto en la barra. Beth frunció el ceño.

La periodista lo miraba con expresión radiante.

—Este es Jamie Donovan, uno de los famosos hermanos...

El joven hizo un guiño a la reportera mientras la cabeza de Beth empezaba a dar vueltas.

Jamie Donovan. Jamie. Que no el hombre con quien ella se había acostado.

Aquello era absurdo. El tipo y la periodista seguían hablando, con sus palabras tintineando en su cabeza como cristales rotos que le estuvieran arañando el cráneo. Era Jamie... y no era Jamie. Miraba fijamente el nombre que aparecía debajo del hombre que hablaba: Jamie Donovan, de la cervecería Donovan Brothers.

Le temblaba la mano cuando alcanzó el ratón y clicó el icono de pausa de vídeo.

Un extraño peso parecía crecerle en la garganta. No era de lágrimas, ni de enfermedad, ni de emoción. Tenía la sensación de que la carne se le estaba inflamando, constriñéndole la garganta cada vez más. Intentó tragar y no pudo.

El hombre del vídeo trabajaba para Donovan Brothers. Había estado en la cervecería. Estaba en las imágenes de Google. Pero no era Jamie.

Beth volvió a pasar frenéticamente las imágenes hacia atrás hasta que recuperó la anterior fotografía de grupo. Abrió otra ventana y fue investigando cada nombre, pero no consiguió buenas imágenes. Siempre le salía el logo verde de Donovan Brothers y fotos de los premios y marcas de las diferentes variedades de cerveza que vendían.

¿Quién era él? ¿Era Wallace, o Chester, o Eric?

Se levantó tan rápidamente que se dio un buen golpe en un muslo, sin que llegara apenas a registrar el dolor. Tambaleándose, regresó a la alegre luminosidad de la tienda.

—¿Cairo?

Cairo asomó la cabeza detrás de la caja registradora.

—¿Sí?

—¿Qué aspecto tiene Jamie Donovan?

—No sé —se encogió de hombros—. Mono. Bastante pijo. Conservador. Pero tiene una sonrisa muy bonita.

—¿Pelo oscuro? —se obligó a preguntarle Beth, aunque tenía la garganta demasiado cerrada para que pudieran salirle las palabras.

—No, oscuro no. Dorado más bien. Pero tampoco muy rubio. ¿Por qué?

–Es solo que... Nosotros –toda aquella sangre que se le acumulaba en el cerebro no le estaba haciendo ningún bien. No podía pensar. Ni siquiera era capaz de sentir. Sentía entumecido el cuerpo entero–. No, por nada.

–¿Te encuentras bien?

Cairo se dispuso a acercarse, pero Beth retrocedió.

–Estoy bien. Es solo que... no, la verdad es que no me encuentro muy bien. ¿Sigue en pie tu oferta de cubrirme durante una hora? Creo que será mejor que me vaya a casa.

–Por supuesto, pero....

Beth corrió de regreso al despacho a recoger el bolso y el móvil. Borró el historial y cerró el ordenador. No supo por qué lo hizo: lo único que sabía era que sentía vergüenza. Vergüenza porque la habían engañado. Porque le habían hecho quedar en ridículo. Y, Dios mío, estaba volviendo a experimentar una horrible y familiar sensación con la que no había tenido que lidiar en años.

En su cabeza, empezó a escuchar las palabras que había absorbido a lo largo de sus estudios sobre sexualidad femenina e historia de las mujeres. «Nadie puede hacerte avergonzar. Vergüenza significa que has hecho algo malo, y tú no has hecho nada malo». Pero... ¿qué otra cosa podía sentir después de que la hubieran engañado y mentido?

Se le saltaron las lágrimas, pero gruñó para ahuyentar la frustración y las dominó.

Esa vez ya no tenía diecisiete años. No tenía por qué quedarse simplemente sentada y asimilarlo. No, esa vez se enfrentaría directamente con el problema. Haría avergonzarse al único que debería sentir vergüenza por lo que había pasado.

Cuando abandonó a toda prisa el despacho, Cairo estaba atendiendo a una clienta, espolvoreándole sobre el brazo una muestra de miel en polvo, pero alzó la vista con expresión preocupada. Beth vio cómo la clienta alzaba el brazo y se lamía tentativamente la muñeca. En cualquier otra ocasión, la vista le habría hecho sonreír, pero ese día simplemente se quedó viendo a la mujer con la mirada vacía.

Todavía tenía el cuerpo entumecido y la cabeza le retumbaba como un tambor. Se le ocurrió que probablemente no debería conducir en ese estado, pero empujó las puertas y se dirigió directamente a su Nissan color rojo cereza. El motor rugió a un leve giro de la llave. Se lo había comprado cinco meses antes simplemente por capricho, porque estaba intentando mentalizarse a sí misma para satisfacer sus deseos. Y lo que deseaba en aquel momento era matar a alguien. Alguien cuyo nombre ni siquiera conocía.

La sorpresa del descubrimiento volvió a impactarla, y respiró profundo para sobreponerse al mareo. Estaba dentro de un coche, conduciendo. No podía dejarse vencer por los puntos negros que bailaban en los bordes de su campo de visión. Respiró profundamente una vez más, y otra. Y aunque el cráneo entero todavía le retumbaba con cada latido, la visión se le fue aclarando y, conforme se acercaba a la cervecería, empezó a sentirse más tranquila. No menos furiosa, sino más. Furiosa de una manera concentrada.

Entró en el aparcamiento del local, apagó el motor, bajó del coche y cerró cuidadosamente la puerta.

Sus tacones machacaban los pocos granos de arena que cubrían el asfalto. Miró su propia mano cerrándose sobre el picaporte mientras abría la puerta como si aquellos dedos pertenecieran a otra persona.

Penetró de golpe en una estampa alegre. Música de fídula por los altavoces. Risas procedentes de una mesa cercana. Beth atravesaba aquellas risas como si estuviera dentro de uno de aquellos sueños en los que nada tenía sentido, pero siguió caminando.

El hombre que estaba detrás de la barra empezó a volverse. El corazón de Beth se preparó para aquel encuentro, pero resultó que no lo conocía de nada. Un desconocido. Aunque, en realidad, todos eran desconocidos.

—¿Está Jamie Donovan? —le ardió la piel de vergüenza cuando pronunció su nombre.

El hombre, un chico en realidad, se inclinó hacia delante.

—¿Perdona? No te he oído.

La música no le había parecido tan fuerte cuando entró, pero en aquel instante parecía hincharse en sus oídos, mezclada con el alboroto de la multitud de viernes por la tarde.

—¿Jamie Donovan? —alzó la voz—. ¿Está disponible?

—Esta noche no trabaja en la barra. ¿Te puedo ayudar en algo? —lo dijo como si su pregunta hubiera sido la más normal del mundo. Como si las mujeres entraran allí todo el tiempo buscando a un tipo llamado Jamie que mentía para tener sexo con ellas. Una abrasadora marea de vergüenza volvió a barrerla por dentro. Se había reído de ello antes, pero ahora no podía hacerlo. No podía. Así que asintió y se dispuso a alejarse.

Una puerta se abrió de pronto a su izquierda, lo que la hizo dar un respingo de horror, pensando que podía ser él. Pero solo era un cliente saliendo del baño.

Cuando se dio cuenta de que había experimentado un genuino terror, procuró dominarlo convirtiéndolo en furia, como la presión y las altas temperaturas podían convertir el carbón en diamante.

Irguiéndose, se volvió de nuevo hacia el barman.

—Necesito verlo. Es personal.

El chico arqueó las cejas, receloso, pero finalmente se encogió de hombros.

—Veré si está en la trastienda. ¿Cuál es tu nombre?

—Beth Cantrell. Dile que salga —apoyó una mano en la barra, no para sostenerse sino para dar a sus dedos algo que apretar, porque la furia la estaba devorando por dentro.

Y esperó luego a descubrir exactamente con quién había tenido sexo seis meses atrás.

Eric agarró una botella medio llena de pilsner y apretó el cuello con fuerza. No la tiraría contra la pared. No, no lo haría. Pero se suponía que aquella maldita máquina de embotellar tenía que haber estado arreglada la semana anterior, y en aquel momento estaba haciendo un peor trabajo todavía, haciendo temblar tanto las botellas que la mitad de la cerveza se convertía en espuma antes de que llegaran a la fase de sellado.

—¡Apágala! —gritó a Wallace.

Wallace frunció el ceño y paró la cinta embotelladora. En cuanto cesó el rugido de la máquina, una retahíla de ingeniosos insultos resonó en las paredes de cemento de la sala.

A Wallace no le importaban ni el embotellado, ni la distribución, ni los márgenes de beneficio. Su única preocupación era la cerveza, y una buena parte de la misma corría en aquel momento lentamente hacia el desagüe del suelo.

Eric soltó una maldición.

—Voy a hacer que me sirvan la cabeza de ese mecánico en una bandeja.

—No hasta que yo le haya roto el cuello —gritó Wallace.

Eric bajó la mirada a las tuberías que serpenteaban por el suelo.

–Maldita sea. Ya sabes lo que hay que hacer. No hay manera de que podamos seguir embotellando hoy. Y mañana quizá tampoco.

Wallace emitió un sonido que sonó sospechosamente a sollozo, aunque resultaba difícil discernir sus sentimientos detrás de la espesa barba que le cubría más de media cara. Sus gigantescos hombros parecieron hundirse, haciendo que su uno noventa y ocho de estatura perdiera un par de centímetros.

–Es una maldita tragedia –resopló antes de volverse para caminar a trompicones hacia la puerta que llevaba a la sala de cubas. Un instante después estaba de vuelta, cerrada ya la válvula, y desenganchaba con un gesto de dolor la manguera de la máquina embotelladora para dejarla sobre la pila de desagüe. Accionó luego el grifo y el chorro de pilsner fue a estrellarse contra la rejilla del desagüe–. Lo mataré –masculló.

–Probablemente no deberíamos hacerlo. Supongo.

–Esta mezcla era tremenda de buena.

–Y queda suficiente –Eric le puso una mano en el hombro con gesto consolador y compartieron un momento de silencio mientras veían cómo la cerveza se iba colando por las cañerías.

Wallace se sorbió la nariz. Eric temía mirarlo, no fuera a ver las lágrimas humedeciendo su barba.

–Tengo que hacer una llamada de teléfono. A cuenta de este asunto –anunció.

–Procura asarlo vivo –insistió Wallace.

Eric atravesó la silenciosa sala de cubas y salió al caos de... bueno, en aquel momento era una cocina, aunque antes no lo había sido. De hecho, dos hombres estaban introduciendo una gigantesca pizza en el horno de la pared del fondo.

Meses de preparativos habían sido necesarios para

aquel evento, y a Eric le habría gustado sentirse más feliz e ilusionado por Jamie de lo que se sentía en realidad. Porque, más que otra cosa, se sentía nervioso. Su hermano, en cambio, sonreía cuando se apartó del horno para dirigirse hacia las puertas que llevaban a la zona del pub, con Henry pisándole los talones.

–Henry –llamó Eric al muchacho, antes de que desapareciera también por la puerta–. ¿Vas a quedarte a recoger esta noche?

Henry se detuvo en seco, con una mano ya en el picaporte. Las pecas se destacaron claramente en su tez pálida, como si Eric lo hubiera asustado.

–Sí, pero... Jamie me ha puesto a servir en la barra para que así él pueda supervisar la instalación.

–Vale. Pero cuando termines, te necesito en la sala de embotellado. Tira la cerveza que no valga, guarda los cascos en los cubos de reciclar y friega luego el suelo.

–Entendido.

Henry desapareció por fin y Eric se retiró a su despacho. Quería ayudar a Jamie, pero también tenía trabajo pendiente, por muy aburrido que fuera. Sus músculos se tensaron como piedras cuando cerró la puerta y telefoneó al mecánico.

Se sintió algo mejor después de haberle gritado al tipo, exigiéndole que se presentase en la cervecería a las nueve en punto del día siguiente, fuera sábado o no. Colgó con algo menos de tensión en los hombros. Aun así, seguía oyendo las risas procedentes de la zona del pub, lo cual le recordó a Jamie, y lo muy diferentes que eran los dos.

Escuchando aquel sonido, intentó forzar una sonrisa. Quería que su hermano fuera feliz. Sin duda alguna. Pero no podía evitar la sensación de que su propia felicidad se le estaba escapando entre los dedos. Una sensación quizá algo melodramática, pero verdadera.

Aquel lugar era su vida entera. Aquella cervecería. Aquel despacho. El papel que jugaba allí.

Se clavó los dedos en los músculos del cuello y aspiró profundamente. Carecía de sentido quedarse allí sentado, rumiando aquellos pensamientos. Tenía trabajo que hacer.

Poco después, alguien llamó a la puerta. Eric alzó la vista, esperando ver a Jamie, pero era Henry.

–Hey, ¿ya recogiste todo lo de la sala de embotellado?

–No. Er... Una mujer está enfadada con Jamie. Él me pidió que fuera a buscarte.

–Si está enfadada con Jamie, entonces el problema es de él, no mío.

El rostro de Henry pareció enrojecer de azoro, pero se quedó donde estaba, aferrando el picaporte.

–Está bien –suspiró Eric–. Enseguida voy.

¿Qué diablos era aquello? Apenas un año atrás, nada que tuviera que ver con Jamie y las mujeres le habría sorprendido, pero ahora... Jamie tenía novia. Una novia bien buena. Si le estaba poniendo los cuernos, no quería saberlo. Aquello podía tensionar seriamente su reciente relación.

Aun así, no pudo dejar de experimentar una cierta satisfacción. Aquello iba a ser como en los viejos tiempos, cuando Jamie lo había necesitado. De hecho, si la novia de Jamie no hubiera sido un factor a considerar, habría esbozado una sonrisa engreída mientras se dirigía a la zona del pub, dispuesto a sacar a su hermano de un nuevo embrollo.

Los obreros estaban en el umbral, curioseando el ambiente de la sala por una rendija de la puerta. Se asustaron cuando lo vieron acercarse, pero él los ignoró y señaló el horno con la cabeza. Los hombres se volvieron hacia la máquina como fingiendo retomar su trabajo. Eric no se lo tragó. Pero tampoco quería meterse en el papel de Jamie.

Empujó las puertas.

—Jamie —dijo cuando descubrió a su hermano al final de la barra, con los brazos cruzados—. ¿Cuál es el problema?

Pero entonces su hermano se hizo a un lado, y el mundo de Eric se resquebrajó de pronto, como si un terremoto hubiera abierto el suelo bajo sus pies.

Por un largo momento, fue incapaz de hacer otra cosa que mirarla. Ella. Debió habérselo esperado, después de lo de la noche anterior. Pero su alivio le había vuelto estúpido. Y ahora allí estaba, al lado de Jamie.

La realidad lo golpeó entonces, con toda la sutileza de una viga impactando en plena cara. Eric desvió la mirada hacia Jamie, que también se lo había quedado mirando fijamente, aunque con las cejas arqueadas de incredulidad.

—Eric —pronunció, como si lo estuviera presentando.

Y Eric vio que Beth parpadeaba varias veces, de puro asombro.

Diablos. Aquello pintaba mal. Peor que mal.

Jamie ladeó la cabeza.

—Eric, esta es Beth Cantrell. Parece que existe cierta confusión sobre algo que pasó en la feria comercial de este año.

«Algo que pasó». Bueno, quizá no todo estuviera perdido. Si Beth aún no le había contado nada a Jamie...

—Beth... —empezó, pero ella se dirigió hacia él como una diosa vengadora.

—¿Eric? —dijo desdeñosa—. ¿Eric?

Miró rápidamente a su hermano.

—Puedo explicarlo.

Uno de los finos y elegantes dedos de Beth se clavó en su pecho.

—¿Puedes explicarlo? ¿Puedes explicarme entonces por qué me dijiste que te llamabas Jamie?

—Yo no...

—¿Explicarme por qué me mentiste?

—Beth, si me permitieras...

—¿Explicarme por qué te hiciste pasar por otro hombre mientras tuviste sexo conmigo? —gritó ella, haciéndole un agujero en el esternón con el dedo.

—¿Qué? —exclamó Jamie.

Ya estaba. Aquello era ya el desastre oficial. El solemne silencio que se había abatido sobre el pub entero parecía confirmar lo horroroso de la situación.

—Puedo explicarlo —insistió de nuevo Eric, débilmente. Pensó en el gruñido bajo que parecía estar profiriendo Beth, pero no podía estar muy seguro, porque en aquel instante Jamie se plantó ante él y lo agarró de la pechera de la camisa.

—¡Henry! —gritó Jamie como si el joven no estuviera justo al lado, contemplando la escena con ojos desorbitados—. Encárgate de la barra. Tú... —sus ojos verdes estaban taladrando a Eric—. A la trastienda. Ahora mismo.

Oh, aquella era una novedosa experiencia: que fuera él, y no su hermano, quien hubiera hecho algo malo. Algo malo y horrible que parecía correr como fuego por sus venas. Vergüenza. Algo que a Eric no le gustaba sentir lo más mínimo.

Apartándose de Jamie, miró a Beth.

—Beth, hablemos de esto. A solas.

Ella asintió y se dirigió hacia las puertas. Eric alzó una mano para disuadir a su hermano de que la siguiera.

—Contigo hablaré después.

—¡Y un cuerno! ¡Hablaremos ahora mismo! —replicó Jamie.

Mientras Beth empujaba las puertas y pasaba al otro lado, Eric paseó la mirada por el pub. Todos los ojos estaban fijos en ellos. Y era viernes por la noche, de manera que los ojos eran muchos.

—Permíteme que hable a solas con Beth. Ella no se merece estar en medio de los dos.

—Me parece a mí que ella ya está justo en medio de los dos. ¿O es que he interpretado mal la situación? —pero para entonces Jamie ya se había girado sobre sus talones, apretando los dientes más frustrado que furioso, así que Eric se volvió para seguir a Beth a la trastienda.

Estaba atravesando a toda prisa la zona de la cocina, con los obreros siguiendo sus movimientos con mirada fascinada. Llevaba el mismo modelo de falda ceñida a las caderas que había lucido la noche anterior, solo que esa vez los tacones de sus zapatos eran morados en lugar de negros.

Eric tragó saliva con dificultad.

—Mi despacho está por aquí —señaló el pasillo y ella se quedó mirando su mano como si quisiera arrancársela.

—Tal vez sería mejor hablar fuera. Quienquiera que seas, así será menos probable que acabes muerto si hay testigos.

Uno de los obreros profirió un sonido entre ladrido y carcajada, pero cuando Eric los fulminó con la mirada, ambos tipos estaban apretando los labios hasta convertirlos en una fina línea.

Como él no respondió, Beth esbozó una sonrisa desdeñosa y pasó de largo hacia el pasillo. Una vez en el despacho, Eric le señaló el par de sillas que tenía delante, pero ella no se sentó. En vez de ello, se alejó hacia una esquina y se giró de golpe para mirarlo furiosa.

—Has vuelto —dijo él en voz baja mientras cerraba la puerta.

—Sí, he vuelto. ¿Es esa ahora tu principal preocupación? ¿Quién diablos eres tú? ¿Qué te parece si empezamos mejor por eso?

—Por supuesto —dijo él, todo colorado de vergüenza.

Ya no había ningún maravilloso secreto que compartir. Todo se reducía a una traición.

Beth tenía una expresión tan furiosa como horrorizada.

—Lo siento —se disculpó Eric—. Yo no puedo... escucha. Cuando nos encontramos, tú me confundiste con mi hermano por culpa de la tarjeta con su nombre que había sobre la mesa. Se suponía que aquel día tenía que haber estado él allí.

—Bueno, eso explica entonces los primeros quince segundos de nuestra relación —le espetó ella.

—Lo sé. Quiero decir que... yo fui consciente en aquel momento de que eso no estaba bien. De hecho, intenté corregirte...

—Estás de broma, ¿verdad? ¿De verdad que lo intentaste en serio, Eric?

—Yo...

—Esto es... esto es horrible. Me mentiste simplemente con tal de...

—No, no fue así. Te lo juro —Eric podía sentir el sudor corriéndole por la cara. Se le revolvió el estómago a la vista del dolor que se estaba dibujando en su rostro—. Beth, lo siento tanto...

—¿Por qué habrías de sentirlo? No lo entiendo.

—No lo sé. En el momento... en el momento en que me dijiste que habías oído hablar de mi hermano, que conocías su reputación, pensé que quizá eso lo haría todo más fácil...

—¿Te hiciste pasar por tu hermano porque pensabas que era él a quien yo quería? —gritó ella.

—No. No es eso. Yo sabía que tú me deseabas a mí.

Hasta entonces la mirada de Beth había estado viajando de un lado a otro por su despacho, pero de repente volvió a clavarse en él.

—Debiste decírmelo. Desde el principio. O después, cuando volvimos a encontrarnos para tomar una copa. O... —se interrumpió de golpe.

Habían quedado para tomar una copa el primer día de la feria, y, sentados en un rincón apartado, él la había tocado... La había acariciado y le había provocado un orgasmo, sin que el resto de la clientela se diera cuenta de nada. Aquel recuerdo consiguió encenderle el rostro de vergüenza.

—¿Quién eres tú? —gruñó ella, cerrando los puños.

—Eric. Donovan —precisó, de forma estúpida—. Soy el hermano de Jamie. Pensé que la cosa resultaría más fácil si... —diablos, ¿qué otra cosa podía decir? Era el hermano de Jamie y de Tessa Donovan y ayudaba en la cervecería. En realidad, no se le ocurría otra cosa que añadir. A eso se reducía todo. Lo cual constituía precisamente la razón por la que se había metido en aquel lío. Porque no había querido arriesgarse a arruinar la fugaz y salvaje chispa que había saltado entre Beth y él. Porque en aquel momento había necesitado ser alguien que nunca antes había sido.

Beth cerró los ojos y sacudió la cabeza.

—Pensaste que la cosa resultaría más fácil —repitió ella en un susurro—. Llevarme a la cama, quieres decir.

—No, no es eso lo que quería decir. Te juro por Dios, Beth, que no fue eso. Nosotros simplemente... Solo fue una fantasía, ¿no? Yo no tenía intención de hacerla...

—¿De hacerla realidad? —terminó ella por él.

Y sí, era eso lo que Eric había querido decir, solo que en aquel momento sonaba cruel. Sonaba horrible.

Al ver que se le saltaban las lágrimas, quiso tocarla, aun sabiendo que no debía. Beth se apartó y él dejó caer la mano. Ella se quedó mirando aquella mano como si fuera una serpiente.

–Me hiciste quedar como una estúpida.

–Lo siento.

–Y ahora… –señaló con un movimiento de su brazo la zona del pub–. Y ahora he hecho que todo el mundo se entere. Dios mío…

Eric se limitó a sacudir la cabeza.

–Sí, lo he hecho –insistió ella–. Pero no pasa nada, porque lo que quería era que todo el mundo supiese que tú eras el único que debería sentirse avergonzado por ello. No yo –se llevó un dedo a los labios. Su mirada se había tornado distante–. Lo que yo no quería era que eso me hiciera sentirme así.

–No deberías. Porque mi intención no era engañarte. Lo que pasa es que no supe cómo pararme y decirte: «¿podemos empezar de nuevo?». En realidad me llamo Eric».

–Eso no es excusa.

–No, no lo es.

–Debiste habérmelo dicho entonces. O anoche. O en cualquier momento de los seis últimos meses.

Eric asintió y Beth volvió a mirarlo, con sus ojos castaños oscurecidos de tristeza.

–Lo has estropeado todo.

–Lo sé –era verdad. Había sido un recuerdo perfecto. Un momento perfecto de su vida. Su cuerpo, su boca, sus manos temblorosas… Y ahora todo aquello se había convertido en algo sórdido.

Beth se irguió un poco más, como si pareciera recuperarse. Las lágrimas cesaron y alzó la barbilla con gesto desdeñoso al tiempo que pasaba de largo a su lado.

–Solo quería que lo supieras. Que lo has estropeado todo. No vuelvas a llamarme. No vuelvas a ponerte en contacto conmigo. Aunque supongo que ese era tu plan desde el principio, ¿verdad?

Tenía razón, así que él no se atrevió a tocarle el brazo para detenerla. Ni siquiera volvió a disculparse. Simplemente dejó que se marchara dando un portazo y desapareciera de su vida con la misma rapidez con que había reaparecido.

Se dejó caer en una silla, escondió la cabeza entre las manos y, mentalmente, empezó a llamarse de todo. Y, sin embargo, en su interior podía sentir aquella pequeña y dura parte de su ser que se negaba a arrepentirse de nada. De nada en absoluto. Se trataba de la misma parte de su personalidad que siempre había sido esencialmente egoísta, pero que últimamente parecía estar creciendo cada vez más.

Capítulo 3

Tan pronto como se marchó dando un portazo, Beth perdió toda capacidad para recuperarse. Se ahogaba. Respiraba demasiado profundamente, demasiado rápido, y la preocupaba que pudiera desmayarse en cualquier momento. Eso sería lo único que habría podido empeorar una situación ya de por sí insoportable: que la encontraran inconsciente en la trastienda de la cervecería como si fuera una delicada jovencita trastocada por un *shock* sexual.

Así que se apoyó en la pared y se obligó a aspirar y a espirar lentamente. Bajó la cabeza por un momento, atenta al sonido de la puerta del despacho de Jamie... de Eric, cuando se abrió a su espalda.

Pero él no pareció seguirla, y Beth se tranquilizó, y cuando abrió los ojos se sintió ya lo suficientemente firme como para caminar. Había dos hombres en el extremo más alejado de la cocina, que la observaban como si temieran que pudiera saltar sobre ellos en aquel instante como una perra enloquecida. Los ignoró, y había llegado ya a la puerta que comunicaba con la zona del pub cuando las dos hojas se abrieron hacia dentro.

Se detuvo en seco, llevándose las manos al pecho. Era

él. El hombre que realmente se llamaba Jamie. El Jamie Donovan del que había oído hablar tanto. Guapo y de apariencia un tanto golfa, al que podía imaginarse perfectamente luciendo un *kilt* escocés y flirteando mientras servía cervezas a los clientes. Eric, por el contrario, parecía el típico hombre formal que nunca perdía el tiempo en flirtear. Si quería a una mujer, la quería: era tan sencillo como eso. Así había sido, ciertamente, la noche en que se encontraron en su habitación.

–Hey –la saludó el verdadero Jamie, desviando la mirada hacia el pasillo por un instante antes de volver a clavarla en ella–. ¿Todo bien?

Casi se echó a reír. Claro, todo estaba perfectamente. Solo que la habían traicionado, manipulado y ridiculizado. Le ardieron las mejillas.

–Solo quiero marcharme de aquí –dijo, abrazándose.

–Oh. Claro. Lamento lo de… –su mirada volvió a dispararse hacia la trastienda–. La confusión –terminó con voz débil.

–La confusión. Ya –quiso sonreír, fingir que no era para tanto, pero en lugar de ello se descubrió parpadeando para contener las lágrimas–. Lamento haberte gritado antes –se apresuró a disculparse–. Estaba un poco sorprendida.

Pasó de largo delante de él y se dispuso a empujar las puertas para salir, pero de repente Jamie se volvió y alzó una mano para impedírselo.

–¿Quieres salir por la puerta de atrás?

Se quedó paralizada. En aquel instante, solo podía rezar para que entre todos los clientes que habían asistido tan encantados a su estallido no hubiera un solo conocido suyo. Escondiendo una expresión de irritación, fijó sin más la mirada al frente.

–No necesitas hacerme compañía.

—Solo quiero asegurarme de que estás bien.

—Lo estoy —dijo, pero a esas alturas era inútil. Se encontraban ya en el aparcamiento. Él pareció querer añadir algo, pero no había nada más que ella quisiera escuchar. Quería perder de vista a toda aquella gente. Para siempre.

Abrió su coche con la llave a distancia.

—Gracias —dijo, y se sentó al volante. Encendió el motor inmediatamente, pero al ver que Jamie se quedaba donde estaba, hizo un gesto de impaciencia.

Para cuando él se apartó por fin, todo estaba empezando a encajar.

¿Cómo había podido consentir que le sucediera algo así? Era como si hubiera sido el objeto de burlas de una de esas fraternidades masculinas de estudiantes... «Yo me haré pasar por mi hermano y me la llevaré a la cama».

Quiso salir de allí mismo en aquel momento, pero le ardía tanto la cara que tuvo que apretarse las mejillas con las manos frías. Tenía náuseas. Hasta ese momento, se había sentido orgullosa de su aventura. Había sido exactamente el tipo de placer atrevido y egoísta por el que había suspirado durante años.

Y ahora no quedaba nada de todo ello. Había sido menos que nada. Una herida en su orgullo. Una humillación. ¿Por qué le había hecho eso él?

—No importa —se dijo—. En serio que no importa.

No se lo creía, pero de alguna manera las palabras la ayudaron a tranquilizarse. O tal vez fuera el sonido de su propia voz, firme y fuerte.

En cualquier caso, ya estaba hecho. Y nunca más volvería a ver ni a Eric ni a Jamie Donovan, gracias a Dios.

Eric oyó los pasos de su hermano acercándose mucho antes de que entrara en su despacho. Lo cual decía mucho sobre el humor de Jamie, ya que los suelos eran de cemento.

Levantándose, se dijo que estaba preparado para aquello, pero seguía apretando los dientes cuando la puerta se abrió de golpe para chocar contra el archivador que estaba detrás.

—¿Qué demonios…? —estalló Jamie.

—Lo sé. Sé lo que parece.

—¿Lo que parece? Parece que has utilizado mi nombre para llevarte a una mujer a la cama. Pero tú nunca harías algo tan miserable como eso, ¿verdad?

Eric tragó saliva, sin responder a la pregunta.

Jamie se inclinó hacia delante y apoyó los puños sobre la mesa. Los ojos le ardían de furia.

—¿Verdad?

—Fue una equivocación —logró pronunciar Eric, esforzándose por dominar la furia que estaba naciendo de su sensación de culpa.

—Maldito canalla —gruñó su hermano.

—Escúchame, Jamie…

—No, no voy a escuchar nada. Esto es… Dios mío, yo no habría esperado esto de nadie, y mucho menos de ti.

Eric se apretó la frente con un puño. Nunca antes se había encontrado en una situación como aquella. Era su hermano quien le estaba sermoneando a él, quien le estaba exigiendo respuestas. Quien estaba haciendo lo correcto por su familia. Quien no tenía motivos para sentir vergüenza.

En aquel instante, sin embargo, quien estaba sintiendo vergüenza era él. Como si estuviera a punto de explotar de frustración. De arrepentimiento.

—No fue así —lo intentó de nuevo—. Ella me confundió contigo, y yo no la corregí. Y luego… Lo dejé estar durante demasiado tiempo. Me pareció que no hacía mal a nadie…

—Dios, ¿me estás tomando el pelo? ¿Es que no te das cuenta del daño que le has hecho a esa mujer? ¿Una mujer que creía que se había acostado conmigo?

Eric respondió con sinceridad, consciente de que había cometido un gran error.

—No sabía que eso fuera a significar mucha diferencia. Tú te has acostado con un montón de mujeres.

La mano de Jamie fue una mancha borrosa cuando se disparó hacia el pecho de Eric para agarrarlo de la camisa.

—Lo primero de todo: que te jodan. Lo segundo, que esa mujer es una desconocida para mí, de manera que no te imagines que voy a sentirme honrado de que se piense que me lo hice con ella. Y, en tercer lugar, tengo novia, por si lo habías olvidado. Así que es probable que me hayas fastidiado bien.

—Aquello ocurrió hace meses —replicó Eric.

La sonrisa desdeñosa de Jamie le recordó que no era ese el asunto principal.

—¿Has hecho esto antes?

—¡No!

Eric volvió a sentarse una vez que su hermano lo soltó. Vio que Jamie recorría la corta distancia que le separaba de la puerta antes de volverse nuevamente hacia él.

—¿Por qué lo hiciste?

—No utilicé tu nombre para engañarla de mala forma. Nosotros... tuvimos una conexión especial. Química. Pero ella pensó que yo era tú. Un soltero despreocupado, ligero de cascos. Un tipo capaz de ofrecer diversión sin compromiso alguno. Así que usé tu reputación... como si fuera una especie de licencia.

—Todo esto es tan irónico que hasta duele —la carcajada que soltó Jamie, ciertamente, parecía teñida de dolor.

Eric se encogió por dentro.

—Te has pasado la vida diciéndome que lo he hecho todo mal. Durante años, básicamente me has estado diciendo que no soy más que un imbécil irresponsable, bueno para nada.

Eric se levantó.

—Eso no es cierto. Yo...

—¿Y luego, de repente, utilizas mi nombre para ponerte a follar?

—Jamie... —los pensamientos de Eric se habían desperdigado. No sabía qué decir. En su momento, le había parecido algo inofensivo. Una pequeña mentira sin importancia.

Jamie apuntó a su hermano con el dedo como si fuera el cañón de una pistola.

—Si alguna vez se te ocurre volver a restregarme mi pasado por la cara, te juro por Dios que te arrepentirás.

Ya se estaba arrepintiendo.

—Jamie...

Pero su hermano se había marchado ya de su despacho, dando un portazo, y dejándolo allí plantado. Boquiabierto.

Dios. Volvió a dejarse caer lentamente en su silla, con el pecho tan constreñido que apenas podía respirar.

No habían transcurrido más de seis meses desde la noche que había pasado con Beth, pero tenía la sensación de que había sido una eternidad. Como si hubiera sido otra persona la que había hecho aquellas cosas.

Eric Donovan nunca deslizaría una mano por la entrepierna de una mujer en un lugar público. Nunca le provocaría un orgasmo a una mujer a la que solo conocía de unas horas. Y ciertamente tampoco tomaría una habitación de hotel con el propósito expreso de un único encuentro puramente físico, animal, sin mayores pretensiones.

Como tampoco nunca mentiría a nadie con tal de conseguirlo.

Él no era de esa clase de personas.

Se miró las manos. Las manos que habían tocado a Beth Cantrell. Las manos que habían aferrado sus caderas mientras se hundía una y otra vez en ella. Aquella locura que se había apoderado de él esa noche… no tenía nada que ver ni con el nombre de Jamie ni con su reputación.

Pero él había arruinado todo aquello con su estupidez y, a partir de aquel momento, no iba a ser para ella nada más que un triste error.

Capítulo 4

Beth no encendió las luces de la tienda cuando entró a las ocho. Todavía faltaban dos horas para abrir, y le gustaba ver el resplandor de las primeras luces del día entrando por las ventanas delanteras. La reconfortaba. Se sentía sola, y necesitaba experimentar esa sensación durante un rato.

Se esforzó por no pensar en el encuentro con Eric Donovan de la noche anterior, pero se había despertado a las seis de la mañana, una hora antes de que sonara el despertador, y ya no había sido capaz de sobreponerse al dolor.

Lógicamente, podía decirse a sí misma que eso no suponía diferencia alguna. Era un nombre. Nada más. Y era un hombre con el que no había tenido más que un breve contacto físico. No lo amaba. No sabía nada de él. Todavía menos de lo que había creído saber en un principio, al parecer.

Pero se sentía tan estúpida, sobre todo cuando pensaba que había dejado todo aquello detrás... Se sentía estúpida con respecto al sexo, a su cuerpo. Se sentía usada. Se había construido una vida entera diseñada para situarse por encima de todas aquellas cosas. Y aunque no lo había conseguido del todo, había estado absolutamente segura de que ningún hombre volvería a humillarla. Hasta ahora.

—No tengo nada de qué avergonzarme —murmuró, rasgando con rabia el papel de una caja. Pero inmediatamente se arrepintió de aquel acceso de furia. No podía vender juguetes eróticos dañados, así que, con el aliento contenido, abrió la caja para examinar el daño. Por suerte, no había llegado a rasgar el envoltorio plástico. Necesitaba tranquilizarse. Él era el único que tenía que vivir con lo que le había hecho.

De modo que se obligó a encender las luces de la trastienda y a concentrarse en lo que estaba haciendo. Al fin y al cabo, debería estar concentrando toda su atención en aquellos juguetes. En un futuro cercano, iba a tener que pasar mucho tiempo en compañía de vibradores. O eso o concertar una cita con el estiloso Davis.

Aunque quizá eso no estuviera tan mal del todo. Cairo parecía pensar que era algo... exquisito.

Beth reprimió un estremecimiento y sacó los primeros paquetes de la caja. Personalmente, no estaba interesada en un juguete provisto de un apéndice vibrador con forma de cabeza de lobo, pero los de esa clase eran muy populares en aquellos momentos. Fueran cuales fueran sus gustos personales, Beth no juzgaba las aficiones de los demás. Los *dildos* fríos tenían últimamente mucha demanda, como si la gente gustara de fantasear con el sexo frío de los vampiros, y eso a ella la dejaba indiferente...

—Adelante, chica —murmuró mientras colocaba el vibrador de cabeza de lobo.

Una vez que vació la caja, limpió bien las vitrinas, ya que nadie quería contemplar juguetes íntimos a través de un cristal lleno de huellas de dedos, y terminó de colocarlos.

Para las nueve, se sentía mejor. Firme y casi bien del

todo. Pero de repente sonó el teléfono. Sabía sin lugar a dudas que tenía que ser Eric Donovan. Tenía que seguir en contacto, ¿no? Tenía que disculparse de nuevo y quizá hasta arrastrarse ante ella. Así que por fuerza debía ser él.

Pero no lo era.

–Hola, mamá –dijo, intentando disimular la debilidad de su voz.

–Hey, cariño. ¿Dónde estás?

–En la tienda.

–Oh –dijo su madre, como si aquella diminuta palabra pudiera expresar todo tipo de cosas.

–Mamá... –suspiró–. Ojalá pudieras venir a verme alguna vez. No es lo que tú crees.

–Oh, Beth, no podría. No quiero ver todas esas... cosas.

–Todas esas cosas están en la parte de atrás. En la parte delantera solo hay lencería fina y regalos. Es un espacio para mujeres, no un sórdido cine porno.

–Pero tú vendes... –su madre aspiró profundamente, y Beth reconoció el sonido ahogado de una mano tapando a medias el micrófono–. *Dildos*.

–Sí, los vendemos –Beth alzó la mirada a la belleza de cristal negro de treinta centímetros de longitud que guardaban detrás del mostrador–. Pero no pasa nada, ya sabes. No hay nada de malo en ello.

–No, no lo hay, pero si tu padre se entera de que he entrado en un lugar así...

Claro. Y si se enteraba de que su hija dirigía una tienda de esa clase...

–Sigo pensando que deberías decírselo.

–Ni hablar –repuso su madre, azorada–. Nunca nos lo perdonaría. A las dos.

–No sé de qué habría de culparte a ti –cierto, era un hombre conservador. De la Argentina más conservadora, además de católico, apostólico y romano. Seguía gruñendo porque las mujeres ya no se cubrían la cabeza en la iglesia.

—¡Me culparía a mí de todo!

Beth puso los ojos en blanco.

—Bueno —musitó—, espero entonces que se conforme de momento pensando que dirijo un negocio de lencería femenina.

—¡Oh, claro que sí! Está muy orgulloso de ti.

No supo qué responder a eso. A veces su madre era un poquito rara. O demasiado rara.

—¿Ha pasado algo? ¿Estáis bien los dos?

—Estamos fantásticamente bien, cariño. Aunque nos vendría bien un poco de fresco. Hace tanto calor aquí…

—Pues enciende el aire acondicionado, mamá.

—Ya sabes que tu padre detesta que lo encienda en septiembre.

—Dile que tú eres una delicada angloamericana incapaz de soportar el calor. Y, estemos en septiembre o no, hace un calor de mil diablos.

Su madre soltó una risita, aunque reprendió a Beth por su lenguaje. «Pobre mamá», pensó Beth. Probablemente se moriría del susto si se enterara de que su hijita hablaba de anillos de penes y de enchufes anales con sus clientas. O quizá ni siquiera comprendiera qué significaban esas cosas…

—Te quiero, mamá —colgó con la misma mezcla de frustración y consuelo que siempre experimentaba cada vez que hablaba con ella. Sus padres le habían proporcionado un hogar seguro con toda clase de refuerzos emocionales. Pero no podían soportar las elecciones que ella había hecho. Simplemente, no podían. Eran como fronteras que no podían cruzar. Y ella lo había descubierto de la peor manera posible.

Pero seguían queriéndola, y eso era muchísimo más de lo que algunas de sus amistades habían hecho. Así que Beth se sentía ya algo más fuerte para cuando entró en la tienda principal y encendió todas las luces.

La sala volvió a la vida y ella se la quedó mirando con orgullo. Al diablo con Eric Donovan. El tipo todavía podía considerarse afortunado de que ella se hubiera acordado de su nombre falso, y aún más de que se hubiera molestado en averiguar el verdadero.

No iba a dejar que la convirtiera en la muchachita ingenua que había sido antes. Para nada.

Eric había acariciado fugazmente la idea de llamar para decir que se sentía enfermo y que no iría al trabajo. Después de todo, se sentía enfermo. La noche anterior no había conseguido dormir ni siquiera una maldita hora.

Demasiado bien sabía que no había que mentir, pero aun así lo había hecho, y para demostrarlo ahí estaba lo que le había hecho a Beth. Y a su nueva relación con Jamie.

De un humor propicio al autocastigo, se había arrastrado fuera de la cama para arrastrarse luego hacia el trabajo. Jamie había estado allí para recibirlo con una mirada furiosa tan pronto como entró. Afortunadamente, habían pasado la primera media hora en zonas diferentes de la cervecería, de modo que la furia de Jamie no había podido abrir un agujero en su cráneo.

Pero una vez que Eric puso al mecánico a trabajar, no tuvo ya excusa para no asomarse por la zona de embotellado y supervisar el trabajo. De vuelta en la sala de cubas, Wallace lo agarró de un codo con una mano que parecía una garra carnosa.

—La nueva cerveza negra —dijo, como si ello explicara la fuerza con que lo estaba agarrando.
—¿Sí?
—Ya está lista.

Oh, era por eso por lo que los ojos de Wallace brillaban de preocupación. La última mezcla no había funcionado, y Wallace había quedado frustrado, por decir poco. Eric había supuesto que estaría pensando de nuevo en Faron, pero quizá a esas alturas ya se hallara perfectamente recuperado.

—Vamos —gruñó Wallace—. Jamie y tú podréis probarla al mismo tiempo.

Eric abrió la boca para negarse, pero ni siquiera él podía justificar aquel tipo de respuesta tan inmadura. Tampoco fue capaz de decirle que sí, de modo que simplemente esperó a que Wallace recogiera el vaso de cerveza negra y lo siguió a la cocina.

Jamie ya estaba allí. Un ceño muy poco característico nubló su rostro cuando alzó la mirada del horno de las pizzas. Levantó la barbilla.

—Hey, Wallace.
—Ha llegado la hora —dijo el hombretón, con tono sombrío.
—¿La hora de qué? —inquirió Jamie.
—De la negra con sabor a chocolate.

Jamie se levantó, limpiándose las manos en el trapo que se había colgado del hombro.

—¿El Falo del Diablo?

Eric negó con la cabeza.

—Todavía no nos hemos decidido por ese nombre.

Jamie lo ignoró olímpicamente y señaló con la cabeza el vaso que Wallace tenía en la mano.

—Vamos a por ello.

Wallace llenó tres vasos pequeños de muestra. El líquido marrón parecía denso y fresco, con una capa de espuma de un precioso color crema.

—Está hecha con la nueva variedad de cacao, ¿verdad? ¿La mexicana?

Wallace gruñó mientras repartía los vasos.

—Sí. Y con chile chipotle.

Había una razón por la que estaban pensando en bautizar a la cerveza con el nombre «El Falo del Diablo». Aquella cerveza negra era la más oscura de todas, con un sabor acentuado por el chocolate y el picante. Un punto de maldad.

—*Sláinte* –dijo Eric, y los tres se llevaron el vaso a los labios.

Una profusión de sabores le llenó la boca. El amargo aguijón del chocolate negro quedaba suavizado por la malta. Y, justo al final, un sabor ahumado a chile en la punta de la lengua.

—Dios, sí que es fina –comentó Jamie.

Wallace no sonreía.

—¿De veras?

Eric asintió.

—Lo es. Una mejoría del cien por cien sobre la última mezcla. Fantástica.

Un tembloroso brillo asomó a los ojos de Wallace, como si finalmente se hubiera atrevido a esbozar una leve sonrisa. Eric no podía decirlo, por culpa de la barba.

El maestro cervecero bebió otro trago y se limpió la espuma del vello facial.

—Había pensado en sacarla para finales de noviembre.

—Será perfecta para el invierno –se mostró de acuerdo Jamie.

Eric asintió, aunque no estaba muy seguro.

—¿Existe alguna posibilidad de que adelantemos una

tirada limitada para mediados de octubre? Podría ser una estupenda cerveza de Halloween.

—No —sentenció Jamie antes de que Wallace pudiera contestar—. Tenemos la Harvest Ale, por no hablar del trabajo que nos llevará el restaurante. Y todavía no hemos decidido un nombre para esta cerveza, ni empezado a trabajar con un logo. Nunca conseguiríamos que nos la aprobaran a tiempo en la junta de licores.

La mirada de Wallace se disparó hacia Eric como si estuviera esperando una discusión entre los dos hermanos. Eric sintió que los músculos del cuello se le endurecían como piedras. Las palabras de Jamie habían sido como puñetazos, de lo duras que habían sonado.

Le entraron ganas de espetarle otras igualmente duras. Al fin y al cabo, era él quien tomaba las decisiones, y no Jamie. Pero Jamie estaba intentando imponerse en ese proceso. «Lo cual es una buena cosa», se dijo Eric.

—Perfecto. Finales de noviembre.

—¿Y el nombre? —presionó Jamie.

—Ya lo discutiremos.

Su hermano frunció el ceño.

—Es un nombre bueno. Wallace, a ti te gusta, ¿verdad? Fue idea tuya.

Wallace encogió sus colosales hombros.

—Eso es cosa vuestra.

—Buen trabajo, Wallace —dijo Eric cuando el hombretón volvía ya a la sala de cubas. Aquella era su guarida personal, y aunque pertenecía a los Donovan, gruñía como un ogro cada vez que alguien entraba en ella sin su permiso.

Justo en el instante en que desapareció Wallace, se abrió la puerta trasera y entró su hermana Tessa en medio de un rayo de sol. Tessa Donovan era como un personaje de Disney: toda sonrisas, emanaba felicidad, Eric solía comentar en broma que veía gorrioncillos volando en torno a su cabeza.

Pero, después de lo ocurrido durante los últimos meses, había dejado aquellas bromas. La pequeña Tessa ya era una mujer adulta. Y tenía a un hombre viviendo en su casa para demostrarlo.

—¿Qué pasa? —inquirió.

—La nueva negra chocolate —señaló el vaso con la cabeza.

Tessa se sirvió una muestra y la probó.

—¡Oh, ha mejorado muchísimo! Es perfecta. Me encanta el picor del final.

—La sacaremos para noviembre. Necesitaré que te pongas a trabajar en el logo. Yo me ocuparé de los permisos.

—¿Ya está decidido el nombre?

Jamie esbozó una fría sonrisa.

—A todo el mundo le encanta el de Falo del Diablo. Pero Eric está asustado.

—No estoy asustado. Simplemente no quiero herir la sensibilidad de nadie.

Tessa ladeó la cabeza.

—Yo creo que es un buen nombre. Ya sabes, tanto los nombres como los logos se están volviendo cada día más atrevidos. Y el logo será un gallo, ¿verdad? ¿Con cuernos de diablo?

Eric se cruzó de brazos. Su silencio era suficientemente explícito.

—Dios mío —ladró Jamie—. Pero si hace meses que estuviste en la oficina gestionando los permisos…

—Solo dije que lo tendría en cuenta.

—Hey, tengo una idea —dijo de pronto Jamie, inclinando la cabeza hacia él como si fuera a compartir un secreto—. ¿Por qué no intentas echarle un par de huevos al asunto, para variar?

Eric dejó caer las manos, cerrando los puños.
—¿Perdón?
—Ya me has oído.

Volvían a estar justo en el mismo lugar donde habían estado hacía años, y Eric entró al trapo con facilidad, recordando la década entera que había pasado ventilando su furia contra Jamie.

—Mira, hermanito. Ya sé que tu idea de la planificación es actuar caóticamente y esperar luego que algo salga bien, pero esa no es una conducta profesional. Yo soy responsable de la reputación de esta cervecería y…

—Oh, estás de broma, ¿verdad? Porque, viniendo de ti, esa frase desprende una ironía que da risa. Si piensas por un momento que…

—¡Hey! —gritó en aquel momento Tessa, y Eric se dio cuenta de que los dos se estaban gritando—. ¿Qué está pasando aquí? Creo que me he perdido algo.

La furia de Eric se evaporó en seguida. Debería haber mantenido la boca cerrada. Jamie, por el contrario, parecía estar experimentando un morboso deleite. Sonreía.

—¿Por qué no se lo preguntas a Eric?

Eric sacudió la cabeza. No quería contárselo a Tessa. Era su hermanita pequeña. Antaño, él había sido un héroe para ella.

—Solo es una discusión.

Tessa entrecerró los ojos.

—Oí algo acerca de una mujer que vino aquí e inició una discusión con Eric, pero yo supuse… —se volvió hacia Jamie—. Todo marcha bien entre Olivia y tú, ¿verdad?

—Olivia y yo estamos fenomenal, pero gracias de todas maneras por el voto de confianza. Pregúntale a Míster Perfecto de qué va todo esto. Ah, y cuidado cuando se te caiga encima el pedestal donde está subido, Tessa.

Ella puso los ojos en blanco.

—¿Qué se supone que quiere decir eso?

—Quiere decir que cuánto más alto subes, más dura será la caída. Sobre todo si lo que pretendes es hacerte pasar por un ángel.

—De acuerdo –suspiró Eric–. Ya basta.

—No, no basta. Pero dejaré que se lo expliques tú mismo a nuestra hermana. Yo tengo que trabajar.

Jaime desapareció en la zona del pub. Las puertas oscilaron suavemente tras su marcha, aunque Eric tuvo la sensación de que se había ido dando un portazo. Su cerebro se esforzaba desesperadamente por encontrar una manera de explicárselo a su hermana, pero no encontraba ninguna. Se sentía tan condenadamente cansado... Y culpable.

Tessa se cruzó de brazos.

—¿Problemas con mujeres? ¿Es que es el Día de los Inocentes?

—Ojalá lo fuera.

—Vamos. Suéltalo.

Estaba sonriendo como si fuera una broma, porque no podía imaginarse que Eric pudiera hacer algo merecedor de un escándalo. Él era el hermano responsable. El formal. El único que nunca tenía tiempo para divertirse. El que todo lo hacía bien.

—No es para tanto –mintió–. Solo una discusión con una mujer.

—Oh, ¿es eso todo? –se inclinó hacia delante–. En serio, Eric. ¿Qué mujer?

—Alguien a quien conocí hace meses. Solo fue una cita. Nada serio.

—¿Entonces por qué anoche vino aquí a gritarte?

Ah, eso. Contuvo el aliento por unos segundos, esperando que se produjera un terremoto o empezara a sonar una alarma de tornado. Cualquier cosa que distrajera a su hermana de su pregunta. Pero no hubo desastre natural alguno. Y Tessa terminaría averiguándolo, tanto si él se lo decía como si no.

—Esa mujer pensó que yo era Jamie —se apresuró a explicar.

Tessa no reaccionó con horror. No perdió el aliento ni se llevó una mano a la frente. Simplemente soltó un resoplido escéptico.

—Eso es ridículo. Vosotros dos no os parecéis en nada.

—Cierto. Pero ella vio el nombre de Jamie en la feria comercial de la primavera pasada, y me confundió con él. Eso es todo.

—Oh. Bueno, es muy extraño. ¿Pero por qué tú no…? Es igual. No importa. Siempre y cuando no te acostaras con ella, claro… —fue en ese preciso momento cuando su diversión se evaporó—. Porque no te acostaste con ella, ¿verdad?

Eric deseó haber estado en aquel instante en su despacho para poder sentarse. Las piernas no le sostenían bien. Fue hacia la pared de cristal que separaba la cocina de la sala de cubas y se quedó mirando a Wallace mientras sacaba brillo a uno de los toneles.

—¿Eric? Solo estaba bromeando.

Carraspeando, se obligó a volverse hacia ella.

—No la corregí en un principio, y luego se me hizo raro sacar a colación el tema. No supe qué decirle.

—¿Te acostaste con ella ocultándole tu verdadero nombre?

—¡Yo ni siquiera tenía intención de verla después de la feria! Pero luego los dos… acordamos que sería una aventura de una sola noche, sin ataduras. Que no volveríamos a vernos, así que me dije a mí mismo que eso no importaba.

En esa ocasión, Tessa sí que se llevó una mano a la frente.

—Oh, no.

–Ya.

–Lo descubrió.

–Sí.

Sus ojos verdes se desorbitaron con una expresión consternada.

–Oh, Eric. Eso es... horrible.

–Lo sé. Intenté disculparme con ella, explicárselo. Pero estaba terriblemente enfadada.

–¿Enfadada? –repitió su hermana–. ¡Probablemente se sentirá fatal!

–Ojalá pudiera dar marcha atrás al reloj y cambiarlo todo, pero no puedo. En aquel momento, no me pareció que importara mucho.

–Eso es ridículo. ¿Por qué no le diste tu nombre? ¡Tuviste que tener una razón!

Sí, había tenido una razón, pero no pensaba decírsela a Tessa. Desde el primer momento en que vio a Beth Cantrell, la deseó. Y eso fue antes de descubrir quién era. La propietaria de la tienda erótica. La sensual, despampanante, sofisticada encargada de la boutique erótica. Una mujer situada completamente fuera de su mundo. Hasta que entró en él.

Le había gustado: eso había resultado obvio. Se había mostrado interesada en él. Y parte de aquel interés se había debido a la reputación de Jamie como hombre dispuesto a jugar aquel juego. Y Eric había pensado... diablos, había pensado que, por una vez, se merecía la clase de diversión que disfrutaba su irresponsable hermano cada día de la semana.

Había imaginado que la reputación de su hermano era tan canalla que un fugaz encuentro no le importaría a nadie. Pero ahora Jamie alegaba que su reputación era en gran medida exagerada, que apenas había salido con mujeres durante los últimos años.

Eric se pasó una mano por los tensos músculos del cuello.

—No lo sé. Lo que empezó como un equívoco terminó en engaño.

—Entonces no deberías haberte acostado con ella.

—Es verdad —pero aquello era lo más ridículo que había oído nunca. Beth Cantrell era una fantasía. Su fantasía, en todo caso.

—Por cierto, ¿desde cuándo tienes tú aventuras de una sola noche?

—Yo... —se ruborizó.

—¿Es por eso por lo que parece que nunca sales con nadie? ¿Porque simplemente eliges a una desconocida cada vez?

—¡No! Dios mío, Tessa. No, yo no voy por ahí acostándome con desconocidas. Lo cual debería explicar por qué lo he estropeado todo.

—Necesitas hablar con ella.

—Ya me he disculpado.

—Lo sé, pero esa chica debe de sentirse como una imbécil, Eric. Por culpa tuya.

Él cerró los ojos con fuerza.

—No es una buena idea. Se suponía que no teníamos que volver a vernos.

—Bueno, eso suena algo exagerado. ¿Acaso es la hija de tu peor enemigo o algo así?

Eric forzó una sonrisa.

—No es eso. Es una buena chica.

En realidad, no sabía si Beth era una buena chica o no. Se lo había parecido las pocas veces que había hablado con ella. Pero lo que habían hecho juntos no había estado bien. Había sido algo... perverso.

Y maravilloso por otro lado. Dejó caer los hombros.

—Entonces... ¿debería hablar con ella?

—Yo lo único que sé es que, de haber estado en su lugar, estaría aterrada. Probablemente, a estas alturas pensará que eres un asesino en serie.

—Así que debería salir en su busca y sorprenderla, ¿no? —repuso, irónico.

—Sabes lo que quiero decir. Simplemente hazle comprender que aquello no tenía nada que ver con ella. Que no fue un juego.

—Lo pensaré —dijo él.

Pero su hermana empezó a empujarlo hacia la puerta.

—Hazlo.

—Tessa...

—¡Hazlo! ¡O pensaré de ti que eres una persona horrible!

Y se marchó, dejando tras de sí aquellas terribles palabras. No tenía elección, la verdad. Tessa era mujer: si pensaba que él necesitaba disculparse de nuevo, entonces probablemente tenía razón.

Pero seguro que Beth no querría saber nada de él. Diablos, ni siquiera había querido volver a verlo cuando todo había marchado bien entre ellos...

Quizá podría llamarla. Abrió la agenda del móvil, pero fue en vano. Había borrado deliberadamente su nombre y su número. Le había perturbado mucho verla allí, aquel breve nombre que había parecido brillar más que los demás. Aquel nombre lo había tentado, y algunas noches se había sorprendido a sí mismo contemplándolo con fijeza, intentando convencerse de que un solo encuentro más no haría daño a nadie... Dios, se había equivocado de medio a medio.

Alzó la mirada al reloj de pared. Las nueve y media. ¿A qué hora abrían las boutiques eróticas? Podía pasarse por allí, a ver si estaba. Beth era la encargada del negocio, y si en algo se parecía a él, era seguro que llegaría a la tienda temprano y se marcharía tarde.

Removiéndose inquieto, miró a su alrededor con la esperanza de que una repentina responsabilidad le lloviera del cielo para exigir toda su atención. Pero sus responsabilidades estaban menguando día a día. Jamie había asumido algunas y Tessa otras. Ya no lo necesitaban como antes.

Sabía dónde estaba The White Orchid. De hecho, probablemente habría podido conducir hasta allí con los ojos cerrados, pese a no haber puesto nunca un pie en el lugar. Estaba solamente a ochocientos metros de la cervecería… y su imagen resplandecía como una explosión de luz en su cerebro.

Tessa tenía razón. Necesitaba redimirse, y quizá entonces pudiera sacarse a Beth Cantrell de la cabeza de una vez por todas.

Capítulo 5

Beth distinguió el reflejo metálico de un coche frenando ante la puerta, pero para cuando se asomó, había pasado de largo y ya no podía verlo. Se suponía que Kelly no tenía que llegar hasta las once, y todavía faltaban veinte minutos para abrir.

Esbozó una mueca ante la perspectiva de tener que despachar a un cliente tempranero. La última vez que lo había hecho, el tipo había llorado y suplicado, alegando que tenía una emergencia que requería aceite para masaje en el acto.

Lo cual no había logrado convencerla de que descorriera el cerrojo y lo dejara entrar.

Y ahora aparecía otro hombre. ¿Por qué tenían que ser precisamente hombres los que…?

–Oh, no –exclamó por lo bajo, retrocediendo instintivamente. Aquel hombre no era un cliente poseído por una tempranera necesidad erótica. Era él.

Él, Eric, que no Jamie… parecía un hombre con una misión. Ceño fruncido, labios apretados. Ojos entrecerrados contra el resplandor del sol. Aspiró profundamente y tocó el cristal con los nudillos, para luego enterrar las manos en los bolsillos y esperar.

Beth contuvo el aliento. Ella solo estaba a unos tres metros de distancia, pero al parecer él no podía verla a través del cristal ligeramente tintado. Gracias a Dios, porque no tenía el menor interés en ser vista.

Él frunció el ceño un poco más y bajó la cabeza, casi como si pudiera escuchar sus pensamientos. Su pelo casi negro brillaba como si se lo hubiera despeinado el viento, y Beth desvió la mirada. Odiaba que todavía pudiera encontrarlo tan atractivo.

Su siguiente toque a la puerta la sobresaltó, haciéndola dar un respingo. El movimiento llamó la atención de Eric, y de repente la estaba mirando directamente. El corazón le dio un vuelco, y cuando él alzó una mano a manera de saludo, ella sacudió la cabeza.

Eric no se movió.

—Maldita sea —susurró Beth. Se volvió para alejarse, mirando hacia su despacho como buscando refugio. Pero no era un escondite muy efectivo. Él habría vuelto a llamar a la puerta a los veinte minutos, cuando abriera la tienda. Y no parecía nada dispuesto a marcharse de allí.

Se miró la ropa, contenta de no haberse puesto aquella mañana una sudadera y unos leotardos, como había estado tentada de hacer. En lugar de ello, llevaba unos tejanos oscuros y tacones altos, negros. Al menos tendría buen aspecto cuando lo fulminara con la mirada.

Aspiró profundamente antes de volverse de nuevo y caminar con paso rápido hacia la puerta. Eric no sonrió, ni pareció alegrarse de su victoria. Simplemente se la quedó mirando muy serio.

El cerrojo se deslizó sin ruido, aunque ella había esperado que sonara como un latigazo.

—¿Qué quieres? —le preguntó por la rendija de la puerta que había dejado entornada.

—Esperaba que pudiéramos hablar.

–No.

–Por favor –insistió–. Sé que no tengo excusa, pero aun así me gustaría explicarme. Pedirte disculpas. Lo que sea.

Parecía cansado. Y abatido. Y aun así ofensivamente guapo con sus pantalones cargo y su polo negro. Sus ojos gris azulado se clavaban en los suyos como para expresarle su sinceridad.

Y, maldita sea, ella podía verla.

–Está bien –le espetó Beth–. Puedes entrar. Pero solo un momento, estoy trabajando –abrió la puerta del todo para dejarle pasar y, cuando lo hizo, el leve aroma de su jabón la impactó. Las rodillas le flaquearon, como cuando abandonó su cama con la languidez del deseo satisfecho.

Agarró el picaporte como para afirmarse en el presente, antes de volver a correr el cerrojo.

Se lo encontró de pie a un paso escaso de la puerta, contemplando la tienda como si fuera una tierra extraña que nunca hubiera visitado. Supuso que así sería, desde luego. Había sido el otro hermano quien se había presentado allí con una chica.

Por un instante, esperó simplemente a que se volviera de nuevo hacia ella, pero mientras se removía inquieta, cruzando y descruzando los brazos, se dio cuenta de que se sentía demasiado vulnerable. No sabía qué hacer con las manos. No sabía si debía aparentar naturalidad o mostrarse tensa o agresiva. De modo que pasó de largo a su lado y rodeó el mostrador de cristal hacia su puesto habitual ante la caja registradora. Pensó que sería mejor que hablaran separados por los sesenta centímetros que medía de ancho el mostrador.

Eric parecía incapaz de apartar la vista del surtido de artículos «vuelta al colegio», en realidad bastante diferente del de la mayoría de los establecimientos educativos. El maniquí lucía una camisa de botones y una minifalda negra, blandía una regla en la mano y parecía mirar por encima de sus gafas negras. Pero en la otra mano tenía un látigo, y sus zapatos de plataforma estaban adornados con tacones metálicos de más de doce centímetros. A Beth le gustaba especialmente la reluciente manzana roja que descansaba sobre los libros de tema sexual que tenía a sus pies. Era un detalle hermoso y perverso al mismo tiempo, aunque Eric parecía más asombrado que complacido.

Beth se aclaró la garganta.

—Disculpa —dijo él, volviéndose hacia ella—. Quiero decir que... te pido disculpas por todo. Incluida la manera en que lo descubriste.

Ella procuró mostrar con la mirada la menor expresión posible, nada deseosa de volver a revelar su vulnerabilidad.

Eric dio un paso hacia delante y apoyó también las manos sobre el mostrador, frente a ella. Por un momento pareció distraído por la joyería de piercings que había bajo el cristal. O quizá fueran los anillos metálicos de pene. En cualquier caso, finalmente sacudió la cabeza.

—De verdad que no puedo explicar por qué no te revelé mi verdadero nombre. Eso no tuvo ningún sentido. Fue injusto, y yo fui consciente de ello desde el primer momento.

—Pero no te importó.

—No me parecía... real. No me refiero a ti, por supuesto —se apresuró a señalar—. Tuve la sensación de que... Bueno...

Beth vio que las comisuras de sus labios se alzaban como si fuera a sonreír, así que apretó los suyos. Eric carraspeó antes de continuar:

—Pero todo fue una fantasía, ¿verdad? No soy de la

clase de tipos que conocen a una mujer hermosa y la invitan acto seguido a una habitación de hotel. Tuve la sensación de que yo era otra persona.

–¿Tu hermano?

Esbozó una mueca.

–No. Simplemente que no era yo mismo.

Quería odiarlo. Lo odiaba, de hecho. Pero también sabía lo que quería decir. Ella tampoco era de la clase de mujeres que se acostaban con un hombre a las pocas horas de conocerlo. Algo que no estaba dispuesta a revelarle.

–Tú te pareces más a un Eric –comentó.

–¿De veras?

Beth se encogió de hombros.

–Puedes irte ya –dijo con tono glacial, decidida a no ceder a la punzada de comprensión que sentía por él.

Se hizo un denso silencio, al final del cual Eric asintió.

–Está bien. Pero yo no estaba jugando ningún juego. No quiero que pienses que me burlé de ti. Que te hice quedar en ridículo.

–¿Perdón?

–No, no lo hice –se apresuró a subrayar.

–Oh, ya sé que no lo hiciste. Yo no quedé en ridículo. Porque yo no hice nada malo.

Eric desorbitó los ojos, alarmado.

–¡Por supuesto! No pretendía insinuar…

–Tú te pusiste en ridículo a ti mismo, Eric Donovan –masculló con los dientes apretados–. Yo estoy bien. Soy una gran chica.

–Ya –dijo él con tono suave–. Sé que lo eres –bajó la cabeza, pero cuando Beth retrocedió un paso, volvió a alzar la mirada. Las arrugas de alrededor de sus ojos parecían haberse profundizado–. Gracias por haberme dejado pasar. Solo quería asegurarme de que estabas bien.

—Lo estoy.

—Me alegro —se marchó entonces, descorriendo el cerrojo y despidiéndose con un saludo vago, apagado. Beth se quedó justo donde estaba, diciéndose a sí misma que se alegraba de no volver a verlo nunca más. Era un mentiroso y un estafador, indigno de su atención.

Desafortunadamente, sabía por experiencia que él todavía era capaz de conseguirla.

Lo de hablar con ella no le había ayudado.

Oh, quizá su conciencia se sintiera ligeramente aliviada, pero en aquel momento Beth seguía dentro de su cabeza, aferrada allí como un espíritu exigiendo venganza.

Volver a la cervecería tampoco le ayudó. Tessa le hizo un gesto de ánimo, levantando los pulgares con una gran sonrisa, lo cual hizo que se sintiera como un niño travieso y descarriado. Y Jamie lo ignoró completamente, lo cual hizo que le entraran ganas de empujarlo para empezar una pelea, al igual que habían hecho siempre.

Eric siempre había sido el maduro de los dos. Diablos, cuando sus padres fallecieron, él, a sus escasos veinticuatro años, se había echado sobre los hombros la responsabilidad de sus hermanos adolescentes y de la cervecería, y la había cumplido bien. No había habido fiestas ni diversiones, ni vacaciones, y muy pocas relaciones durante los trece años que habían transcurrido desde entonces.

Había trabajado. Había hecho de padre. Y había sentado un buen ejemplo. Había hecho lo que había que hacer, pese a que se había sentido inadecuado para la tarea y mortalmente asustado durante la mayor parte del tiempo.

Pero algo había ido mal durante los dos últimos años. Muy mal. Sentía la piel como si se le hubiera empezado a encoger, a apretarle todo el cuerpo. Y tenía también la sensación de que el cráneo se le estaba quedando pequeño: arrastraba aquella tensión como un casco que le dificultaba pensar. Se sentía... aterrado. Lo cual no tenía sentido.

A pesar de que el contrato con el Grupo Kendall se había frustrado, por no hablar del problema que había sobrevenido después, las cosas estaban marchando muy bien. La tasa de beneficios había crecido a un seis por ciento anual durante el último sexenio. Un crecimiento elevado y continuado. Jamie finalmente había madurado y estaba asumiendo nuevas responsabilidades. Tessa era más feliz que nunca. Y todos, por fin, se estaban llevando bien.

Todo estaba bien. Pero Eric se sentía... perdido.

Había perdido algo, de alguna manera. Había perdido el control. Los planes para ampliar la cervecería y convertirla en restaurante no habían formado parte de sus planes, pero él no había podido negarse. Jamie, Tessa y él eran socios, al fin y al cabo. En iguales condiciones. Iguales. Y, sin embargo, Eric no se sentía un igual. No mentalmente. Y quizá no lo fuera para ellos, tampoco. Porque él no era un Donovan. En realidad, no lo era. Sentía como una injusticia de la peor especie que su padre le hubiera dejado un parte alícuota en el negocio Donovan, y como una broma cruel que hubiera recaído sobre él la dirección de la cervecería durante tanto tiempo.

Porque, a pesar de todas las cosas maravillosas que aquel hombre había hecho por él, a pesar del papel que había jugado en su vida, Michael Donovan no había sido su verdadero padre.

Eric todavía se acordaba de su padre biológico, aunque solo a retazos. Durante sus primeros años de vida, él había acudido a visitarlo los fines de semana. Luego solamente en vacaciones. Hasta que no volvió a aparecer más.

Eric tenía el pelo y los ojos de su padre. Llevaba sus genes. Y ni una sola gota de sangre Donovan que justificara el hecho de que poseyera aquel lugar, o el amor incondicional que Michael Donovan le había demostrado.

Pensar en ello hacía que el cráneo le apretara aún más el cerebro, así que flexionó los músculos del cuello y cerró los ojos. Hasta su despacho lo sentía pequeño, agobiante. Pero no quería pasar tiempo cerca de Jamie, lo que lo animó a dirigirse a la sala de embotellado. Sería un trabajo duro apostarse frente a la cinta embotelladora, pero merecería la pena si con ello se agotaba. Al menos conseguiría dormir algo aquella noche.

Ocho horas después, para cuando se encaminaba hacia su casa, estaba absolutamente exhausto, pero su mente seguía trabajando tan frenéticamente como siempre.

—¡Mañana cena! —le gritó Tessa cuando lo vio salir, y Eric esbozó una mueca.

Esa semana, la cena familiar de los domingos quedaba fuera de su zona de confort. Pero si no se presentaba, quedaría como un cobarde, o como si se sintiera avergonzado. Maldijo para sus adentros.

Ya en su apartamento, uno pequeño de solo dos dormitorios, que hasta a él mismo le resultaba casi ascético, se preparó un bocadillo, sacó una cerveza y encendió la televisión para ver un combate de boxeo. En su opinión, el boxeo era el deporte perfecto. Había reglas y una estructura, pero al mismo tiempo era el más básico de todos los deportes. El más primario. Pegar al otro tipo, literalmente. Los demás deportes parecían querer bailar alrededor de aquel asunto, dar rodeos.

—Sí, puedes destrozar físicamente a tu oponente, pero al mismo tiempo tienes que manejar una pelota mientras lo haces —reflexionó en voz alta. Eso le parecía deshonesto, aunque quizá simplemente la culpa fuera suya y se sintiera demasiado sensible al respecto.

Una vez que resultó evidente que ambos púgiles estaban buscando ganar a los puntos que no por K.O., Eric apagó la televisión, sacó otra cerveza de la nevera y fue a ducharse.

Diez minutos después estaba en la cama con el televisor del dormitorio encendido y el cuerpo tan tenso como siempre.

Aquella era su vida. El trabajo. La familia. Y aquel apartamento de paredes desnudas. Y, sin embargo, su familia había crecido. Tanto Tessa como Jamie tenían sus respectivas parejas. Y hogares que se habían tomado el tiempo necesario de diseñar y construir. Y también se habían implicado cada vez más en la cervecería. Dado que su papel en sus vidas se estaba encogiendo, ¿cómo diablos se suponía que iba a compensar aquel vacío?

Necesitaría buscarse un hobby. O quizá podría asumir toda la responsabilidad de la gestión comercial y pasar más tiempo viajando.

La idea no lo satisfacía, pero parecía lógica. Se la plantearía a Jamie en la cena del domingo. Jamie probablemente se alegraría de poder estar más tiempo con su nueva novia. Hasta el momento no se lo había comentado a nadie, pero su hermano parecía tremendamente ilusionado con su relación con Olivia.

Quizá fuera eso lo que él necesitaba. Una mujer.

Por desgracia, Beth era la única mujer que acudía a su mente. Una mujer que al mismo tiempo le estaba vedada por muchas razones, empezando por el hecho de que ella lo odiaba con todas sus fuerzas. Pero, Dios, qué guapa estaba aquella mañana, en la tienda... Más de lo que había estado la primera vez que la conoció, o tal vez fuera que conocía ya la forma exacta de sus senos y el color de sus pezones... O que sus dedos todavía podían recordar la manera en que sus curvas se habían rendido a sus caricias.

Era una mujer espectacular, a la manera de las chicas *pin-ups* de los años cuarenta. Dulces, exuberantes, sensuales. La personificación del sexo, aunque con una sonrisa que siempre parecía guardar las distancias.

Aquel día, desde luego, no le había sonreído en absoluto. Pero la furia de su mirada le había recordado la ferocidad de su deseo en aquella habitación de hotel. Lo había deseado tanto como él a ella. Ambos habían estado desesperados. Cuando empezó a hundirse en su cuerpo, ella se había aferrado con las dos manos al cabecero de la cama, con los nudillos blancos...

Eric cerró los ojos ante el televisor encendido y apartó las sábanas. Cerró luego una mano alrededor de su duro miembro y se imaginó que era la de Beth. En lugar de enfadarse cuando él se presentó ese día en su tienda, se había mostrado contenta de verlo, deseosa de retomar la relación en el punto en que había quedado interrumpida...

Empezó a acariciarse, sintiendo cómo se hinchaba su falo, y se imaginó a sí mismo desabrochándole y bajándole los tejanos. Tumbándola luego sobre el mostrador y bajándole la braga. ¿Se dejaría poseer por él de esa manera? ¿A la luz del día, en su propia tienda, con una simple puerta cerrada separándolos del resto del mundo?

Su vientre quedaría presionado contra el frío cristal del mostrador, con su trasero desnudo y expuesto bajo sus dedos. Y su sexo estaría tan húmedo y tenso como recordaba él. La penetraría lenta y cuidadosamente, y ella suspiraría de placer. Y después le suplicaría que acelerara el ritmo, la fuerza. Lo llamaría por su nombre verdadero y todo sería perfecto.

Eric se acarició con mayor velocidad. En su fantasía, Beth gritaba, arqueaba la espalda. «Fóllame, Eric», gemiría, y él sentiría aquella sensación de poder que acompañaba siempre al conocimiento de que podía provocar el orgasmo a una mujer así. Se había estremecido en sus brazos, había sollozado, y a él le había parecido un maldito milagro que una mujer como ella se hubiera derretido en sus brazos.

Incluso en su imaginación aquello había sido un milagro carnal, y Eric se acarició brutalmente una vez más mientras evocaba la presión de sus músculos internos sobre su sexo.

«Córrete», le ordenó Beth dentro de su mente, y así lo hizo, sintiendo el calor derramándose sobre su propio vientre en lugar de llenarla a ella... Pero, aun así, eso le hizo sentirse mejor que cualquier cosa que hubiera hecho desde aquella ya lejana noche, en la habitación de aquel anónimo hotel.

Dejó caer la cabeza contra la almohada y, finalmente, se sintió cansado. Gracias a Dios.

Beth tenía una clase que dar el lunes, así que buscó en la tienda todo lo necesario una vez que acabó su turno. El sábado por la noche, el local se llenaba de parejas en busca de diversión y de grupos de mujeres que reían cómplices al ver los consoladores que, al final, terminaban guardando subrepticiamente en sus bolsas de la compra. Beth había hecho la sustitución de las cestas por bolsas para que algunas clientas no sintieran vergüenza de las miradas que podían suscitar cuando cargaban, por ejemplo, un frasco de lubricante de litro en su cesta. Había gente que se reía a cuenta de aquellas cosas.

Como no encontró nada particularmente inspirador en la sala de juguetes eróticos, fue a su despacho para rebuscar entre las cajas que había allí. Parecía que día sí y día no recibían un nuevo juego de muestras, y seguro que podría encontrar alguna inspiración dentro de alguna de aquellas cajas de cartón de aspecto inocuo.

Como era de esperar, encontró un novedoso modelo y se guardó el envoltorio de plástico en el bolso después de lanzar una mirada sobre su hombro no fuera que la estuvieran mirando, casi como si fuera una de aquellas tímidas clientas. Aquella cohibición suya era la cruz de su existencia. Podía ayudar a una chica de dieciocho años a escoger un set de vibradores para ella y para su pareja sin el menor problema, pero era incapaz de hablar de su propia vida sexual sin tartamudear y ruborizarse. Afortunadamente, Cairo no era tan reticente y además siempre estaba encantada de ayudarla con sus clases. Por cierto, a propósito de las clases...

—No te olvides de lo del lunes por la noche —le dijo a Cairo cuando ya se disponía a abandonar la tienda.

—¡El punto G! —gritó Cairo—. ¡Recibido!

La maravillosa sonrisa de la joven no tembló lo más mínimo. ¿Habría nacido ya con aquella desinhibición y aquella confianza? Y, lo que era más importante, ¿habría alguna manera de que pudiera contagiárselas a ella?

Por un tiempo, podría ser divertido. Beth no podía imaginarse a sí misma poseyendo la seguridad necesaria para relacionarse con dos hombres al mismo tiempo. Diablos, si hasta la relación una a una era ya de por sí decepcionante... No se trataba de que fuera una mujer inadecuada, sino de que los hombres parecían pensar en ella como en un animal exótico. La encargada de una tienda erótica. La guardiana de secretos sexuales tan misteriosos como emocionantes. La mujer que sabía tocar a un hombre en lugares que él mismo desconocía, y hacer que su cuerpo llorara lágrimas de gozo...

Mientras tanto, Beth simplemente esperaba encontrar finalmente su propio punto G, para que el lunes por la noche no fuera un completo fraude. Aunque a juzgar por las otras clases que ya había dado, incluso un completo fraude podría encandilar a una tienda llena de estudiantes deseosas de aprender. Tampoco Beth se tenía a sí misma precisamente por una maestra en el arte de la felación, pero había recibido numerosos correos felicitándola por aquel pequeño seminario.

Por cierto, a propósito de ello... Beth volvió a entrar en la tienda.

—Cairo, ¿estás ya con la columna del próximo miércoles?

—Sí. Te la enviaré mañana.

—Gracias. Eres la mejor.

Las columnas. Las clases. Era demasiado. Annabelle Sánchez, la propietaria de la tienda, la había avasallado con toda clase de nuevas iniciativas comerciales, que habrían estado bien si ella no se encontrara en aquel momento dando la vuelta al mundo en busca de lo que denominaba «su diosa interior».

Beth suspiró mientras conducía de camino a casa. Había veces en que le entraban ganas de matar a Annabelle. De veras que sí. Cierto, Annabelle era su mejor amiga y la propietaria de The White Orchid, y la quería como a una hermana, una especie de abrumadora hermana *New Age*. Pero su viaje de autoexploración por todo el mundo estaba durando ya demasiado. Si quería que The White Orchid impartiera clases, debería ser Annabelle quien las diera, que no ella. Si su jefa quería una columna semanal de información sexual para la publicación alternativa local, debería escribirla ella misma. Porque Beth no sabía lo suficiente como para contribuir cada semana con un nuevo tema.

Menos mal que las otras chicas de la tienda habían aceptado ayudarla. En aquel momento se repartían ellas la columna, y Beth la editaba para unificar estilos, de manera que apareciera firmada con el sobrenombre de «Señorita Blanca».

Beth había esperado que ese recurso protegiera su intimidad, pero el tiro le había salido por la culata. Sus empleadas se habían mostrado tan ilusionadas que habían maquetado la primera columna ellas mismas. Y la segunda. Y la tercera. En aquel momento, las cuatro columnas publicadas hasta la fecha estaban pinchadas en el tablón de anuncios de The White Orchid, y todo el mundo pensaba que Beth era la reputada autora de las mismas. Como resultado, su reputación en materia sexual crecía cada día, pese a que el conocimiento que la sustentaba no le pertenecía en absoluto.

Se suponía que Annabelle debería haber regresado hacía meses, y que cuando lo hiciera, todo volvería a estar bien. Ella podría encargarse de las clases, de escribir la columna. Pero su amiga seguía postergando su vuelta. Primero fue un mes. Luego mes y medio. Su última escala había sido Egipto, para estudiar la sabiduría sexual de su antigua civilización.

Beth estaba completamente segura de que la mitad de la impaciencia que sentía por la ausencia de Annabelle tenía que ver con su propio deseo de viajar a otros países para estudiar sus culturas. Al fin y al cabo, se había especializado en Antropología antes de cambiarse a los estudios de género. Aunque, en realidad, los países exóticos no eran precisamente su sueño. No dudaba de la capacidad de Annabelle para internarse por las bulliciosas calles de Egipto con absoluta autoconfianza. Ella, en cambio, habría vivido aquello con el constante temor a ser atracada o secuestrada... o simplemente a llamar demasiado la atención.

Necesitaba desarrollar un par de... «Ovarios», se dijo a sí misma. Pero lo estaba intentando de verdad que sí. Por desgracia, su mayor éxito en el apartado de asunción de riesgos había sido Eric... y la cosa no había podido acabar peor. Había sido un desastre. Un maravilloso, delicioso, tórrido desastre.

Soltando un gruñido, se lo quitó de la cabeza. Era tarde, casi las diez. La noche no podía estar más oscura para cuando llegó a su apartamento, y todavía tenía trabajo que hacer.

Media hora después estaba tendida en la cama, mirando al techo con gesto frustrado y aferrando en una mano el juguete especial del punto G como si fuera una herramienta rota.

–¡No existe el punto G! –gritó al techo, estirando por fin las piernas, que había mantenido flexionadas hasta ese momento. Inmediatamente se vio asaltada por la culpa. Tanto si ella tenía un punto G activo como si no, muchísimas de sus amigas hablaban de ello. ¿Cómo podía ignorar la experiencia de otras mujeres solo porque ella carecía de la misma? Eso habría constituido la peor clase de desdén.

Arrojó el juguete a los pies de la cama, apartó el libro de sexualidad femenina y estiró una mano hacia el cajón de la mesilla.

Dentro había filas de juguetes. Modelos que vendía por doscientos dólares, diseños que habrían hecho fruncir el ceño de perplejidad a un lego. Pero Beth los ignoró todos a favor de su inocuo, poco impresionante y diminuto vibrador con forma de bala de plata. Tanta profusión de riquezas, y ella se conformaba con aquel objeto.

Beth cerró los ojos y empezó a acariciarse, intentando relajarse lo suficiente para disfrutarlo. Necesitaba disfrutarlo. Los últimos días habían sido realmente odiosos, gracias a Eric Donovan.

¿Por qué había tenido que ser él precisamente el único hombre al que había reaccionado de aquella forma? ¿Por qué había tenido que ser precisamente su contacto el que la había electrizado tanto? Su mano había recorrido su espalda como un susurro mientras le bajaba la cremallera del vestido. Allí donde la había tocado, había dejado detrás un rastro de calor.

Beth arqueó el cuello y cerró una mano sobre un seno, evocando sus caricias mientras deslizaba el pulgar por el pezón.

La sensación electrizante volvía a hacer acto de presencia, invadiendo su cuerpo para combinarse con el zumbido del vibrador.

No quería pensar en él. No lo haría. Estaba tan furiosa por lo que le había hecho... Pero, de alguna manera, aquella furia que se enroscaba en su interior conseguía intensificar su placer.

Se había mostrado tan serio, tan concentrado... Beth había estado preocupada aquella noche, como siempre. Preocupada de que él no fuera tan bueno como ella quería que lo fuera, como necesitaba que lo fuera. Pero, por una vez, su cerebro no había sido capaz de seguirle el ritmo a su cuerpo. Porque él había sido mejor que bueno. Le había besado los senos, se los había lamido hasta hacerla gritar...

Beth se apretó con fuerza el pezón y el placer la dejó sin aliento.

Él apenas había tenido que tocarla para que ella estuviera tan cerca de... Se lo había suplicado.

Y, lo mejor de todo, se había sentido como una diosa cuando lo recibió, cuando arqueó la espalda para acudir al encuentro de sus embates. Cuando volvió a perder el aliento mientras se dejaba llenar por él.

Bajó la mano libre por su vientre, por su cadera, explorando la misma piel que había explorado él, tocando aquella misma cadera que él había aferrado con mano fuerte mientras la poseía. Y de repente su cuerpo se excitó con una súbita y sorprendente velocidad que la impulsó a gritar su nombre mientras alcanzaba el orgasmo.

Le temblaban todavía las manos cuando abrió los ojos de golpe.

—Diablos —jadeó. ¿Era posible que acabara de tener un orgasmo mientras pensaba en aquel canalla mentiroso? ¿Y en un tiempo récord, a fuerza únicamente de pensar en él?

Gruñó de frustración, pero sentía su cuerpo lánguido y relajado. A su cuerpo no parecía importarle lo que él le había hecho. Le gustaba sin más Eric Donovan, al margen de quién fuera en realidad.

Se había esforzado por no usarlo como alimento de sus fantasías, preocupada de que pudiera convertirlo en una presencia aún más poderosa en su mente. Temerosa de que si revisitaba aquellas fantasías con demasiada frecuencia, nunca más pudiera disfrutar con un hombre como había disfrutado con Eric. La verdad era que había tenido una buena razón para preocuparse. Aun cuando lo odiaba, deseaba su cuerpo.

—No es justo —susurró. No era nada justo. Aquel hombre no iba a dejarla en paz.

Cinco minutos después, seguía sin dormirse. De hecho, seguía allí tumbada pensando en Eric Donovan. ¿Quién era? ¿Por qué le había mentido? Ciertamente no parecía el típico tipo repulsivo. Parecía un hombre hecho y derecho. Confiado, guapo, de posición acomodada.

Se levantó, se puso el pijama y se sentó ante el ordenador. La última vez había estado buscando información sobre el hombre equivocado, así que tecleó el nombre de Eric Donovan y esperó.

Solo aparecieron unos pocos archivos de imagen. Aquella foto de grupo que había visto antes, y otra en la que Eric aparecía sentado en la mesa de un jurado durante algún concurso de cervezas.

Volvió a examinar la foto de grupo. Eric y Jamie no parecían hermanos. Para nada. Ni siquiera parecían primos. Y tanto sus expresiones como su lenguaje corporal eran completamente diferentes.

Siguió buscando, pero salían tantas entradas sobre la cervecería que Beth no pudo filtrar información alguna sobre el hombre en cuestión. Había muchas sobre su hermano, pero ninguna relativa a Eric. Quizá fuera esa la información que había estado buscando: Eric volaba bajo, fuera del alcance del radar. No llamaba la atención. Agachaba la cabeza, hacía su trabajo y eso era todo. Quizá, en ese sentido, fuera un poco como ella.

Intentó imaginarse a sí misma mintiendo a alguien sobre su verdadera identidad. Y descubrió con tristeza, justo en aquel momento, que nunca sería capaz de hacer algo así. Eso era un alivio, al menos.

Suspiró y continuó buscando. Aparecieron más noticias de prensa sobre la cervecería, y ya estaba empezando a aburrirse cuando un nombre llamó su atención. Graham Kendall. Mirando de nuevo el encabezado, se dio cuenta de que todavía seguía leyendo noticias sobre Eric Donovan.

–¿Qué diablos...? –Beth clicó en el artículo y esperó a que se cargase la web del periódico. Cuando finalmente lo hizo, se llevó una mano a la boca para ahogar una exclamación de asombro.

Un destacado miembro del grupo Kendall ha sido acusado de delitos graves. Graham Kendall, hijo de Roland Kendall, presidente del grupo empresarial del mismo nombre, ha sido acusado de robo y de fraude en relación con allanamientos producidos en varios establecimientos de la localidad.

¿Graham Kendall? ¿Establecimientos de la localidad? Beth se había quedado con la boca abierta.

Aunque ningún miembro del Grupo Kendall ha hecho declaraciones, fuentes judiciales revelan que Graham Kendall no ha acudido a varias citaciones ante el tribunal. La policía sospecha que hace semanas que ha abandonado el país. Entre las víctimas de los supuestos delitos se incluyen varios negocios icónicos de Front Range, como Construcciones Creek y la Cervecería Donovan Brothers, de Boulder.

Beth leyó el artículo con tanto apresuramiento que hasta se mareó.

Dios, ¿qué había sucedido? Se llevó una mano al pecho. El corazón le latía a toda velocidad.

Conocía a los Kendall. Había ido al instituto con la hermana de Graham y había sido huésped de la familia en numerosas ocasiones. Pero no era solo eso. Sí, conocía a los Kendall desde hacía años, y sí, conocía a Eric Donovan. Pero el horror que en aquel instante estaba bombeando en sus venas se debía a que había sido ella quien había puesto en contacto a los Kendall y a los Donovan, para que hicieran tratos comerciales juntos.

Retomó su búsqueda en Google, pero los resultados eran abrumadores. Tanto la familia Kendall como los hermanos Donovan tenían miles de entradas, y muchas de ellas seguían derivándola a listas de empresas de Colorado. Encontró otro artículo de prensa, que sin embargo le ofreció la misma información que el primero. ¿Qué diablos pasaba con los modernos medios de comunicación, que no paraban de citarse los unos a los otros?

Lo intentó una vez más, usando diferentes términos de búsqueda y combinaciones, pero no encontró nada.

¿Qué diablos había hecho Graham Kendall?

Beth no lo conocía bien. Solo se habían visto unas pocas veces, porque aunque había sido compañera de habitación de Mónica Kendall en el primer curso de carrera, nunca habían sido realmente amigas. Mónica era una niña rica y mimada que, en la universidad, había salido con otros niños ricos. Después de ingresar en la hermandad estudiantil, había cambiado de alojamiento. Pero a su padre, Roland Kendall, Beth le había caído muy bien, esperando que fuera una influencia positiva para su hija. Habían sido varias las ocasiones en que la había invitado a las comidas familiares.

Beth cerró la ventana de Google y abrió su correo. Seguro que había cruzado mensajes con Mónica en algún momento. Pasó varios minutos revisando sus mensajes, desesperada por encontrar el contacto. El corazón le latía a toda velocidad. Había sido Beth quien había sugerido a Roland Kendall la idea de una asociación comercial con los Donovan. Le había parecido una especie de buena obra en aquel entonces, ensalzando para ello las virtudes de Jamie Donovan, cuando en realidad se había tratado de Eric.

—Gracias a Dios —masculló cuando encontró finalmente la dirección de Mónica. Cuando la tuvo, le escribió un mensaje muy sencillo, preguntándole por lo que había sucedido entre su familia y la cervecería.

Ahora solo tenía que esperar. Pero la mente no dejó de darle vueltas hasta mucho después de que lo hubiera enviado.

Capítulo 6

Una tarde lluviosa era una mala noticia para la cena familiar de los Donovan. Aunque la casa de Tessa, la misma en la que se habían criado todos los hermanos, era muy grande, siempre se quedaba pequeña los domingos como aquel. El patio trasero servía de adecuada válvula de escape. Un lugar al que huir cuando Jamie y él se ponían a discutir. O cuando Jamie se cansaba de ver cómo Tessa y su novio, Luke, se hacían ojitos. Y otras veces Tessa echaba fuera a los hombres para poder hablar de ellos con Olivia.

Pero, ese día, todos estaban encerrados juntos dentro de la casa, y la tensión estaba subiendo.

—Dijiste que traerías el postre —insistió en aquel momento Jamie, insinuando con su tono que no se podía confiar en la palabra de Eric.

—Eso fue la semana pasada, Jamie. Se suponía que hoy tenías que traer algo tú.

—No es verdad.

—No importa —los interrumpió Tessa—. Creo que sobreviviremos a una cena sin tarta.

—Al diablo —dijo Jamie, sacando bruscamente su móvil al tiempo que lanzaba una desdeñosa mirada a su hermano–. Olivia todavía está en camino. Le pediré que compre algo.

–Guau, estás salvando el día... –le espetó Eric–. Enhorabuena.

–Chicos –gruñó Tessa–. En serio...

Eric se acercó al mostrador y robó unas pocas uvas del frutero.

–¿Dónde está Luke?

–Llegará pronto. Por desgracia, lleva en la comisaría desde las nueve.

–¿Un caso gordo de asesinato? –inquirió Eric.

Tessa se echó a reír y le dio un golpe en el brazo.

–Para. Esa frase es mía. La verdad es que este verano sí que le han encargado un caso importante de asesinato, así que he tenido que dejar de usarla. Y si yo no puedo usarla, no lo hará nadie.

–Simone ha vuelto, ¿verdad?

La compañera de Luke había estado disfrutando de un permiso de maternidad, y él se había negado a que otro detective ocupara su lugar, siquiera temporalmente.

–Sí, gracias a Dios. Lleva de vuelta cerca de un mes, con lo cual la agenda de Luke se ha aflojado un poco. Pero él sigue empeñado en que se marche temprano cada noche, con lo que me temo que un día de estos ella le va a soltar un puñetazo en la cara.

Jamie resopló, gruñón.

–Dile de mi parte que lo haga.

–¿Te encantaría, verdad? –a pesar de aquellas palabras, Tessa sonreía de oreja a oreja. Jamie podía haber tenido unos cuantos problemas con el hecho de que Luke volviera pronto del trabajo, pero, a esas alturas, los dos parecían estar construyendo una cauta pero continuada amistad. El principal problema era que eran demasiado parecidos, y que Jamie dudaba que un tipo como Luke fuera lo suficientemente bueno para ella. En realidad, tanto Eric como Jamie pensaban que ningún hombre sería nunca lo suficientemente bueno para su hermanita pequeña, pero se estaban acostumbrando a ello. Lentamente.

Tessa puso entonces a Eric a preparar la ensalada, y este se alegró de contar con una excusa para dar la espalda a sus hermanos y dedicarse a cortar tomates en un rincón de la cocina. Le resultaba penosamente incómodo que toda la familia estuviera al tanto de lo ocurrido con Beth. Y eso que apenas sabían gran cosa al respecto. Ignoraba cómo Jamie había podido llevar una vida tan irresponsable durante tanto tiempo. Aquello empezaba a pesarle como lo que era, una maldita carga, y si no hubiera sido tan terco, él mismo habría eludido aquella cena del domingo como si fuera la peste.

De repente, no pudo evitar sentir una punzada de afinidad con su hermano pequeño. Le lanzó una mirada de reojo antes de recoger la lechuga para lavarla.

Aquel verano, los planes de Jamie de añadir un menú de restaurante al bar de la cervecería habían causado una verdadera explosión. O, más bien, una serie continuada de explosiones. Eric todavía seguía asimilando la cantidad de cosas que Jamie le había soltado a lo largo de todo ese tiempo. Que Eric le había hecho sentirse como si fuera un propietario de segunda clase durante años. Que Jamie ya no estaba dispuesto a soportar por más tiempo que lo trataran como el hermano pequeño que era....

Pero si Eric no era el hermano mayor, si no estaba al mando de la familia, ¿quién diablos era entonces? Ni siquiera era un verdadero Donovan, por el amor de Dios. Era esa la razón por la que su apellido era irlandés mientras que sus rasgos eran los de un europeo del Este. La razón por la que trabajaba dos veces más duro que cualquier otro miembro de la familia. Porque había heredado un tercio de la cervecería cuando no debería haber recibido nada, algo que pesaba sobre sus hombros cada maldito día.

Flexionando los tensos músculos de los hombros, sacó de la nevera el aliño de la ensalada.

Olivia llegó al fin, cargada con una caja de la pastelería, con lo cual el asunto del postre quedó arreglado. Pese a ello, Eric y Jamie seguían sin hablarse.

Mientras cortaba tiras de zanahoria para la ensalada, Eric vio cómo Jamie atraía a Olivia hacia sí y la besaba hasta hacerla reír y derretirse en sus brazos.

Jamie era feliz, y Eric era feliz por él, pero no podía sacudirse aquella furiosa sensación de culpa. Quizá lo había estropeado todo al esforzarse por educar a dos adolescentes, pero había hecho todo lo que había estado en su mano. Se había esforzado por motivar a Jamie, por hacer que no se sintiera minusvalorado. Pero Jamie ya le había asignado el papel de malo. Y la mentira de Beth había empeorado aún más las cosas.

La ensalada ya estaba hecha, y Eric seguía allí de pie, mirando la gran ensaladera de madera que había pertenecido a su madre. La recordaba perfectamente sirviéndola en la mesa, y riñendo a su marido por poner caras a la vista de la verdura.

–Soy un irlandés –solía decir Michel Donovan–. Las únicas verduras que como son repollos y patatas.

–Eres americano –replicaba la madre de Eric–. Y comes ensalada.

Pero Eric siempre intentaba apartar la ensalada de su plato con el tenedor, deseoso de ser tan irlandés como Michael Donovan. En aquellos momentos, su padre le guiñaba un ojo antes de tragarse un buen bocado de ensalada.

–Será mejor que hagamos lo que dice, hijo. Tenemos

que enseñar a tu hermano pequeño a comer sano, aunque eso nos haga sentirnos como conejos.

Dios, Michael Donovan había sido un hombre bueno. El mejor. Y cuando murió, Eric se había esforzado con denuedo por representar aquel mismo papel. Pero, al parecer, había fracasado miserablemente.

Carraspeó y se limpió las manos en el trapo.

—Jamie —dijo, lanzando el trapo sobre el mostrador y volviéndose hacia su hermano—. He estado pensando algo.

Jamie entrecerró los ojos como si acabara de escuchar una amenaza.

—Ahora mismo estás muy ocupado con los preparativos del restaurante. Tienes las manos llenas. Así que yo podría asumir la cuestión del circuito comercial. Las ferias.

—¿Qué quieres decir? —gruñó su hermano.

—Pues que, durante una temporada, no tendrás tiempo para viajar. Va a ser una cosa de locos.

—Pero tú odias las ferias —le recordó Jamie.

Sí, las odiaba. Pero lo haría por su hermano pequeño. Se encogió de hombros.

—No es para tanto. Ya sé que tú eres como la imagen pública de la empresa, pero…

—¿Pero tú estarías feliz asumiendo esa tarea?

Eric frunció el ceño ante el tono de voz de su hermano.

—Yo no diría tanto, pero obviamente necesitamos un cambio…

Jamie se echó a reír.

—No me lo puedo creer. Cuando por fin estoy consiguiendo algo de más de responsabilidad… ¿ahora tú quieres empezar a quitarme parte de mi papel público?

—No es eso para nada. Estoy intentando ayudar —esbozó una mueca al pronunciar la palabra pese a que no tenía intención de hacerlo, porque Jamie estaba empezando a irritarlo.

–¿Ah, sí? ¿Desde cuándo?

–Chicos –les advirtió Tessa.

Pero Eric la ignoró y dio un paso adelante.

–¿Desde cuándo? En primer lugar, desde que apoyé esa idea tuya del restaurante. Desde que te animé a seguir adelante para convertir nuestra cervecería en otra cosa.

Tessa alzó las manos.

–Se supone que los domingos no se habla del trabajo. Es la regla.

Jamie la ignoró también, como había hecho Eric. Cruzándose de brazos, esbozó una tensa sonrisa.

–Otra cosa, ¿eh? Algo no tan bueno como tus propios planes para la cervecería, ¿es eso lo que estás diciendo? ¿Es eso lo que has estado pensando durante todo este tiempo?

–¡Algo simplemente parecido a cualquier otro pub-cervecería de este estado! –gritó de pronto Eric.

En aquel momento, hasta Olivia parecía alarmada. Se levantó de la silla y posó una mano sobre el brazo de Jamie.

–¿Por qué no vamos a ver la tele? ¿Sigue aún la temporada de béisbol?

–No te preocupes –le dijo Jamie–. Esto no es nada raro. Estoy acostumbrado a ser siempre el único que se equivoca.

–No es eso lo que he dicho –lo interrumpió Eric–. Estoy intentando ayudar.

–¿En serio? Pues a mí me parece que te crees tan bueno asumiendo todo tu trabajo en la cervecería que ahora, encima, quieres hacerte cargo de las ferias comerciales.

–Eso es ridículo –replicó Eric–. Todo esto es nuevo para ti. Esto te dará tiempo para que te adaptes.

—Yo creo más bien que te está dando tiempo a ti para que te adaptes tú, Eric. Y creo también que si no me quieres en las ferias, para que hable de todos los cambios que estamos haciendo, es porque no los apruebas.

—Que te jodan —fue la reacción de Eric—. Se ha acabado la discusión.

—¡Bien! —exclamó Tessa.

Pero Jamie sacudió la cabeza.

—No, no vas a empezar una pelea para luego fingir lo contrario. No después de lo de esta semana.

—No —le advirtió Eric.

—¿Que no qué? ¿Que no saque a colación lo que hiciste?

—¡Jamie! —gritó Teresa, pero Jamie la ignoró y avanzó hacia Eric.

Eric fue a su encuentro, y se encararon en mitad de la cocina.

Jamie expresó todo su desagrado con una desdeñosa mueca.

—¿Que no saque a colación que me traicionaste con tal de follarte a una mujer?

—No es eso lo que sucedió.

—Usaste mi nombre. Usaste la misma reputación que has despreciado durante años. ¿Y todo por tirarte a un ligue ocasional?

—Vigila lo que dices —gruñó Eric. La furia estaba empezando a devorar hasta el último gramo de su sensación de culpa—. No hables de ella.

—¿Que no hable de ella? ¿Por qué? ¿Porque significa quizá mucho para ti? ¿Esa desconocida que te follaste con mi nombre?

—¡Jamie! —gritaron a la vez ambas mujeres, pero Jamie se limitó a sonreír.

—Déjame preguntarte algo, hermano....

Eric sintió que sus puños flotaban lentamente, como si otra persona se los hubiera levantado en el aire.

—¿Con qué nombre te llamó ella cuando...?

Eric golpeó a su hermano. Golpeó a Jamie. En el instante en que su puño conectó con su mandíbula, ya lo estaba lamentando. El arrepentimiento hizo presa en él en medio incluso de su furia.

Oyó el grito de las mujeres, el gruñido de Jamie. Pero, afortunadamente, había estado demasiado cerca de su hermano como para que el puñetazo contara con el suficiente impulso, y Jamie se tambaleó, pero no cayó. No tenía nada roto. No sangraba. De todas formas, Eric estuvo seguro de haber oído el estrépito de una grieta partiendo en dos la habitación.

—¡Eric! —chilló Tessa—. ¡Eric, para!

Pero no era Eric quien necesitaba parar en aquel momento. Jamie se tocó la mandíbula, perplejo, pero no transcurrió más de un segundo sin que aquellos ojos se encendieran de rabia. Se abalanzó entonces sobre Eric, que retrocedió.

El primer gancho de Jamie pasó tan cerca de su nariz que Eric sintió la caricia del aire en la piel. Pero el segundo impactó directamente en su estómago. Eric lo agarró, intentando recuperar la respiración mientras forcejeaba con su hermano. Jamie volvió a golpearle en el estómago, pero Eric ya lo tenía entumecido, así que apenas lo notó.

Logró empujar a su hermano y alzó los puños, dispuesto para el segundo asalto, pero justo en aquel instante una mano se cerró sobre su pescuezo y tiró de él hacia atrás.

—¡Ya basta!

La voz y el tono de policía de Luke Asher resultaron condenadamente efectivos. Eric se quedó inmediatamente paralizado, como si de repente le preocupara por encima de todo que Luke fuera a sacar su arma. Pero Jamie no se detuvo con tanta rapidez, así que Luke tuvo que soltar a Eric para lanzarse sobre él y agarrarlo de los hombros.

—¡He dicho que ya basta! En privado, podéis pelearos todo lo que queráis. Pero no lo haréis delante de Tessa.

—¡Imbéciles! —gritó Tessa, y Eric pudo escuchar las lágrimas en su voz. Esbozando una mueca, dejó caer la cabeza.

—Lo siento —dijo, llevándose una mano al estómago dolorido. Ya no lo sentía entumecido—. No sé qué es lo que ha pasado...

—Que me has pegado, pedazo de burro —gruñó Jamie—. Eso es lo que ha pasado.

Olivia se colgó de su brazo, mirando a Eric con recelo.

—Lo siento —repitió.

Tessa señaló a Jamie con el dedo.

—Pero tú te estabas comportando de forma cruel con él. Tú también deberías disculparte.

—Él me pegó —insistió Jamie.

—Sí, pero casi te lo mereciste —replicó Tessa.

Luke se apartó entonces, todavía precavido, mirando a los dos hermanos.

Tessa se secó las lágrimas de las mejillas.

—Estáis haciendo el ridículo. Y estáis todavía peor que hace diez años. ¿Qué está pasando?

Eric quiso echarle la culpa a Jamie. Al fin y al cabo, Jamie era el único que había causado problemas en el pasado. Pero en aquel momento Jamie no estaba haciendo nada malo. Había sentado la cabeza. Había cambiado. Ahora era él quien lo estaba estropeando todo. Había golpeado a su hermano en la cara y, a pesar de todos los gritos, malas palabras y empujones que se habían dado en el pasado, ninguno de ellos había llegado a pegarse hasta ese día.

–Lo siento –repitió–. Me voy.

Se dirigió hacia la puerta principal, dejando todo un caos a sus espaldas. Tessa le estaba ordenando que se quedase. Jamie amenazaba a su vez con marcharse él si Eric no lo hacía. Y Olivia intentaba tranquilizar a Jamie con palabras tiernas y compasivas.

Por primera vez en su vida, Eric se alejó de su familia. Y cuando la vieja puerta de roble se cerró a su espalda acallando todos los ruidos, no supo si sentirse triste o simplemente... aliviado.

Capítulo 7

Beth se esforzó por que su estado de nervios de la noche anterior no le arruinase el día entero. Una remesa de su línea más cara y fina de lencería erótica acababa de llegar, y una de las tareas favoritas de Beth no era otra que desembalar caja tras caja de espléndidas sedas. Para ella era algo así como el día de Navidad: algo sorprendente y emocionante, que hacía que al final terminara gastándose buena parte de su propio dinero.

Las maravillosas sedas bastaron para distraerla de sus reflexiones sobre los Kendall, aunque el asunto seguía pesando en el fondo de su mente. Mónica no había respondido a su correo y, por todo lo que ella sabía, era hasta posible que no siguiera utilizando ya aquella dirección.

Beth había vuelto a buscar en Google. Era lo primero que había hecho esa mañana, pero no había encontrado más cosas que la víspera. Era como si a nadie más le importara aquella historia, a excepción de ella. Pero a los Donovan tenía que importarles. Aparentemente habían sido robados y estafados. ¿La culparía a ella Eric? Seguramente no. Había estado determinado a hacer negocios con el Grupo Kendall. Beth simplemente le había facilitado la tarea. Y ella claramente no le debía nada, en cualquier caso.

Colgó el último de sus favoritos picardías *baby-doll* y regresó a su despacho con un suspiro. Si pudiera simplemente averiguar lo que había sucedido con los Kendall y luego superar la clase de aquella noche, todo estaría bien. Por un par de semanas. Hasta que llegara el momento de su siguiente lección nocturna.

Decidida a tomar el control de al menos una parte de su vida, Beth buscó la empresa de Mónica, High West Air, y llamó al número de teléfono.

—La señorita Kendall no está hoy en la oficina —contestó la recepcionista con tono cansado, como si le hubieran hecho esa pregunta un millar de veces durante las últimas semanas.

—¿Puedo dejarle un mensaje? Por favor, dígale que la ha llamado Beth Cantrell. Necesito hablar con ella sobre un asunto personal.

La recepcionista le prometió que pasaría el mensaje, pero Beth no tenía muchas esperanzas. La familia debía de estar encerrada. Para su sorpresa, su móvil sonó segundos después.

—¿Diga?

—¿Beth? Soy Mónica Kendall.

Habían pasado años, pero la voz le resultó inmediatamente familiar. Beth parpadeó sorprendida.

—¡Mónica! ¿Qué tal estás?

—Oh, últimamente la situación está un poco loca. Horrible, en realidad. Supongo que será por eso por lo que me has llamado.

—De hecho, sí.

Mónica suspiró.

—Vi tu correo. Sé que debes de sentirte abrumada.

—¡Así es!

Esperó unos segundos. Cuando Mónica no dijo nada, Beth decidió abordar directamente el tema.

—Realmente no sé cómo decirte esto, así que seré sincera. Conozco a alguien que trabaja en la cervecería... uno de los Donovan, de hecho... pero quería llamarte para que me informaras de lo sucedido.

—Uno de los Donovan, ¿eh? Apostaría a que se trata de ese pequeño canalla, Jamie, ¿verdad?

Beth se quedó sin aliento. No sabía por qué. Ella ni siquiera lo conocía bien, pero el insulto de Mónica le provocó un escalofrío de sorpresa por todo el cuerpo.

—Yo...

—Fue él quien me metió a mí en esta mierda —le espetó Mónica.

—Oh. Yo creía que era tu hermano quien estaba en problemas. Las noticias dicen que ha abandonado el país —decían más bien que había huido del país, pero Beth intentó el camino más diplomático.

—Todo esto es culpa de Graham. Todo. Yo no tuve nada que ver en ello, pese a lo que pueda decir Jamie Donovan.

—¿Nada que ver con qué? Sigo sin tener ni idea de lo que está pasando.

Mónica suspiró de la misma irritada manera que solía hacer antaño, cada vez que Beth se había mostrado nada dispuesta a dormir en la sala de estar de su alojamiento universitario, para que su compañera pudiera quedarse a solas con su novio ocasional.

—Es algo increíble. Graham se metió él solo en un buen lío en Las Vegas. Juego. Fiestas con drogas. Prostitutas. Un completo perdedor. Se endeudó y empezó a tratar con algunos contactos del otro lado del océano. Ya sabes lo que quiero decir.

—No, no lo sé —repuso Beth, paciente. ¿Sería algún tipo de lenguaje propio de gente rica?

—Europeos del Este. Chinos. Se puede ganar mucho dinero si vendes el género adecuado.

–¿Qué género?

Mónica se echó a reír. La carcajada sonó a condescendencia.

–Números de la seguridad social, de tarjetas de crédito... Artículos muy populares en los mercados emergentes.

Lo que Beth quería decirle era: «Estás utilizando un tono lastimosamente altivo para una mujer cuya familia está bajo investigación por actividades delictivas», pero se mordió la lengua y esperó a que pasara el impulso. Se había mordido mucho la lengua durante su primer año de universidad, y aquello era un poco como montar en bicicleta. Sabía bien cómo funcionaba Mónica Kendall.

–¿Pero cómo te viste tú arrastrada a esto, Mónica?

Mónica suspiró de nuevo. Un sonido que sonó a autocompasión y a martirologio.

–Mi primer error fue tener sexo con Jamie Donovan.

Las palabras se clavaron directamente en el estómago de Beth antes de que pudieran llegar a su cerebro. Los celos la barrieron en una horrible, abrumadora ola, incluso mientras se decía a sí misma que eso no era verdad. O quizá lo fuera, pero, en cualquier caso, nada tenía que ver con ella. El Jamie Donovan de Mónica era un hombre diferente. Una boca diferente. Manos diferentes. No habían tocado a la glacial Mónica Kendall después de haberla tocado a ella.

A no ser, por supuesto, que Eric hubiera tenido el hábito de mentir sobre su nombre.

–¿Jamie Donovan? –logró pronunciar al fin.

–¿Tu amigo? –gruñó Mónica.

–No, yo... ¿El barman? ¿Pelo rubio?

–¡Ja! Yo lo describiría más bien como castaño desteñido, pero sí. Es él. Todavía no puedo creer que me dejara convencer de que me acostara con él. Y luego, como resulta que yo no mostré ningún interés en volver a verlo, le contó a la policía que yo tenía algo que ver con el robo.

–¿De veras?

–Sí. ¿Te lo puedes crees? Un completo perdedor.

Pero Jamie Donovan no encajaba con la idea que tenía Beth de un completo perdedor. Era un hombre guapo y seguro de sí mismo, e incluso durante aquel breve interludio, su carisma natural había resultado obvio.

–¿Así que tú también estás bajo investigación? ¿No es solamente Graham?

–Es todo tan injusto... ¡yo! Sigo pensando que tiene que ser alguna especie de broma pesada.

–Yo no me lo puedo imaginar.

–Sabía que me comprenderías, Beth. Tú me conoces desde hace más tiempo que nadie.

La frase era algo exagerada. Mónica conservaba muchas amistades del instituto, donde había sido la abeja reina. Y «conocer» tampoco era exactamente el verbo adecuado. Beth y Mónica eran, en el mejor de los casos, conocidas, que no amigas.

–Beth, ¿crees que podrás hacerme un pequeño favor?

–Er... –Beth se quedó mirando su escritorio con expresión desconfiada–. ¿Qué clase de favor?

–Si la policía llega a ponerse en contacto contigo, tal vez podrías mencionarles que hemos tenido esta conversación.

–¿Qué conversación?

–Sobre Jamie Donovan. Y sobre que está intentando fastidiarme porque no le dejé que me follara por detrás –se echó a reír, como encantada consigo misma.

–Mónica...

–No tienes ni idea de cómo es. Ya conoces el perfil: una mujer jamás le ha dicho que no, así que se niega a aceptarlo cuando una lo hace. Es un mimado.

¿Mimado? Beth se apartó el auricular de la oreja para mirarlo por un momento, incrédula. Dijo la sartén al cazo...

–¿Pero cómo puede este asunto implicarme a mí? –preguntó al fin–. ¿Por qué habría de llamarme la policía?

–Bueno, ellos me llaman bastante a menudo, créeme. Así que si resultara que yo les mencionara que hemos tenido esta conversación...

–Sí, hemos tenido esta conversación. Pero eso no querrá decir nada si sospechan ya de ti, Mónica.

–Tal vez entonces tú deberías decirles que hemos tenido esta conversación hace seis meses.

Mónica había vuelto a dejarla sin aliento. Beth empezó a sacudir la cabeza. Y ya no dejó de hacerlo.

–No voy a mentir a la policía por ti.

–En realidad no es una mentira. Quiero decir, ¿no crees lo que te estoy diciendo? Jamie y yo supuestamente teníamos que tener una reunión de negocios, y, en lugar de ello, él me emborrachó con aquella asquerosa cerveza suya, me llevó a su casa y se aprovechó de mí. Fue entonces cuando yo...

–¿Que se aprovechó de ti? No es eso lo que me has dicho.

–Escúchame –siseó Mónica–. No voy a dejarme hundir por el imbécil de mi hermano. Yo no tengo ningún problema con el juego. Yo no me gasto el dinero en coca y prostitutas. Por mí, pueden echarle cincuenta años si quieren, pero yo no he hecho nada malo. Y tú... –aspiró profundamente, como si estuviera a punto de soltar un grito–. Tú... –gruñó–. Después de todo lo que mi familia hizo por ti, lo menos que puedes hacer es ayudarme.

–¿Perdón? ¿Qué es lo que tu familia hizo por mí?

–Las cenas, las presentaciones, los viajes a Aspen...

–Solo hubo un viaje a Aspen, y las cenas y todo lo demás fueron únicamente por ti.

—¿Por mí? ¿De qué diablos estás hablando?

Beth no quería decirle todo aquello. Mónica podía ser un bicho malo, pero a ella no le resultaba fácil herir los sentimientos de otra persona. Aun así, creía detectar una especie de condescendiente carcajada detrás de la voz de su antigua compañera. Casi podía escucharla.

—Tu padre pensaba que yo ejercía una influencia positiva sobre ti. Él me quería cerca porque no le gustaban todas aquellas chicas tan esnobs que se te pegaban continuamente.

—¿Mis amigas de la hermandad? ¿Cómo te atreves...?

—Habla con tu padre.

Por un momento, pareció como si Mónica no pudiera encontrar las palabras, pero al final dijo con tono vengativo:

—Escucha, pequeña zorra. Mi padre dejó que te acercaras a nosotros porque tenía lástima de ti. Eras pobre y modosita y siempre tuviste algo de sobrepeso. Nos lo debes, así que será mejor que me cubras las espaldas si la policía llega a ponerse en contacto contigo. ¿Entendido?

Beth colgó. No había nada más que decir. A Mónica no, desde luego. Esperó, con los hombros tensos y las manos apretadas, pero el teléfono no volvió a sonar. Era estúpido que pudiera dolerle escuchar aquellas palabras viniendo de alguien a quien ni quería ni respetaba, pero, aun así, le dolían. Sí, había sido pobre y tímida en aquel entonces, y no había sabido cómo vestirse para esconder su figura. Las blusas y pantalones grandes habían sido un error.

Esbozó una sonrisa. Más que cometer un error, lo que había estado haciendo era esconderse. Pero había aprendido. Así que al diablo con Mónica. Se suponía que la universidad era el lugar donde uno descubría cómo era en realidad por dentro. Ella había dado grandes pasos en ese sentido tanto en la universidad como después. Y Mónica no había cambiado nada de todo eso.

No para mejor, al menos.

Se quedó mirando fijamente el teléfono, sintiendo que debía hacer algo. Tenía que hacer algo, ¿no? Una mujer que estaba siendo investigada por la policía le había pedido que mintiera por ella. ¿Sería en aquel momento una cómplice? Pero si ni siquiera le habían puesto nunca una multa de tráfico...

Seguía sin entender aquel asunto del todo. ¿Cómo podía tener que ver Mónica con un robo? Si era incapaz de trepar por una verja con sus Manolo Blahniks...

Volvió a Google para documentarse sobre Graham Kendall, pero no encontró ningún detalle nuevo. Buscó luego la página web del departamento de policía de Boulder. No podía llamar al 911 por algo tan trivial. ¿Pero a quién podía llamar? ¿Al número estatal para delaciones anónimas de delitos importantes? Eso le parecía un tanto melodramático...

Continuó con la mirada fija en el teléfono, comiéndose las uñas hasta que se dio cuenta de lo que estaba haciendo y se obligó a reprimirse.

¿Y si alguna parte de la historia de Mónica era cierta? ¿Y si Jamie se había aprovechado de ella? ¿Querrían los Donovan que ella fuera con aquel asunto a la policía?

No podía imaginarlo. El Jamie que había conocido había reaccionado ofendido a la mentira de Eric. Si Jamie Donovan hubiera sido un canalla arrogante e inmaduro, habría felicitado a su hermano por aquella supuesta hazaña. Por otro lado, una nunca podía saber cómo de miserables podían llegar a ser algunos hombres. Ella lo sabía por experiencia propia.

A los Donovan no les debía nada. Aunque era cierto que había animado a Roland Kendall a hacer negocios con ellos, ella no tenía la culpa de nada. Como mucho, a esas alturas estaban empatados, Eric y ella. Él le había mentido una y otra vez, y ella le había... presentado a una familia que había mentido, robado y arrastrado a la cervecería a una investigación de alcance internacional por fraude y estafa.

—Mierda —masculló.

No quería tener nada que ver con todo aquello. Y ciertamente tampoco quería volver a hablar con Eric. Pero, en aquel momento, disponía de una información que podía afectar a una investigación de la policía.

—Mierda.

No le quedaba otra opción.

Descolgó el teléfono, pero no llamó a la policía. En lugar de ello, llamó a la cervecería de los Donovan. Eric no estaba, así que esperó al contestador automático, sin saber si la cervecería dispondría de uno. De alguna manera, se imaginó recados anotados en servilletas, pero al final escuchó la grabación de la voz de Eric.

Cerró los ojos. Era una voz algo gruñona, grave y sexy a la vez, y Beth se vio de repente transportada a aquella noche de sábado y a sus fantasías sobre él.

Se encontró con un silencio expectante y de repente se dio cuenta de que ya había oído la señal.

—Oh, hola, Eric. Soy Beth. Cantrell. Quería hablar contigo de un asunto. Er... ¿podrías devolverme la llamada? —le dejó su número y colgó, algo bruscamente.

Encogida por dentro, esperó. Y esperó. Diez minutos después, se obligó a seguir trabajando. Al cabo de una hora, se dijo que debía dejar de preocuparse. Y, para el final de la jornada, se lo había sacado de la cabeza. Si él no quería volver a dirigirle la palabra, por ella estupendo. Adiós a todo aquel engorroso asunto. Ella solo había estado intentando ayudar.

Capítulo 8

El plan de Eric era no volver a poner los pies en la cervecería hasta el martes. En lugar de ello había estado trabajando en casa, haciendo llamadas y reservando hoteles para la fiesta de la cerveza que tendría lugar en Phoenix, en noviembre. No quería hablar con su familia, y cuando finalmente Tessa le llamó, no aceptó la llamada y activó la mensajería de voz.

Pero para el final de la jornada, estaba paseando de un lado a otro por su pequeño apartamento, desesperado por sentarse ante su escritorio y rematar los últimos detalles de su agenda que no podía hacer desde casa.

Para las seis y media, decidió que estaba a salvo. Hacía tiempo que Tessa debía de haberse marchado, y si Jamie aún seguía allí, estaría en la zona del pub. Podría entrar a escondidas, cerrar la puerta y trabajar durante una hora o dos más antes de regresar de nuevo a casa.

Cuando no vio ni el coche de Tessa ni el de Jamie en el aparcamiento, soltó un suspiro de alivio. Las tardes del lunes eran bastante tranquilas, así que dejó la barra en las capaces manos de Chester, que recientemente había sido promovido a supervisor para que Jamie pudiera dedicar más tiempo a sus planes del restaurante.

Eric entró así sin temor a encontrarse con algún miembro de su familia a quien debiera una disculpa, y se sentó ante su escritorio con una sombría sonrisa. Tenía quince mensajes en el contestador, pero sabía por experiencia que era mejor escucharlos después, una vez que hubiera acabado con sus tareas.

Se sumergió en el trabajo, el único lugar donde podía perderse a sí mismo, y se quedó sorprendido al levantar la vista una hora después y tomar conciencia de todo el tiempo que había pasado. Una vez enviado el último archivo de gráficos que debía a la agencia de publicidad, descolgó el teléfono y se dedicó a escuchar los mensajes. Distribuidores, la empresa cristalera, una pregunta de la junta de licores... Estaba distraído cuando un mensaje lo tomó por sorpresa. Una gran sorpresa. Eric anotó el número de Beth y colgó el teléfono, con el corazón súbitamente acelerado.

¿Qué querría? ¿Y por qué su voz había destilado tanta tensión?

Había supuesto que no la vería más, y aquel repentino cambio de expectativas le había acelerado el pulso. Agarró el teléfono y empezó a marcar su número, pero se interrumpió cuando aún no había pasado del prefijo.

Eran casi las ocho. Él ya había terminado allí. ¿Por qué no se presentaba en su tienda para poder usar aquello como una excusa para verla?

—Porque no quieres verla —se recordó mientras colgaba el teléfono. Lo cual era verdad, hasta cierto punto. No quería verla, pero quizá necesitara hacerlo. Porque hasta el último gramo de cansancio que había arrastrado consigo durante todo aquel día se había desvanecido ante esa posibilidad.

Ella no era la mujer adecuada para él. Lo odiaba. Y, sin embargo, le hacía sentirse vivo.

Tenía que ser un cuento tan antiguo como el tiempo, pero allí estaba él, contándoselo otra vez... Sí, allí estaba él, cerrando de golpe el ordenador, recogiendo su móvil y disponiéndose a salir disparado para The White Orchid.

–¿Por qué no? –masculló. Ella tal vez estuviera trabajando, y si no era así, siempre podría curiosear aquella tienda para descubrir los secretos que ocultaba.

Esa vez aparcó su coche justo delante de The White Orchid, ya que el aparcamiento estaba lleno. Las tardes de lunes eran flojas en la cervecería, pero parecía que con la boutique erótica la cosa funcionaba al revés. Quizá el estrés de la vuelta al trabajo fuera demasiado para alguna gente. Necesitaban un desahogo.

Reconoció el mismo deportivo rojo que había visto allí la otra semana y aparcó al lado.

De manera extraña, pese a haber dudado tanto durante su primera excursión, aquella vez ni siquiera vaciló. El lugar estaría lleno de clientas que quizá pudieran conocerlo, pero eso no podía importarle menos. Estaba demasiado concentrado en ver una vez más a Beth.

¿Llevaría alguna de aquellas fantásticas faldas ceñidas que había lucido en la feria? ¿Largas hasta las rodillas, de manera que apenas revelaban una porción de piel, pero que precisamente por eso mismo parecían más perversas? ¿O luciría esos tejanos apretados que tan bien delineaban las curvas de sus muslos? No le importaba que llevara una cosa o la otra, pero la expectación que le producía el hecho de estar a punto de descubrirlo le atenazaba el corazón.

Eric abrió la puerta, esperando ver clientas en parejas o en grupos, dispersas por la tienda. Su mirada seguía clavada en el mostrador, buscando a Beth, cuando se dio cuenta de que todo el mundo estaba reunido a un lado de la tienda. Sentado. Y Beth estaba delante de todas ellas, hablando...

—... la discusión sobre la existencia o no del punto G ha continuado hasta hoy, con cada bando insistiendo en los hechos que fundamentan su teoría. O bien no hay tal cosa como un punto G, ya que se trataría simplemente de un producto de la imaginación de una doctora demasiado entusiasta, o bien cada mujer tiene un punto G y, si no disfruta de esa clase de estímulos, es porque simplemente no lo está haciendo bien. Personalmente, no puedo descartar las experiencias femeninas sobre ambas versiones, pero no me corresponde a mí fijar una posición en uno u otro sentido. Simplemente estoy aquí para ayudaros a que exploréis las posibilidades, con la esperanza de que disfrutéis durante el proceso.

¿Una clase? Eric oyó las carcajadas que ella acababa de levantar y sacudió la cabeza. ¿Una clase?

Eso era lo que Tessa le había mencionado varias semanas atrás, cuando Jamie se metió en la conversación y le dijo a él que debería dejarse caer por allí a ver si podía aprender algo de aquella mujer. En aquel momento, Eric estuvo a punto de atragantarse con la horrorosa ironía de la situación. Había tenido su propia sesión personal con Beth Cantrell, y bastante había aprendido ya.

Pero aquello...

Beth estaba haciendo una descripción anatómica que sonaba un poco como a mapa del tesoro. Eric escuchó atentamente, porque jamás había oído nada parecido. La profesora de sus clases de educación sexual en el instituto ni siquiera había mencionado el clítoris, para no hablar de un punto G. Por lo que se refería al placer femenino, tanto él como el resto de sus compañeros habían quedado a merced de su propia imaginación. Una maldita injusticia, tanto para los chicos como para las chicas.

Pero aquella información era inestimable, y Eric pensó en tomar asiento. Acarició la idea, pero descubrió de pronto que era incapaz de moverse, petrificado ante la imagen de Beth gesticulando, dibujando aquella sapiencia sexual con las manos mientras disertaba tranquilamente sobre el cuerpo femenino. *Su* cuerpo. Estaba describiendo el órgano eréctil de la mujer y su correlación con la anatomía masculina, y en lo único que podía pensar él era en tocarla, en hacer que se humedeciera, que temblara y gritara de placer.

De repente se dio cuenta de que Beth había acabado de hablar y la gente la estaba aplaudiendo. Parpadeó varias veces, saliendo de su aturdimiento. ¿Había terminado? ¿Se había perdido algo? Pero no. Una mujer morena a la que reconoció de la feria ocupó el lugar de Beth y se puso a hablar de técnicas. Eric se arrepintió de no haber llevado un cuaderno de notas.

Beth se desplazó hasta situarse de pie a un lado del público, pegada a la pared. Lucía un modelo perfecto de traje de ejecutiva, como cuando la vio en la feria. ¿Cómo podía arreglárselas para hacer que una falda negra y una camisa gris de botones resultaran tan... inspiradores? ¿O eran solo sus generosas curvas? ¿Se trataría de aquel mismo rollo de profesora de escuela que le recordaba el maldito maniquí que había visto al pie de la caja registradora? ¿O sería tal vez el fulgor de la gargantilla rojo brillante que atraía su mirada hacia su cuello, con la intrigante porción de piel blanca que asomaba por encima del primer botón de la camisa?

Eric dividió su tiempo entre mirarla a ella y escuchar lo que estaba diciendo la otra mujer. Algo sobre presión y estimulación. Algo sobre el orgasmo femenino y...

Su mirada volvió a viajar hasta Beth, y descubrió de pronto que ella lo estaba mirando a su vez fijamente, con los labios entreabiertos de sorpresa.

Se irguió como si lo hubieran sorprendido haciendo

algo malo. Carraspeó un poco y se removió inquieto. Ella continuaba mirándolo con fijeza.

Finalmente, Beth se apartó de la pared, se abrió paso discretamente entre el público y se acercó a él.

—¿Qué estás haciendo aquí? —susurró, aparentemente nada contenta de verlo.

—Perdona, pero hace apenas unos minutos que escuché tu mensaje. Me dirigía a mi casa, así que pensé acercarme por si estabas aquí. No sabía que, er... estuvieras dando una clase.

Un rubor se extendió por el rostro de Beth. Tenía que ser un rubor. Y, sin embargo, eso no podía ser cierto. Quizá fuera un rubor de furia, que no de vergüenza.

—¿De qué querías hablarme? —le preguntó él antes de que ella empezara a gritarle.

—Oh —dijo ella, volviéndose para mirar a su alrededor antes de señalar la puerta con la cabeza—. ¿Podemos hablar fuera?

—¿Has terminado? —Eric señaló a su vez a la mujer morena, que en aquel momento tenía los dedos dentro de un modelo anatómico femenino. Ladeó la cabeza para obtener una mejor vista.

—Cairo lo tiene todo controlado —se apresuró a asegurarle ella, tomándolo de un codo—. Vamos. Hablemos fuera de la tienda.

Apartó la mirada de la grácil mano femenina que acababa de desaparecer dentro de la carne plástica y siguió a Beth al aparcamiento. Ella caminó directamente hasta su coche y, cuando llegó, cruzó los brazos y se puso a caminar de un lado a otro del mismo. Eric descubrió inmediatamente sus tacones de aguja rojos. ¿Sería consciente de lo mucho que podían distraer a un hombre aquellos tacones? ¿O sería quizá por lo mucho que resaltaban sus piernas, haciendo que parecieran insoportablemente largas?

–¿Recuerdas aquella noche...? –Beth se interrumpió de golpe y dejó de pasear–. Quiero decir... –alzó la mirada hasta sus ojos, pero la desvió rápidamente–. Yo no sé si te acordarás de esto, pero en la feria te comenté que conocía a la familia Kendall.

Su mente empezó a dar vueltas. De todos los recuerdos que conservaba de aquella noche, aquel había ostentado una relevancia mínima.

–Sí –repuso, cruzando los brazos a la defensiva–. Me había olvidado.

–Yo no tenía ni idea de que... Ya lo sabes.

–¿Te refieres a sus otros planes?

Beth esbozó una mueca.

–Así es. Yo no me enteré hasta anoche mismo. No sé exactamente lo que sucedió, pero lo lamento.

Eric inclinó la cabeza a modo de reconocimiento, pero tenía la sensación de que detrás de aquello había algo más.

–No hay problema. Gracias.

Pensó que ella tenía amistad con alguien que había violado la seguridad de la cervecería e intentado hacer daño a sus empleados. Y, además, lo odiaba. Aquello no podía significar nada bueno.

–¿Estarías dispuesto a contarme lo que pasó realmente? –le pidió Beth.

–¿Por qué? –replicó él con mayor brusquedad de lo que había pretendido.

Ella tragó saliva, desviando de nuevo la mirada. Como si se sintiera culpable. Como si hubiera hecho algo malo.

–Mira –le dijo Eric–. Si conoces a esa familia, eso es asunto suyo. Pero no esperes que yo vaya a ayudarlos solo porque me sienta culpable de lo que te hice a ti. Si es verdad que conoces bien a Graham Kendall...

–¡No! No se trata de eso en absoluto. Es un tema complicado. Conozco a la familia desde hace mucho tiempo, y yo...

—¿Y deseas ayudarlos? —inquirió Eric, descorazonado.

—No. Es que... creo que yo podría ser responsable. Eso es todo.

Eric descruzó los brazos y retrocedió un paso. Aquello no era para nada lo que se había esperado.

—¿Perdón?

Beth se abrazó con fuerza y caminó hasta el morro de su coche antes de volverse nuevamente hacia Eric.

—Beth, ¿de qué estás hablando?

—Aquella noche, en el hotel. Tú me llamaste para darme el número de habitación —sintió cómo se calentaba su cuerpo solo de pronunciar las palabras, así como el rubor que se extendía por su rostro—. Yo me dirigía al ascensor cuando vi a Roland Kendall. No debía haber dicho nada, ya lo sé, pero estaba azorada, nerviosa. Le dije que me había enterado de que estaba negociando un contrato con la cervecería.

—Ya.

—Kendall me comentó que al final no iba a firmar con Donovan Brothers, pero yo le pedí que te diera una oportunidad. Le aseguré que eras un buen tipo. Y, en aquel momento, yo creía que estaba hablando de ti...

—Beth, ¿qué tiene esto que ver con Graham?

—Roland Kendall te llamó cerca de una hora después. Creo que fui yo quien le convenció de que firmara con Donovan Brothers.

Eric sacudió la cabeza.

—En cualquier caso, tú no tienes ninguna responsabilidad sobre lo que sucedió después.

—Entonces... ¿estarías dispuesto a contarme lo que sucedió? Por favor...

No parecía nada contento. Su gesto ceñudo hacía que a Beth le entraran ganas de deshacerse en disculpas y prometerle que nunca más volvería a hacerlo... fuera lo que fuera que había hecho.

–Eric...

–Te lo contaré. Además, es un asunto que ya es materia pública.

Beth asintió y se quedó callada. Quería saber su versión antes de contarle lo que había ocurrido. Saber hasta qué punto debería sentirse indignada por la intolerable exigencia de Mónica.

–El caso es que Roland Kendall me llamó y finalmente aceptó reunirse con nosotros.

Ella lo miraba fijamente, consciente de la chispa que no dejaba de arder entre ellos. Recordaba que Roland Kendall había llamado a Eric cuando ella todavía seguía en la habitación de hotel, desnuda. Él aún había seguido hablando por teléfono cuando ella se vistió apresuradamente y se escabulló de allí.

–La reunión fue bien –explicó Eric–. Verdaderamente bien. De hecho, llegamos a un acuerdo. Un mes después, estábamos esperando a que Kendall firmara el contrato cuando la cervecería fue atracada. No se llevaron más que un barrilito de cerveza y los ordenadores. Un robo similar a otros que se habían producido en la zona. Al principio, pensamos que habíamos sido una víctima más, elegida al azar.

Beth asintió.

–¿Y luego?

–Luego el detective encargado del caso encontró una huella, y resultó que pertenecía a Graham Kendall. A partir de aquí, todo se fue desenredando solo. Al parecer, había estado haciendo lo mismo en Denver el año anterior. Si terminamos entrando en el círculo de afectados fue porque estábamos en su radar, creo yo.

—¿Y ya está? ¿Eso es todo? —preguntó ella. Había vuelto a cruzarse de brazos y seguía muy tensa.

—Básicamente —recorrió su cuerpo con la mirada—. Tienes frío. Toma.

Se sacó unas llaves de un bolsillo y el todoterreno que estaba al lado de su deportivo se desbloqueó. El resplandor de las luces le recordó a Beth que estaba empezando a oscurecer. Estaba mirando a su alrededor cuando se encendieron de golpe las luces del aparcamiento del restaurante que estaba al otro lado de la calle.

Eric le echó entonces su cazadora sobre los hombros.

—Gracias —murmuró. El frío cuero crujió cuando se lo cerró sobre su cuerpo, pero su propio calor corporal no tardó en calentarlo. Mientras lo hacía, reconoció su olor impregnado en la prenda. De hecho, tuvo que cerrar los ojos ante el aroma de su cuerpo, de su jabón... Un aroma que parecía envolverla y robarle hasta el último aliento.

—¿Por qué quieres saberlo? —le preguntó él de pronto.

Beth abrió los ojos y tuvo la impresión de que había oscurecido mucho durante aquellos últimos segundos. Todavía podía ver claramente a Eric, pero su imagen se había desdibujado. Como si aquello no fuera real. Una sensación de anhelo presionaba contra su esternón, como si no tuviera espacio suficiente dentro de su pecho.

—¿Entonces Mónica no tuvo nada que ver con esto?

Toda aquella ternura que había destilado el cuerpo de Eric desapareció de golpe.

—¿Mónica Kendall? ¿Por qué?

No era la reacción que Beth había estado buscando. Suspirando, se envolvió mejor en su cazadora.

—¿Tuvo ella algo que ver con el asunto?

Eric desvió la mirada.

—Si ella es amiga tuya, no quiero decirte nada.

—No lo es. Simplemente fuimos compañeras de habitación en nuestro primer año en la universidad. Eso es todo.

—¿Pero entonces por qué estás preguntando por ella ahora?

Beth vaciló. Deseaba escuchar primero su versión de la historia, pero, obviamente, él sospechaba.

—Porque ella me llamó hoy. Y quiero saber la verdad.

Sabía que lo que Mónica le había dicho no era la verdad, porque no se habría molestado en hacerlo si una mentira podía hacerla aparecer bajo una mejor luz.

—No estoy seguro de que deba decirte esto —Eric volvió a desviar la mirada, contemplando fijamente las luces del restaurante.

—No se lo diré a nadie. Y creo que me merezco un poco de verdad.

Aquello lo impulsó a volverse hacia ella. Las distantes luces arrancaron un reflejo a sus ojos, de un brillo plateado.

—Cierto —reconoció, y aquella simple palabra hizo que Beth se sintiera cien veces mejor que con todas sus disculpas y explicaciones—. Está bien. Mónica estuvo allí la noche en que se produjo el robo en la cervecería.

—¿Ella colaboró en el allanamiento? —frunció el ceño ante el ridículo de una idea semejante, pero él ya estaba negando con la cabeza.

—No. Estaba en la zona del pub. Había tomado unas cervezas y le dijo luego a Jamie que necesitaba que la llevara a casa. Aprovechando que él estaba en la trastienda, ella descorrió el cerrojo de la puerta principal. Ellos se marcharon por la trasera. Fue allí donde él conectó la alarma.

—¿Y ella fue testigo?

—Estaba justamente allí.

Beth asintió.

—¿Ella le pidió que la llevara a su casa?

—Así es.

Beth sabía por el tono de su voz que le estaba ocultando algo, y se figuró que tendría que ver con lo que habría sucedido cuando fueron los dos a casa de Mónica.

—Cuando Mónica me llamó hoy, me dijo que Jamie había dado su nombre a la policía porque ella se negó a verlo más después de aquella noche.

—Eso es una descarada mentira, perdona que te diga. Varias semanas después, ella volvió a la cervecería y montó una bronca en el pub. Yo mismo asistí a la discusión. Lo que dijo... no tenía nada que ver con que Jamie deseara salir con ella. Más bien todo lo contrario.

Beth tomó entonces una decisión. Aquella historia sí que sonaba verosímil. Encajaba con lo que ella sabía sobre Mónica y sobre su repugnante hermano.

—Eric, la razón por la que te llamé es porque... Mónica me pidió que mintiera a la policía.

—¿Que ella qué?

—Le dejé un mensaje de voz este fin de semana, preguntándole por lo que había pasado entre su familia y la cervecería. Cuando hoy me devolvió la llamada, me dijo que su hermano había allanado la cervecería y que ella se había visto implicada en el asunto por culpa de Jamie. Me dijo que Jamie había dado su nombre a la policía porque ella se había acostado con él y después se había negado a verlo más.

—Eso es una mentira verdaderamente pasmosa. ¿Pero eso qué tiene que ver con que tú vayas a mentirle a la policía? Tú ni siquiera estás implicada en el asunto.

—Mónica me pidió que le dijera a la policía... si acaso la policía me llamaba a mí... que habíamos tenido esta conversación meses atrás, justo después del allanamiento. Antes de que los Kendall aparecieran como sospechosos.

—Ah. Entiendo. ¿Y tú no quisiste seguirle el juego?

—¡Por supuesto que no! ¿Por qué habría de hacerlo?

Eric se removió incómodo, pateando suavemente un guijarro por el asfalto.

—Porque debes de odiarme. Y porque muy probablemente piensas que nosotros no somos gente de fiar. Gente legal.

—Yo no pienso eso. Y no te odio —sacudió la cabeza, intentando superar la furia que él le había provocado—. Mira, sé que solamente me mentiste en un nombre. Eso no cambia lo que sucedió. Y sin embargo... lo cambia, ¿no te parece?

Eric bajó la mirada al suelo, con los puños en las caderas.

—Es la cosa más estúpida que he hecho en mi vida. No me refiero a... —levantó la vista con los ojos entrecerrados—, no me refiero a lo que hicimos. De eso no me arrepiento. Pero sí de lo otro. Porque no quiero que tú te arrepientas de lo que pasó aquella noche. Me mataría que lo hicieras.

¿Se arrepentía ella? A pesar de su furia, sabía que no podía hacerlo. Aquella única noche con Eric había sido una revelación. Toda su vida adulta la había dedicado a ayudar a las mujeres a encontrar la satisfacción sexual en sus vidas, de cualquier manera posible. Había estudiado sexología y antropología, a la vez que estudios de género en la universidad. Le encantaba saber más sobre la compleja fórmula de costumbres sociales y preferencias personales que conformaban la experiencia de cada mujer. Entendía todo aquello en lo más profundo de su corazón y de su mente. Y sin embargo no podía traducir toda aquella inútil información en una satisfacción sexual para sí misma.

No podía relajarse. Y no podía confiar. Y a pesar de los orgasmos que tanto defendía en las otras mujeres, no había sido capaz de perderse ella misma en la experiencia ni una sola vez. Hasta que llegó Eric.

Compartían una especie de química. Algo parecido a una chispa, solo que mucho más vibrante e intensa.

–No me arrepiento –declaró al fin, y las palabras parecieron fundirse con el azul oscuro del cielo.

Eric ladeó la cabeza como si no hubiera oído bien.

–Que no me arrepiento –repitió Beth, algo más alto. Y era la verdad.

–¿No?

No. Volvería a hacerlo una y otra vez, si no temiera perderse de nuevo en ello. En él...

–Tú... –Eric se acercó, reduciendo la distancia que los separaba a menos de medio paso–. No tenías por qué llamarme, después de lo que te hice. No me debías nada: al contrario. Gracias por ser tan generosa.

Beth se dispuso a encogerse de hombros cuando él estiró una mano hacia ella. Una mano morena, del color de una sombra al atardecer. Pero que sintió tan cálida como un mediodía de verano cuando aquellos dedos tocaron su mejilla.

–Y gracias también por no arrepentirte de aquella noche.

Beth se obligó a no girar la cara para refugiarse en aquella mano. Para no ponerse a ronronear como un gato. Pero sí se permitió cerrar los ojos para sentir mejor su piel contra la suya. Los nervios le bailaban. El aliento le aleteaba en el pecho como las alas de un pájaro.

Llegó a pensar que se había acercado más. Que podía sentir su aliento acariciándole los labios. Se quedó muy quieta, sin aproximarse a su vez, lo cual era la única concesión que podía hacer después de su anterior disgusto con él. «No te lances a sus brazos. No se lo merece. Por muy bien que huela. Por muy bien que...».

Sintió sus labios acariciando los suyos. Sus dedos se abrieron sobre su mejilla y le ladearon la cara lo suficiente como para que sus bocas se fundieran a la perfección. Beth suspiró, entreabrió los labios y entonces lo saboreó.

Los recuerdos anegaron su cuerpo con la delicadeza de una ola embravecida. Estaba a punto de soltar un lastimoso gemido cuando una repentina luz los envolvió y Eric se apartó bruscamente.

—¿Qué diablos...? —masculló.

Beth parpadeó varias veces como una liebre deslumbrada por los faros de un coche. Luces intensas. Se llevó los dedos a los labios, rompiendo el hechizo, y solo entonces se dio cuenta de lo que había sucedido.

—Las farolas del aparcamiento —susurró—. Es tarde.

Eric hundió las manos en los bolsillos del pantalón, mirando ceñudo la farola encendida que se alzaba delante del deportivo de Beth. Estaban directamente en medio de un brillante círculo de luz.

—Tendré que ajustar los sensores —terminó ella, con voz débil.

—Sí, será mejor que lo hagas —dijo Eric, esbozando una sonrisa—. Antes de que le des un susto de muerte a alguien más.

Beth descubrió que seguía presionándose los labios con los dedos y dejó caer la mano.

—¿Crees que debería llamar a la policía?

—Yo... ¿eh?

—Por lo de Mónica.

—¡Oh! Dios mío, pensaba que querías decir... —movió una mano y reprimió una carcajada—. Perdona. Esta ha sido una semana muy rara.

—Me alegro de no haber sido la única en advertirlo.

—Ya —se pasó una mano por el pelo y sacudió la cabeza—. Si estás de acuerdo en esperar, hablaré con el detective encargado del caso. Está saliendo con mi hermana, así que le abordaré a ver si puede hacer algo al respecto. ¿Te parece bien?

—Sí.

—De acuerdo —dijo, volviéndose a pasar una mano por el pelo—. Entonces... gracias. Debería... Toma —echó mano a la cartera y sacó una tarjeta—. El segundo número es el de mi móvil. Llámame siempre que te preocupe algo. No quiero perderte otra vez.

¿La había perdido?

—Oh —murmuró Beth, dándose cuenta de lo que había querido decir. Por supuesto que no la había perdido. Si apenas la conocía...—. Será mejor que vuelva a entrar —dijo con demasiado retraso—. Adiós.

Se marchó, deseando poder volver para besarlo de nuevo. Deseando que el hecho de lanzarse a sus brazos no tuviera por qué lastimar su orgullo, y al diablo con las luces del aparcamiento. ¿La estaría observando? ¿Querría que se detuviese?

—Beth —dijo él, y ella se giró con tanta rapidez que casi se tambaleó. Al diablo con su orgullo.

Eric se le aproximó, sonriendo como si hubiera adivinado exactamente lo que había estado pensando. Estiró una mano hacia ella y dijo:

—Mi cazadora.

Seguía esperando a que la tocara, a que la tomara de la barbilla y le ladeara la cabeza para poder besarla de nuevo. Un beso de verdad esa vez. Y no...

—Oh —pronunció al fin—. Claro.

—Si tienes frío, puedes...

—No. Pero gracias —se la quitó, obligándose a resignarse al frío de la noche y al hecho de que Eric no iba a besarla—. Gracias —repitió.

Estremeciéndose, regresó a la vida en la que fingía ser una mujer vibrante y sensual... lejos de la vida que realmente llevaba.

Capítulo 9

—Vamos —suplicó Cairo—. Será divertido.
Beth sacudió la cabeza.
—No. Estoy exhausta.
—¡Si solo son las ocho!
—Llevo aquí desde las ocho de la mañana. Anoche apenas pegué ojo, y es martes. Ni hablar de gran fiesta nocturna —solo quería marcharse a casa. Después de haberse pasado toda la noche dando vueltas en la cama, estaba en disposición de dormir durante doce horas seguidas.
—Por favoooor —insistió Cairo, juntando las manos bajo la barbilla y mirando a Beth con sus enormes ojos castaños—. ¡Por favor, por favor! Sé de seguro que Davis estará allí.
—¿Davis? —por un momento, Beth fue incapaz de identificar el nombre—. Ah, Davis. ¿Cómo sabes que estará allí?
—Porque es el guitarrista de la banda.
¿Le había dicho que estaba en una banda? Le sonaba vagamente familiar. Lo cual constituía precisamente la razón por la cual no podía ver a Eric fingiendo naturalidad. El jueves por la noche había pasado una hora entera

con Davis y apenas se acordaba de nada sobre él. Excepto del desafortunadamente vívido detalle que Cairo le había revelado.

—Oh, al diablo —masculló. Quizá la carne masculina depilada no fuera una idea tan mala, después de todo. Quizá le vendría bien sacudir un poco su pequeño y tranquilo mundo—. De acuerdo. Cuenta conmigo.

—¡Bien! Vamos. El primer tema empezará en cualquier momento.

Fue así como Beth se encontró en un bar universitario a eso de las nueve de la noche de aquel martes, representando el papel de chica del guitarrista de la banda. Llevaba tejanos, al menos, de manera que iba solo moderadamente arreglada con una blusa de seda y tacones de aguja. Por suerte, Cairo lucía su habitual estilo de ama de casa de los años cincuenta con sus zapatitos de tacón con lazo. Llevaba incluso una pequeña flor blanca en el pelo, que parecía resplandecer en contraste con su melenita negra. Llamaban la atención las dos entre las jóvenes universitarias con leotardos y camisetas con capas, pero al menos llamaban la atención juntas.

El novio de Cairo, uno de los dos que tenía, tocaba el bajo esa noche. El otro acababa de llegar y estaba sentado en aquel momento junto a ella, tomándola de la mano. Beth lanzó una furtiva mirada al bajista, Rex, espiando curiosa su reacción. Pero no hubo ninguna. Aquella situación era perfectamente normal para ellos. Beth se quedaba fascinada cada vez que los veía juntos. No parecían discutir en absoluto, mientras que ella tenía la sensación de estar siempre agitándose por dentro.

Estallaron los aplausos y solo entonces se dio cuenta de que el tema había terminado. Aplaudió también y miró a Davis, impresionada pese a su distracción. Era un gran guitarrista. Diestro y delicado. No se exhibía. Simplemente tocaba con una tranquila confianza. Pensó que quizá debería darle alguna oportunidad más...

El vocalista era un rapero jamaicano... o al menos fingía ser de Jamaica. Los estudiantes universitarios tenían predilección por todo lo jamaicano, al fin y al cabo. Aun así, el tipo era bueno. Aunque Beth no era aficionada al rap, tenía que admitir que era magnífico, sobre todo acompañado por aquella banda.

Davis finalmente bajó del escenario.

—Gracias por venir —dijo mientras sacaba una silla y se sentaba a su lado.

—Sonáis estupendamente. De verdad que estoy impresionada.

Davis sonrió.

—Se necesita mucho compromiso para mantener una banda después de la universidad. Después de una jornada entera de trabajo, ensayar ya no es tan divertido.

—Pues se nota que a ti te encanta —repuso ella. Procuró concentrarse en Davis durante los diez minutos siguientes, porque consideraba que se lo merecía. Era un tipo divertido. Con talento. Y ella podía distinguir el creciente interés que brillaba en sus ojos mientras hablaban. Advirtió la manera sutil con que su mirada resbalaba por sus piernas cada vez que se volvía para hablar con el batería. Incluso podía sentir ella misma una cálida reacción hacia él... Gracias a Dios. No solo estaba Eric. No era él el único hombre al que deseaba.

Pero... no podía mentirse tan fácilmente a sí misma. Sí, estaba interesada en Davis. Al igual que anteriormente había estado interesada en otros hombres, con algunos de los cuales se había acostado y con otros no. Pero no sentía aquella tremenda, maravillosa necesidad. La tentación de presionar el rostro contra su cuello y de respirar su aroma, de dejar que la llevara a su casa para que hiciera con ella lo que quisiera...

—Estás estupenda, por cierto —comentó de repente Davis, recorriéndola nuevamente con la mirada, desde la cabeza hasta los tacones de aguja.

—Gracias.

—Admito que tengo una especial debilidad por los tacones.

Ella sonrió, sintiendo de nuevo un agradable calor por dentro.

—Y yo.

Cuando ella bajó su bebida, él le puso una mano sobre la rodilla. Beth sintió que el corazón le daba un vuelco. Experimentó una sensación.... extraña. ¿Buena o mala? En cualquier caso, era mejor que nada, que era precisamente lo único que había estado consiguiendo últimamente.

—Hey —dijo Davis, señalando el escenario donde el batería ya estaba ocupando su lugar—. Tenemos que volver a actuar. Para las diez habremos acabado. ¿Seguirás por aquí?

Beth se hizo la misma pregunta. Bajó la mirada a su mano, que seguía sobre su rodilla. Era una mano bonita. Elegante. De dedos largos. Con pequeñas callosidades en las yemas, de tocar la guitarra.

—Podríamos ir a algún sitio después —propuso él.

—De acuerdo. Sí —aceptó mientras intentaba convencerse a sí misma de que estaba haciendo lo correcto. Necesitaba dejar atrás a Eric de una vez por todas. No podía seguir manteniendo aquella relación unilateral con sus propios recuerdos. Y si su corazón se ponía a latir de pánico más que de emoción... bueno, al diablo con él. Tenía que salir de aquella situación.

—Estupendo —sonrió él, y le apretó la rodilla por un

instante antes de bajar nuevamente la mirada a sus tacones–. Hasta luego entonces.

Beth intentó aparentar una ilusionada expectación, pero su cabeza estaba ya trabajando sin cesar. ¿A dónde irían después? ¿A su casa? Solamente se habían besado aquella única vez. ¿Estaría preparada para aquello? El corazón le atronaba en el pecho, y cuando empezó la música, los agudos acordes de la guitarra la hicieron dar un respingo.

«Cálmate», se ordenó. «Te estás comportando de manera ridícula. Puedes hacer, o no, cualquier cosa que quieras».

Sí. Quizá fueran a su casa. Y eso estaría bien. Allí podrían besarse y ver a dónde les conducía eso... Simplemente. Ver si experimentaba las sensaciones adecuadas. La cosa no era para tanto.

Pero, de repente, los comentarios que le había hecho sobre sus zapatos de tacón empezaron a rodar por su inquieto cerebro. Sacudió la cabeza. Le gustaban los tacones, ¿y qué? A la mayor parte de los hombres les gustaba. La cosa no era para tanto.

¿Pero y si tenía una obsesión por los zapatos de tacón? ¿Y si se empeñaba en que los llevara cada vez que se acostaban juntos, por ejemplo? ¿Y si quería lamérselos? No sería la primera vez que le había sucedido eso. El único hombre que...

–¡Beth!

Se giró hacia Cairo, tremendamente aliviada por la distracción.

–Harrison está reuniendo un grupo para hacer escalada en roca el próximo fin de semana. ¿Querrás venir?

–Oh, yo no escalo.

–Yo tampoco, pero será bonito verlos –dedicó un segundo a lanzar un pícaro guiño a Harrison y una sonrisa, antes de volverse nuevamente hacia ella–. Podrías pegarte a mí. Prepararemos un picnic mientras ellos escalan.

Beth se echó a reír, imaginándose a Cairo en el borde de un precipicio, luciendo un vestido y adornada de perlas, con los tatuajes de sus brazos asomando por debajo de las mangas cada vez que servía un plato sobre la manta de picnic.

–Eso suena divertido.

–Yo podría enseñarte también las técnicas básicas –le ofreció Harrison–. Si quisieras intentar una subida fácil.

Beth se encogió por dentro.

–Ya veremos lo valiente que me siento –pero encontraba la idea sorprendentemente tentadora. Un poco inquietante, quizá, pero aun así divertida. Todo lo cual era exactamente lo que no sentía hacia Davis. En lugar de ello... la sensación que le inspiraba era más bien extraña. Incómoda. Y no era así como debería sentirse. Estaba cometiendo un error. Intentando forzar el asunto porque la noche anterior había vuelto sola a casa y se había sentido fatal, pensando en Eric. Una vez más.

En aquel momento estaba perdiendo de vista la lección que había aprendido de la noche que había pasado con Eric. Aquella noche, finalmente, había alcanzado la sensación que se había pasado toda la vida buscando. Aquel lugar donde no podía pensar, porque había estado demasiado ocupada viviendo el presente.

Aquella primera noche, cuando se encontraron en el bar de la bodega... cuando él la tocó, se sintió perdida. Tan perdida que había sido capaz de abrirse de piernas debajo de la mesa, cerrar los ojos y dejar que la tocara justo allí. Y precisamente en un lugar público, donde debería haber estado preocupándose de que la viera alguien...

–Cairo –dijo Beth, inclinándose hacia su amiga para

tocarle el brazo–. Le dije a Davis que me quedaría a esperarlo para salir luego por ahí, pero estoy agotada. Necesito irme a casa a dormir. ¿Te disculparás con él de mi parte? ¿Lo harás?

–Claro. ¿Te encuentras bien? Últimamente has estado un poco rara.

–Sí, estoy bien. Pero esto ha sido divertido. Muchas gracias por invitarme –buscó la mirada de Davis, pero el guitarrista estaba pendiente del cantante, a la espera de que le diera entrada, y no alzó la vista cuando ella se marchó.

Había aprendido algo importante seis meses atrás, pero la lección estaba empezando a desvanecerse. Era capaz de experimentar una absoluta satisfacción sexual. Podía alcanzar aquella sensación que había estado buscando durante tantos años. La clave estribaba en escuchar a su propio cuerpo. No importaba lo atractivo que pareciera un hombre sobre el papel o lo muy interesante que lo encontrara. Lo que siempre había echado de menos en su vida era la química.

Y eso era lo que había encontrado con Eric. Podía volver a encontrarla con otro hombre, cierto. Pero quizá lo que necesitaba fuera una actualización, un recordatorio de la sensación de aquella chispa cuando explotaba en llamas y la hacía estremecerse de pies a cabeza...

Experimentó un escalofrío cuando salió al exterior. Se le endurecieron los pezones, pero no pensaba que eso tuviera que ver con el aire frío de la noche. Era la perspectiva de volver a experimentar aquella sensación. De perderse a sí misma en el placer.

¿Por qué diablos habían acordado limitar su relación a una sola noche? ¿Por qué no podían tener algo más duradero? ¿Por qué no podían hacer lo que hacían los demás adultos, y utilizarse mutuamente cuando sintieran la necesidad de hacerlo? Aquello no tenía por qué significar nada más.

La mentira de Eric pendía sobre ella como una advertencia, pero... ¿qué diablos tenía que ver su nombre con lo que él le había hecho a su cuerpo? Nada. Nada en absoluto.

Beth pensó en la tarjeta de Eric que había dejado en la mesa del salón. Pensó en llamarlo. Imaginó su reacción. Y, esa vez, la adrenalina que bombeaba por sus venas no la urgió a salir corriendo para escapar de él.

Otro día terriblemente tenso había dejado a Eric con un ceño permanente en el rostro. Su único alivio había sido la oportunidad de encerrarse en la sala de embotellado, y aquel espacio ruidoso y ajetreado había constituido su salvación. Tessa le había dirigido la palabra varias veces, pero incluso ella se había dado finalmente por vencida. Jamie ni siquiera se había dignado mirarlo.

Al menos los nudillos habían dejado de dolerle, lo cual representaba un agradable alivio del constante recordatorio de que había pegado a su hermano pequeño en la cara.

Eric estaba respirando tranquilo por primera vez en aquel día, mientras se disponía a meter el coche en el garaje, cuando descubrió el coche de Tessa aparcado en la acera. Al ver a Jamie sentado en el minúsculo porche de su apartamento, soltó un gruñido. ¿Qué diablos era aquello? ¿Algún tipo de operación conjunta? Por un momento, pensó en escapar de allí.

Pero de repente los faros de su coche iluminaron el parabrisas del de Tessa y, a través de la lluvia, vio que seguía dentro. El detalle bastó para animarlo a acercarse, colocando el vehículo en paralelo, y bajar el cristal de la ventanilla. La lluvia le salpicó la cara mientras esperaba a que ella bajara también el cristal.

—¿Qué pasa? —gritó para hacerse oír.

—¡Tenemos que hablar! —gritó ella a su vez.

—Ahora no me apetece.

—¡Pues lo siento! —replicó Tessa, y subió el cristal para evitar una mayor discusión, de modo que a Eric no le quedó otra que suspirar y meter el coche en el garaje contiguo.

Pero cuando salió, lo único que vio del coche de Tessa fueron sus luces traseras desapareciendo en la noche.

—¡Hey! —gritó Jamie, saliendo del porche para echar a correr detrás de ella. Cuando las luces desaparecieron del todo, Jamie se detuvo en seco.

Ya de regreso en el porche, fulminó a Eric como si estuviera pensando en iniciar otra pelea de puños.

—¿Qué diablos está pasando aquí? —exigió saber Eric.

—No tengo la menor idea. Tessa me trajo hasta aquí, insistiendo durante todo el tiempo en que necesitábamos arreglar las cosas. Pero cuando me bajé de su coche, ella echó el seguro y ya no me dejó volver a subir.

—¿Te dejó fuera?

—¡Y ahora acaba de salir pitando!

—La muy pilluela... —gruñó—. Nos está obligando a pasar tiempo juntos.

—Llamaré a Olivia.

Eric puso los ojos en blanco.

—No seas ridículo. Yo te llevaré. Seguro que podremos soportar estar sentados en el mismo coche durante cinco minutos.

—O podría volverme a casa andando —masculló Jamie.

Eric señaló su coche en la cabeza. Segundos después, Jamie entró finalmente en la casa y se dirigió al garaje. Pero cuando Eric se sentó al volante, no arrancó en seguida. Su hermano se removió incómodo.

—Lo siento —le dijo Eric con tono suave—. Lamento de verdad haberte pegado.

Jamie suspiró.

—Ya lo sé.

—No sé qué me pasó.

—Yo fui muy duro contigo.

—Ya lo habías sido antes, pero yo siempre me las arreglé para comportarme como una persona cuerda.

Jamie se encogió de hombros y se recostó en el asiento, de manera que Eric arrancó el coche y salió del garaje. La casa de Jamie estaba a solo unos kilómetros de distancia. Si no hubiera estado lloviendo, probablemente habría regresado caminando tan pronto como Tessa lo dejó fuera.

Estaban ya a medio camino cuando Jamie dijo:

—Puedo arreglármelas, ¿sabes?

—¿A qué te refieres? —le preguntó Jamie.

—A todo. Todas mis obligaciones en la cervecería. Puedo hacerles frente. Así que no te preocupes.

—No me preocupa que no puedas hacerlo. Estaba intentando ayudarte, de verdad que sí. Ahora tienes a Olivia, más todos estos planes para el restaurante... Eso fue lo único que pensé. Quería ayudarte.

Jamie no respondió de inmediato. Al cabo de unos segundos, sin embargo, asintió con la cabeza.

Y eso fue todo. Todo volvía a estar bien. Eric aparcó frente a la casa de Jamie.

—Gracias por traerme —dijo su hermano, y abrió la puerta. Pero se detuvo antes de bajar—. Hey, una cosa. Cambiando de tema. Era muy atractiva.

—¿Quién?

—La mujer que fue al pub. Me habría quedado de piedra si no hubiera estado tan enfadado. De las que juegan en una liga diferente a la tuya, tío. Absolutamente sexy.

—Vaya, gracias.

—Ni siquiera sabía que jugaras en una liga, francamente.

—Baja —le ordenó Eric, aunque estaba haciendo esfuerzos por no sonreírse. Beth era sexy. Jugaba en una liga diferente de la suya. Superior. Y estaba tremendamente impresionado consigo mismo por haberla abordado desde un principio.

Se sintió algo mejor mientras se alejaba de allí. De regreso a su habitual carga de tensión en lugar de aquel nuevo nivel de furia y arrepentimiento. Se había arreglado con Jamie, y Beth se había quedado... bueno, no le había parecido que estuviera enfadada cuando la dejó el lunes. Aunque no podía entender cómo había podido terminar besándola. Y cómo era que ella se lo había consentido.

En cualquier caso, ¿a quién diablos le importaba? Estaba sonriendo en aquel momento, así que si podía dejar de preocuparse por cualquier otra cosa hasta la mañana siguiente, se conformaría con eso y sería feliz.

De repente le sonó el móvil. Se lo sacó de la chaqueta, sabiendo exactamente a quién pertenecía la llamada.

—Hemos hecho las paces —dijo.

—¡Bien! —chilló Tessa.

—Buenas noches —colgó, todavía sonriendo mientras se detenía ante un semáforo en rojo. Tessa era un caso, pero siempre sabía exactamente lo que había que hacer en un problema. Quizá debería entregarle su parte de la cervecería y dejar que ella la gestionara.

El móvil volvió a sonar.

—Todo marcha perfectamente —dijo Eric—. Así que deja en paz el tema.

—Oh —exclamó una voz femenina—. ¿Que deje qué tema?

No era Tessa. Eric bajó el teléfono para ver quién llamaba. Dios, aquella voz encajaba tan bien con el nombre...

–¿Beth?
–Hola.
–Perdona. Creía que era otra persona.
–Qué alivio.

El semáforo cambió a verde, pero Eric se hizo a un lado y aparcó antes de seguir conduciendo. No podía conducir y hablar con Beth al mismo tiempo. Se distraía demasiado.

–¿Y bien? Beth Cantrell.
–La misma.

Frunció el ceño ante el nerviosismo de su voz.

–¿Qué ocurre?
–Oh, quería saber lo que pasó con el detective.

Por supuesto. Sus hombros se abatieron levemente.

–Le conté exactamente lo que tú me dijiste. Tomó nota de ello. Puede que salga en el juicio, pero no afectará a la investigación.

–Entiendo. Tiene sentido.

–Me dijo que se pondría en contacto contigo en caso de que necesitara utilizar tu historia.

–Bien. De acuerdo.

–De acuerdo –repitió, consciente de la creciente incomodidad de la situación. Una señal, quizá, de que lo mejor era dejar las cosas tal como estaban. Eran demasiado distintos. Lo único que habían compartido era sexo. Pero un sexo endiabladamente bueno.

–Gracias... –empezó él, pero Beth lo interrumpió:

–¿Te apetece acercarte a mi casa?

Eric parpadeó varias veces, convencido de que había oído mal. Beth había hablado muy rápido, después de todo, atropellando las palabras.

–¿Perdón?
–¿Te apetecería... acercarte a mi casa?
–¿Esta noche? –miró el reloj de la guantera. Las diez y media.
–Sí.
Tenía la sensación de no estar comprendiendo nada. Ella no podía referirse a...
–Sé que teníamos un trato. Así que lo entenderé si esto te parece una salida de tono.
–No –dijo él–. ¡No! No es ninguna salida de tono. En absoluto.
–¿Entonces?
–Sí –¿no acababa de decirlo? Se suponía que no tenía que volver a verlo. Ese había sido el trato. Una sola noche. Nada más.
–¿Sí? –inquirió ella, como si le estuviera dando la oportunidad de que cambiara de idea.
Debería decirle que no. ¿Pero a quién diablos estaba intentando proteger? Él no era el mismo hombre que seis meses atrás. Su familia y su trabajo... se le estaban escapando entre los dedos. Y si había una cosa que estaba completamente separada de aquellos aspectos de su vida, esa era Beth Cantrell.
–¿Cuál es tu dirección? –le preguntó.
Creyó escuchar un suspiro de alivio al otro lado del teléfono. ¿Habría estado preocupada de que él pudiera negarse? Dios, ya estaba arrancando de nuevo el coche. Se puso en camino en cuanto ella le dio la dirección. Si se trataba de un error, no quería perder el tiempo en analizarlo. Aquel era el único error que estaba completamente decidido a cometer.

Capítulo 10

Beth se puso cuidadosamente su braga favorita, y luego el sujetador a juego. Extrañamente tranquila, se volvió para mirarse en el espejo, intentando ver su cuerpo como lo vería Eric.

La seda azul marino destacaba maravillosamente contra su piel. Deslizó un dedo por el borde del sujetador, allí donde sus senos se alzaban tentadoramente. A Eric le gustaría el efecto. Era fantástico pensar en estar con él otra vez. Él ya sabía cómo era. Su figura tenía demasiadas curvas para los estándares femeninos actuales, pero para él quizá fuera perfecta. Y no se sorprendería de que no llevara tatuajes, o piercings en sus zonas erógenas. Era la misma sencilla Beth de la última vez.

Se puso el vestido ajustado negro que tanto le gustaba pero que solo se había puesto una vez. Siempre estaba temiendo que se le soltara el lazo y se le abriera por delante, dejando todos sus encantos a la vista. Si eso llegaba a suceder esa noche, simplemente ayudaría a empujar las cosas hacia su conclusión natural.

Finalmente, se calzó sus zapatos de tacón de aguja favoritos, los negros, confiando en que Eric no sintiera la necesidad de lamérselos en algún momento de la noche.

—No es que eso tenga algo de malo —se dijo, suspirando. Su carrera profesional consistía precisamente en ofrecer a la gente simplemente lo que quería, después de todo. Pero eso no quería decir que tuviera que ampliar el servicio de atención a los clientes al dormitorio.

Se había duchado antes de llamarlo, así que lo último que necesitaba era carmín o rímel. Ya estaba lista. Lista para verlo. Lista para pensar en la manera más rápida de llevarlo al dormitorio.

Estaba escondiendo su ropa de gimnasio bajo la cama cuando sonó el timbre.

Vaya, no había perdido el tiempo. Lo que quería decir que anhelaba aquello, él también, fuera o no un error. ¿Y a quién diablos le importaba que lo fuera? Por una vez, estaba contemplando el sexo como si fuera un regalo, un capricho, en lugar de una amenaza.

No tuvo que forzar una sonrisa mientras abría la puerta. De hecho, tenía que dominarse para no sonreír como una mujer enloquecida.

Los ojos de Eric barrieron su cuerpo.

—Hola —le dijo a sus piernas.

—Hola.

Eric llevaba esa noche un polo azul celeste. ¿Había algo más deliciosamente pijo que aquello? Pijo en el buen sentido. Abrió la puerta del todo y se hizo a un lado.

—Entra.

—Gracias —se detuvo a un par de pasos del umbral y hundió las manos en los bolsillos de sus tejanos—. Demasiado tarde me he dado cuenta de que no se me ha ocurrido traer nada. Una botella de vino. O quizá una cena...

—Ya he cenado. Y tengo vino. ¿Te apetece?

—Sí —se apresuró a contestar.

Beth fue incapaz de reprimir su sonrisa mientras se dirigía a la cocina. Aquello era divertido. La última vez lo había sido. Recordó su larga caminata hasta el lugar del encuentro. Había estado nerviosa, preguntándose qué diablos estaba haciendo. ¿Sentiría Eric lo mismo? ¿Cómo reaccionaría él en aquel momento si se le ocurría dejar caer el vestido al suelo y regresar luego al salón? Demasiado tarde se llevó una mano a la boca para ahogar una carcajada.

–¿Has dicho algo? –gritó Eric desde el salón.

–No, perdona. Es solo que... se me ha caído una cosa.

Se disponía a abrir el vino cuando, al alzar la mirada, lo descubrió de pie en el umbral de la pequeña cocina.

–¿Acababas de salir del trabajo? –le preguntó él.

–Sí. No. Quiero decir... Estuve trabajando hasta las ocho y luego salí con alguien.

Eric arqueó las cejas.

–Oh.

Pensaba que había tenido una cita y... ¿acaso no era eso lo que había sido? ¿Un intento más de emparejar a la terca Beth Cantrell con alguien capaz de «arreglarla»? Sintió el súbito impulso de contarle la verdad, pero se conformó con suministrarle al menos una pequeña parte.

–¿Puedo ser sincera contigo?

–Por supuesto.

–Hay un tipo con el que he salido un par de veces. Lo vi esta noche.

Él se apoyó contra el marco de la puerta, ceñudo.

–Ya.

Justo cuando estaba a punto de soltárselo, las palabras se le secaron en la garganta y empezó a preocuparse. No pudo evitarlo.

El corcho saltó en aquel instante de la botella, así que Beth lo utilizó como una excusa para bajar la mirada.

–Lo siento. Yo... –sus pensamientos giraban como en un remolino. Se aferró al primer pensamiento que le pasó por la cabeza–. ¿Por qué has venido? –le preguntó, deseosa de que se lo dijera él para que ella no tuviera que hacerlo.

–Porque tú me lo pediste.

–Ya lo sé, pero... Nosotros no pretendíamos hacer esto, ¿verdad? No queríamos volver a vernos, ¿no?

–Estuvimos de acuerdo en que no sería una buena idea.

–Eso. Exactamente. Y no es una buena idea –se obligó a levantar la mirada, pero tan pronto como vio su oscuro ceño, volvió a acobardarse y estiró una mano hacia el armario para sacar las copas–. Lo siento –murmuró.

–No entiendo. ¿Quieres que me vaya?

Le encantaba que se lo hubiera preguntado. Como si no fuera para tanto que un hombre se acercara a casa de una mujer en mitad de la noche simplemente para saludarla y conversar durante unos minutos. Aquella ausencia de presión la ayudó a tranquilizarse, como si las moléculas de su cerebro pudieran dejar de rebotar unas contra otras solo con que la situación no fuera tan intensa.

Aspiró profundo y le tendió una copa. Sostuvo luego la suya con ambas manos, esperando poder sostenerlo firmemente al menos durante los siguientes minutos.

–Estaba fuera esta noche, hablando con aquel hombre y pensando que era el momento... –le confesó de pronto–. ¿Sabes lo que quiero decir?

Eric, con aspecto perplejo, bebió un sorbo de vino en lugar de responder.

–Era el momento de tomar una decisión –continuó ella–. ¿Íbamos a tener una relación física? ¿Deseaba yo eso realmente? Era lo que me preguntaba. Pero, mientras tanto, solo podía pensar en una cosa: que quería que ese hombre fuera como tú.

La confusión de Eric se trocó en una absoluta sorpresa.

–¿Como yo?

Beth bebió otro sorbo de vino para tomar fuerzas.

—Sí. Me di cuenta de que estaba a punto de irme a casa con ese hombre, cuando lo único que yo quería era que aquello fuera como había sido contigo.

—Sigo sin entenderlo. ¿Cómo fue conmigo?

Sacudiendo la cabeza, Beth dejó vagar la mirada por su amplio pecho.

—Bueno, fue bueno, ¿no?

Como él no dijo nada, se puso algo nerviosa. Al ver que seguía sin responder, se obligó a mirarlo a los ojos. Parecía asombrado.

—Sí —pronunció Eric al fin—. Sí que fue bueno. Por supuesto que sí. Para mí, desde luego.

Dios, esperaba que no estuviera siendo simplemente educado...

—Sí, fue bueno —repitió ella, como si necesitara convencerlo a él—. Y sencillo. Y fácil.

—¿Fácil? —arqueó las cejas.

No había manera de explicarle eso, así que Beth no lo intentó.

—Esta noche... yo estaba deseando poder volver a tener eso que habíamos tenido. Y de repente me di cuenta de que podía tenerlo. O de que podía intentarlo, al menos.

Eric bebió otro trago de vino, mirándola con expresión recelosa.

—Convinimos en que eso era demasiado complicado.

—No tiene por qué serlo.

Volvió a recorrerla con la mirada, como si estuviera sopesando la posibilidad de quitarle aquel vestido y hacerle el amor. El cuerpo de Beth empezó a reverberar de excitación.

—Creía que estabas enfadada —le dijo él.

—Lo estaba. Lo estoy. Y no confío en ti. No volveré a hacerlo.

Eric apretó los labios con fuerza.

—Aunque tú nunca hablaste con nadie de lo nuestro, ¿verdad? —le preguntó ella.

—No. Nunca.

—El caso es que me mentiste. Y eso me dolió. De manera que creo... que estás en deuda conmigo. Me debes algo.

Cuando Eric la miró, un brillo oscuro y ardiente relampagueó en sus ojos, y Beth supo que él también deseaba aquello.

—¿El qué?

—El derecho de saber el nombre del hombre que me hizo el amor. ¿No te parece?

Antes había creído distinguir un brillo de deseo en sus ojos, pero en aquel instante ardía como un incendio. Eric estaba apretando con fuerza la mandíbula. Se notaba que anhelaba estar dentro de ella. Desesperadamente.

—¿Es que no quieres escuchar tu propio nombre? —inquirió ella.

—Sí —gruñó él, apretando los dientes.

La palabra le provocó a Beth un escalofrío por todo el cuerpo, endureciéndole los pezones. Bebió otro sorbo de vino y se dispuso a pasar de largo ante él.

—Tú tienes pinta de llamarte Eric, en todo caso —dijo.

—Eso ya lo dijiste antes —cerró una mano sobre su brazo.

Eric tiró suavemente de ella hacia sí, de manera que quedó directamente frente a él, separados sus cuerpos por unos pocos centímetros. Beth miró fijamente sus ojos gris azulado.

—Hablo en serio —susurró, y era cierto. Él nunca sería un Jamie. Un James, quizá. Pero el nombre de Eric tenía una resonancia a firmeza, a contundencia. Encajaba a la perfección con su personalidad.

—Ya —gruñó él.

Dejó su copa sobre el mostrador e hizo lo mismo con

la de ella. Acto seguido, cuando le acunó la mejilla con una mano, Beth pensó que iba a besarla. Pero él seguía guardando las distancias.

Ella contuvo el aliento mientras sentía su otra mano cerrándose sobre su hombro.

—¿Así que piensas que estoy en deuda contigo? —le preguntó Eric con tono suave.

Beth asintió, pero él no la estaba ya mirando. Sus dedos descendían con lentitud, delineando el cuello de su vestido, mientras sus ojos contemplaban su progreso con perversa concentración.

—Sí —jadeó ella.

Aquellos dedos descendieron un poco más, tirando de la fina tela. Beth sintió su contacto en la sensible piel que rodeaba el borde de su sujetador. Las yemas de sus dedos empezaron a bucear bajo la seda, todavía descendiendo. Ella se estremeció y él alzó la mirada.

—Te daré todo lo que quieras —le aseguró Eric.

Sí. Eso era lo que ella deseaba. «Todo lo que quiera».

—¿En qué estuviste pensando mientras estabas fuera con ese otro hombre?

Beth sacudió la cabeza. Los dedos de Eric abandonaron su piel, pero en seguida delinearon el borde del vestido de camino hacia su cintura. Ella pudo sentir la lenta presión que ejerció cuando empezó a tirar de uno de los extremos del lazo que sujetaban el vestido.

—Ibas a hacer esto con él —murmuró dulcemente.

—Quizá.

—Entonces dime lo que querías.

—Quería... —Beth tragó saliva—. Quería sentirme... así.

Eric seguía tirando del lazo con dolorosa lentitud. A esas alturas, ella ya se había quedado sin aliento.

—Quería estremecerme como cuando tú me tocas...

De repente la tela del vestido se aflojó en torno a su

cuerpo. Beth cerró los ojos mientras él se lo abría por delante. Sus dedos rozaron la piel desnuda de su vientre. Volvió a estremecerse.

—¿De la misma manera en que te estás estremeciendo ahora?

—Sí —se había olvidado. Se había olvidado de la sensación de sentirse seducida. Su intención había sido seducirlo a él aquella noche. Desatarse el vestido y dejarlo caer al suelo con el objetivo de sorprenderlo, de conquistarlo. Pero en aquel juego a dos, él era quien la estaba desnudando a ella. Como la última vez.

Y, al igual que la última vez, ella ya estaba húmeda, con su excitación empapando la seda de su braga.

Él continuaba sin besarla. Beth podía sentir la presión de su mano alrededor de su cintura, con la base descansando en el comienzo de la curva de la cadera y el pulgar deslizándose lentamente a lo largo de sus costillas. Abrió los ojos para sorprenderlo contemplando todavía su propia mano.

—La última vez te marchaste demasiado rápido.

—Lo sé —musitó ella.

—Yo quería más —su mano se tensó sobre su cadera y finalmente él se adelantó un poco, haciéndola retroceder suavemente.

Beth retrocedió un paso. Dos. Su vestido cayó hasta la cintura. Su espalda desnuda entró en contacto con el marco de la puerta. Él se cernió sobre ella.

—Quería más —repitió y, por fin, la besó.

Aquel beso no se pareció en nada al fugaz roce de labios del aparcamiento de The White Orchid. Aquel beso fue... furioso. Duro. Profundo. Combinaba bien con la furia y la frustración que sentía ella misma mientras lo saboreaba a su vez, sintiendo la caricia de su lengua contra la suya. Las manos de Eric abarcaban en aquel momento toda su cintura, sosteniéndola contra la pared al tiempo que continuaba devorándola.

Lo deseaba tanto que la sensación se parecía casi al odio ¿Por qué tenía que ser precisamente él? ¿Por qué no podía tener aquello tan maravilloso con cualquier otro hombre? ¿Alguien que no le hubiera mentido? ¿Que nunca le hubiera hecho quedar en ridículo?

Eric terminó de deslizarle el vestido por los hombros, y Beth lo dejó caer antes de enredar los dedos en su pelo. La tenía acorralada contra la pared, envuelta por su cuerpo, pero ella seguía necesitando aferrarse a él, para asegurarse de que no cambiara de idea y se le escapara.

Sus manos bajaron hasta su trasero. Cerró los dedos sobre sus nalgas mientras empezaba a mecerse contra ella.

Oh, Dios, sí... Ya estaba duro, muy excitado, y ella se sentía perdida. Su mente estaba girando en espiral hacia un lugar donde no podía escuchar sus propios pensamientos. Lo único que sabía y sentía era la caricia de su lengua en la suya y el contacto de sus dedos presionando su piel. En lo único que podía pensar era en lo mucho que ansiaba sentirlo dentro.

Giró de repente el rostro, y Eric deslizó los labios por la piel de su cuello, lamiéndola allí.

–Eric, yo... –Dios, era una sensación tan placentera... Sobre todo cuando se imaginaba su boca descendiendo cada vez más, sin dejar de lamerle la piel–. El dormitorio –jadeó.

–Sí –gruñó contra su cuello.

Lo guio por el pasillo, contenta de llevar todavía los tacones mientras caminaba delante de él. Se aseguró de exagerar el contoneo de sus caderas y, cuando se volvió para mirarlo, descubrió que no la estaba mirando a la cara.

Pero cuando llegaron al dormitorio, Beth no supo ya qué hacer, lo cual hizo que su cerebro se reactivase. Se acordó de que supuestamente debería estar preocupándose, desconfiando, analizándolo todo demasiado. Permaneció indefensa por un momento, pero Eric, afortunadamente, se hizo cargo de la situación. Él sí que parecía saber qué hacer. En lugar de ponerse a pensar, se quitó la camisa y empezó a desatarse el cinturón. Incluso el cinturón que llevaba era de pijo, uno de aquellos Cole Haan de cuero trenzado, y mientras veía cómo lo iba liberando de las trabillas, sintió que las rodillas le fallaban.

Parecía tan... fuerte. Su pecho era tan ancho... Tenía los bíceps abultados. Probablemente estaría apuntado a algún gimnasio. Y levantaría pesas ante la admiración de sus flacuchas compañeras de sala. ¿Serían esas chicas con las que saldría habitualmente? ¿Las mismas de las cuales hablaría a su familia, dándole su nombre verdadero?

Beth sacudió la cabeza, ahuyentando aquellos pensamientos. No importaba. Él la deseaba, secretamente o no. Y, lo más importante, ella lo deseaba a él. Así que dejó de pensar y estiró los dedos hacia el botón de sus tejanos. Podía sentir su largo y grueso miembro a través de la tela, e inmediatamente supo lo que quería.

Procedió a bajarle cuidadosamente la cremallera de la braqueta. Él dejó caer las manos a los lados. Beth deslizó a continuación una mano dentro del calzoncillo y cerró los dedos en torno a su falo. Estaba tan caliente... Se lo sacó del todo y se puso de rodillas.

Dios mío, era algo maravilloso... Una obra de arte. La noche del hotel no había tenido oportunidad de verlo tan de cerca, de una manera tan personal. Pero, en aquel momento, podía hacerlo a su antojo. La cabeza era gruesa y perfecta, pero, hacia abajo, se hacía todavía más grueso.

Beth lo tocó, con una única, lenta y firme caricia. Una diminuta gota de líquido asomaba en la punta. Depositó un pequeño y húmedo beso en aquel lugar justo antes de alzar la mirada hasta su rostro.

No pudo interpretar bien su expresión. Parecía... serio. Empezó a lamer entonces la cara interior de su miembro, solo para ver si conseguía alterar su gesto. Vio que apretaba la mandíbula y se alegró de ello. Sonriendo, se lo lamió de nuevo, deleitándose con el fresco y limpio sabor de su piel.

Eric aspiró profundamente.

—Me dijiste que era yo quien estaba en deuda contigo...

Ella cerró los ojos y suspiró contra él.

—Esto no es para ti —susurró—. Es para mí.

Beth rodeó con los dedos la base de su falo, rezando en silencio una pequeña plegaria de agradecimiento por la clase de felación que había impartido aquel verano. Por fin tenía a alguien con quien practicar sus recién adquiridas habilidades.

Se lo acarició con lentitud, al principio con pequeños besos que fueron haciéndose más prolongados, haciéndole sentir la humedad de sus labios abiertos. Luego se lo metió en la boca, presionando la lengua contra la cara interna de su glande. Su sabor le arrancó un ronroneo de placer. Olía a jabón y a sexo mezclados, y reconoció un sabor a sal en la lengua cuando comenzó a succionárselo.

Se lo fue introduciendo en la boca cada vez más profundamente, consciente sin embargo de lo grueso que era y, por tanto, de la imposibilidad de abarcarlo del todo. Su clítoris se endureció dolorosamente cuando se lo tragó al máximo, antes de retirarse un momento para respirar.

Eric seguía con los brazos colgando a los costados, pero tenía cerrados los puños con fuerza.

Beth volvió a repetir la operación, dejando que se deslizara duro todo a lo largo de su lengua. Esa vez, cuando se retiró, se lo acarició con los dedos al mismo tiempo, y lo oyó contener el aliento. A partir de aquel instante empezó a trabajar con la boca y la mano en un lento tándem, consciente de que las sensaciones se mezclarían en una irrefrenable...

—¡Dios! —gruñó él. Había abierto las manos, que en aquel instante se cernían sobre su cabeza como si quisiera agarrársela y empujarla contra sí.

Cerrando los ojos, Beth se dedicó a sentirlo todo. La tensión de Eric. La dureza de su miembro. La manera en que parecía crecer con cada embate de su boca. Aquello era lo que siempre había anhelado: placer. Darlo o recibirlo, eso no importaba. Solo quería la definitiva pureza de la sensación. Y quería que continuara para siempre. Succionó su miembro una y otra vez, disfrutando de cada segundo. Se perdió en cada caricia, introduciéndoselo lo más profundamente posible en la boca.

—Beth... —jadeó él al cabo de largos minutos de silencio.

Sabía lo que iba a decirle. Podía saborearlo en su lengua.

—Para —la urgió—. No puedo...

Pero ella no quería parar. Porque la mano de Eric ya estaba finalmente en su pelo, ignoraba si para detenerla o para urgirla a continuar. Cerró el puño con fuerza sobre su falo, aceleró las caricias de su boca y sintió cómo su mano se deslizaba hacia su nuca. Eric siseó entonces algo entre dientes, gruñó y se convulsionó mientras su semen anegaba su garganta.

Fue la experiencia más divertida que Beth había disfrutado en meses.

Eric se derrumbó en la cama, completamente debilitado.

—No era esto lo que había planeado yo —logró pronunciar.

–¿Oh? –Beth se apretó contra él, riendo por lo bajo. Su mano empezó a trazar suaves círculos por su piel–. Espero que no estés decepcionado.

Su risa sonó más bien a gruñido.

–¿Qué era lo que habías planeado? –inquirió ella–. ¿Y cuándo empezaste a hacer planes?

–De acuerdo, puede que «plan» sea una palabra demasiado fuerte, pero definitivamente tenía algunos objetivos principales –y ninguno de ellos había incluido tener un orgasmo tres minutos después de la mejor felación que le habían hecho en la vida.

–¿Como cuáles? –quiso saber ella, bajando lentamente la mano.

Eric no creía que fuera posible volver a excitarse con tanta rapidez, pero si había alguien capaz de conseguirlo, esa era Beth Cantrell.

–Como… –observó como su mano se abría justo debajo de sus costillas. Su mano blanca parecía tan femenina contra el fondo de su piel…–. Como por ejemplo que pensaba que te dedicaría primero un poco de tiempo.

–¿Solo un poco? –se burló ella.

–Bueno, mañana tengo que trabajar.

Sintió sus uñas clavándose ligeramente en su piel.

–Pensé que te provocaría un orgasmo –dijo él–. Y que después me hundiría profundamente dentro de ti, provocándote otro –se apoyó sobre un codo, y Beth quedó tendida de espaldas–. ¿No era eso lo que tú querías? ¿Tenerme dentro mientras gritas mi nombre?

–Yo… –parpadeó varias veces–. Eso estaría bien, sí.

–¿Sí? –delineó con un dedo el mismo lugar que había delineado antes: el leve abultamiento de la piel de un seno contra la tela azul oscuro de su sujetador. Su piel… no podía describirla, ni siquiera mentalmente. «Suave» era un adjetivo que se quedaba corto.

Alzó la mano hasta el delicado lazo del frente de la prenda y lo soltó.

—Siempre llevas estos diminutos lacitos... Me encantan —la última vez, aquellos lacitos habían estado en su braga, y lo único que había tenido hacer era desatarlos para que quedara completamente desnuda ante él.

—Es mi... —el encaje cedió, y Eric procedió a retirar la oscura seda que envolvía sus senos—, detalle favorito —terminó con voz débil.

—El mío también —murmuró, bajando la cabeza para rozar con los labios un oscuro pezón. Antes todo había sido rápido, apresurado. Desesperado. Pero en aquel momento tenía tiempo de saborearla, de tocarla. Y de repente se alegró de haber alcanzado ya el orgasmo, porque su falo estaba volviendo a despertarse: una absolutamente milagrosa resurrección.

Abrió bien la boca sobre su piel y comenzó a succionarla. El gemido que soltó Beth fue tan dulce que, al oírlo, el pecho se le apretó de emoción. Sabía que tenía experiencia, sabía que probablemente habría hecho cosas en la cama con las que él ni siquiera había soñado. Pero, de alguna manera, parecía como si el más leve beso supusiera para ella una maravillada sorpresa. ¿Cómo era posible que aquella mujer fuera tantas cosas increíbles al mismo tiempo?

Encontró un ritmo con la lengua que la hizo jadear y resistirse, para deslizar luego la mano por su vientre y cerrarla sobre la oscura tela que cubría su sexo. Estaba húmeda. Empapada. La acarició con fruición a través de la tela al tiempo que se apoderaba de un pezón con los dientes.

Bert se arqueó con un pequeño gemido, pero él quería hacerla gritar.

Interrumpiendo las caricias, le bajó la braga e introdujo un dedo en su interior. El clítoris estaba duro y dispuesto, y cuando lo rozó, ella soltó un gruñido como si estuviera sufriendo.

Ya estaba cerca de alcanzar el orgasmo, pero Eric quería hacer aquello bien. Gracias a las atenciones que ella le había prodigado previamente, podía concentrarse a la perfección, y pensó de repente en la clase a la que había asistido en The White Orchid. Alzando la cabeza, contempló su rostro mientras le acariciaba nuevamente el clítoris.

Beth echó la cabeza hacia atrás. Se abrió más de piernas, como si se le hubieran aflojado las rodillas, y presionó contra su mano. Eric se dio cuenta de que podía provocarle el orgasmo en aquel preciso momento. Fácilmente. Tenía los dedos empapados. Lo único que tenía que hacer era acariciarle en círculo el clítoris unas cuantas veces y ella se correría para él. Pero no quería que la cosa fuera tan fácil. Así que, en lugar de concentrarse en aquel lugar, introdujo lentamente dos dedos dentro de su sexo, dilatándola.

–Oh, Dios –gimió ella–. Eso está bien...

Cuando empezó a apretarle el clítoris con la base de la mano, vio que abría la boca, suspirando. Observando su rostro, curvó los dos dedos hacia arriba y presionó con fuerza empujando con la mano. Lo sintió entonces. Era algo sutil, pero exactamente como la joven de la tienda había descrito. Una levísima curva de textura en su carne, apenas identificable. Empujó allí con los dedos frotando el clítoris al mismo tiempo.

Beth abrió mucho los ojos.

–Oh –jadeó.

Eric repitió la operación. Ella entornó los ojos, parpadeando varias veces. Gimoteó y le agarró la muñeca, para retener con fuerza su mano en su interior.

Eric sintió que su miembro latía con empática aprobación.

—Eric...

Sí. Eso era.

—No te detengas. Solo... —frunció el ceño con expresión concentrada.

Sus uñas se clavaban en su muñeca con fuertes pinchazos de dolor que no hicieron sino excitarlo aún más. Eric sintió sus músculos internos cerrándose sobre sus dedos mientras continuaba acariciándola. Dios, quería entrar dentro de ella. Pero no hasta que...

—Esto es... Es... —le fallaron las palabras mientras gimoteaba y giraba el rostro a un lado. Finalmente, un agudo grito escapó de su garganta y de repente estaba temblando, moviendo las caderas contra él mientras alcanzaba el orgasmo—. Oh, Dios —sollozó—. Oh, Eric...

Esperó a que pasaran los últimos sollozos antes de retirar la mano. Beth rodó entonces a un lado, todavía jadeante. Él le acarició la generosa curva del trasero, admirando la manera en que reaccionaba su piel. Recorrió cada curva hasta que tocó de nuevo su sexo húmedo y ardiente.

—Mmmn —suspiró ella, empujando contra sus dedos.

—¿Más? —inquirió él, y su miembro se alzó cuando ella abrió las piernas ante su contacto.

Eric sacó un preservativo de su cartera, se lo puso y se hundió lentamente en ella por detrás. Fue algo... mágico. Estrechándola con fuerza contra su pecho, empujó con la mayor lentitud que pudo, volvió a salir y se enterró luego tan profundamente que se sintió como consumido, engullido por ella.

Mucho tiempo después, cuando ambos volvieron a alcanzar el orgasmo, Beth no gritó su nombre. En lugar de ello, lo pronunció en un suspiro tan leve que él apenas la oyó. Y, extrañamente, aquello fue incluso mejor.

Capítulo 11

Se había despertado temprano, agradecido de que Beth continuara dormida y pudieran así evitar la incomodidad de la mañana siguiente. Tendrían que hablar de lo que aquello significaba, si acaso significaba algo, pero no estando desnudos. Y no cuando las mejillas de Beth estaban sonrosadas de sueño.

Aunque se las había arreglado para vestirse sin despertarla, no había tenido la sangre fría de marcharse sigilosamente. Además, todavía estaba redimiendo sus mentiras. Escabullirse como un ladrón probablemente no lo ayudaría en nada.

Así que en lugar de caminar de puntillas hasta la puerta, se sentó en su lado de la cama y le apartó delicadamente un mechón de cabello del hombro. Beth no reaccionó. Seguía durmiendo boca abajo, con la cabeza entre los brazos, y, cuando él le apartó la melena, su espalda desnuda quedó casi toda ella expuesta a su mirada.

A la luz de la mañana, su piel resplandecía, tan suave que sus dedos suspiraban por tocarla. Anhelaba deslizar la mano todo a lo largo de su espalda, acariciarle el omóplato con los labios y continuar subiendo hasta su cuello. Anhelaba olerla, saborearla, tomarla de nuevo.

El simple pensamiento de tocarla lo puso de nuevo duro como una piedra. Pero si volvía a acostarse y la despertaba, tendrían que hablar de desayunar, y charlarían por el gusto de charlar, y... y él no quería enturbiar aquella deliciosa mañana con la más mínima tensión. Quería seguir flotando.

Acarició con los nudillos su rosada mejilla.

—¿Beth?

La oyó suspirar. Se obligó a no ceder a la deliciosa sensación que se extendía por su pecho. «Ha sido simplemente una mamada, hombre. Recupérate. No es más que sexo».

—¿Beth? Tengo que irme.

Abrió finalmente los ojos, y los abrió aun más cuando lo descubrió sentado allí.

—¡Oh! —se giró, subiéndose la sábana hasta el pecho.

—Sigue durmiendo. Solo quería que supieras que me iba.

—Yo... —desvió la mirada al umbral y asintió con la cabeza—. De acuerdo.

Obviamente, ella también deseaba evitar cualquier situación incómoda entre ellos.

—Te llamaré después —le prometió. Levantándose antes de que pudiera estropear la situación, la besó. Se volvió para mirarla antes de marcharse, y pudo haber jurado que la sorprendió sonriendo. Él también sonrió, pero no antes de encontrarse fuera, a salvo.

Resultaba difícil de creer, pero... la noche anterior había superado a la primera que habían pasado juntos. Aquella también había sido muy ardiente, sí. Desesperada. Pero la última había sido todo eso y más. Incluida la parte en que se había quedado dormida abrazada a él.

Beth lo sorprendía, constantemente. Cada interacción que compartían lo dejaba menos seguro acerca de su personalidad. Curioso, teniendo en cuenta que había sido él quien le había mentido con su nombre.

Parecía tan... dulce. Tan suave. No era solo su piel, sino todo en ella. Suave y mucho más vulnerable de lo que había esperado. Se alegraba realmente de haber ido a su casa, aunque no tenía la menor idea de por qué lo había hecho. Bueno, sabía bien por qué había ido. No había la menor duda sobre ello. ¿Pero por qué había decidido arriesgarse?

Seis meses atrás, citarse con ella le había parecido el mayor de los riesgos. Acostarse con una desconocida, famosa además en la localidad, se le había antojado una locura y un error. Había sido algo absolutamente contradictorio con su personalidad.

Pero en aquel momento... en aquel momento era un hombre distinto. Se sentía inseguro, vacilante. Diablos, ni siquiera sabía cuál era actualmente su personalidad. Comparada con aquella confusión que estaba sufriendo, Beth era sólida. Al fin y al cabo, no había duda alguna de lo que deseaba de ella, como tampoco de la intensidad de ese deseo.

Tres horas después, seguía flotando como si nada de todo lo que había vivido fuera real. Se había duchado y había desayunado. Había llegado la hora de ponerse a trabajar, pero revisó su móvil mientras entraba en la cervecería, solo en caso de que tuviera una llamada perdida de Beth.

—Justo el tipo al que quería ver —pronunció una voz masculina en la oscuridad del bar.

Sus ojos tardaron en acostumbrarse, pero reconoció la voz de Luke. Se guardó el móvil en el bolsillo.

—Hey, Luke. ¿Qué estás haciendo aquí tan temprano?
—Tengo nuevas noticias sobre la investigación.
—¿Buenas?

—Después de que Mónica llamara a tu amiga, me puse a investigar un poco más. Me parecía sospechoso. Quiero decir, más sospechoso de lo que habitualmente son los Kendall. Hemos encontrado alguna evidencia de entradas de Graham en otros lugares. Algunas no fueron más que pequeños atracos encargados a matones locales. Pero otras parecían más complejas. Reformas que dejaban vulnerables los edificios. Cosas así.

—Ya.

—Hubo un tipo que me llamó la atención por sus reservas. Así que después de que me contaras lo de Mónica, insistí algo más. Su negocio resultó afectado a finales del año pasado. Una gran empresa ganadera con un montón de empleados contratados durante los diez últimos años. Mucho dinero. Él siempre alegó no saber nada al respecto. Pero mentía.

—¿Conocía a Mónica?

—Se acostó con ella. Está casado. Por eso le propuso que acudiera a su despacho. O quizá fue ella la que se lo propuso. Al parecer, no recuerda esos detalles.

Eric sacudió la cabeza.

—¿De manera que se trató exactamente de la misma situación?

—Así es. Contando con el constructor con quien se acostó, hacen tres hombres. Quizá no haya más. Pero es suficiente para acusarla de complicidad.

—¿Vas a denunciarla?

—El fiscal está deseoso de hacerlo. Preferirían que ella inculpara a su hermano —de repente se abrió la doble puerta de la trastienda y Luke alzó la mirada, sonriente.

—Hola, Luke —lo saludó Tessa con la clase de sonrisa especialmente dedicada a su novio que, en opinión de Eric, un hermano mayor no debería ver.

Eric esbozó una mueca, pero su hermana lo ignoró y fue a darle un beso en la mejilla.

–Eric, ¿de verdad que Jamie y tú habéis hecho las paces?

–Hablamos. Estamos bien.

–Me alegro. Todavía no me puedo creer que hicieras eso. Dios mío. Estoy muy enfadada contigo –lo fulminó con la mirada, pero su severidad quedó desmentida por el abrazo que le dio–. Sé bueno con Jamie.

–¡Estaba intentando serlo! –protestó.

–Quizá necesitéis aprender a comunicaros mejor –sugirió ella.

–Y quizá él necesite aprender a madurar.

Tessa le propinó un manotazo en el brazo.

–¡No empieces!

–¡Hey!

Pero Tessa simplemente se encogió de hombros y se puso a preparar las mesas.

–Por cierto –dijo Luke cuando finalmente logró apartar la mirada de su novia–. Voy a necesitar recabar esa información directamente de tu amiga.

–¿Mi amiga? –Eric se tensó, mirando a su hermana.

–La chica, Beth... ¿cómo se apellida?

–Ya –empezó Eric–. Bueno, yo...

–Cantrell. Beth Cantrell. Necesito entrevistarla.

Eric tragó saliva y observó a su hermana, que había dejado de trabajar y estaba mirando en aquel momento a Luke.

–Claro –dijo–. No hay problema.

–Beth Cantrell –repitió Tessa–. Conozco ese nombre.

Eric la ignoró, pero Luke no, por supuesto.

–Es la mujer que dijo que Mónica Kendall le pidió que mintiera por ella.

–Sí, pero...

Eric giró sobre sus talones, decidido a marcharse.
—No hay problema. Bueno, ya os veré después...
—¡Espera! —gritó Tessa—. ¡Sé quién es!

El cuello le ardió de pronto, pero, extrañamente, sintió el calor como hielo recorriéndole la columna vertebral. Se detuvo, aunque no se volvió.

—La conocí hace unos meses. Dirige The White Orchid.

—Oh —dijo Luke, y se hizo un silencio.

Eric podía sentir los dos pares de ojos clavados en su espalda. Él, a su vez, miraba fijamente las puertas que llevaban a su despacho, donde podría encerrarse y evitar todo tipo de preguntas.

—¿Eric? ¿Beth Cantrell te llamó por ese asunto? —quiso saber Tessa.

Aquel calor helado volvió a subirle hasta las puntas de las orejas.

—¿La conoces?

«Oh, claro que la conozco», pensó para sus adentros.

—Ajá —dijo, esperando que con eso bastara. Pero cuando se volvió para descubrir a Luke y a Tessa mirándolo fijamente, el uno junto a la otra, se dio cuenta de que no parecían satisfechos con su respuesta.

Tessa, en concreto, parecía absolutamente perpleja. En cuanto a Luke... ¿expectante, quizá?

—Es un contacto de trabajo.
—¿Ah, sí? —inquirió Luke—. ¿Qué clase de trabajo?
—Trabajo-trabajo. Negocios locales. Ya sabes.

Los ojos de Tessa parecían haberse agrandado.

—No, yo no lo sé.

Pensó que, en aquellas situaciones, lo mejor era soltar una pequeña parte de la verdad.

—La conocí en la feria comercial de Boulder el año pasado. Su *stand* estaba muy cerca del mío.

—Espera un momento —le ordenó Tessa, y Eric pudo escuchar cómo las piezas sueltas hasta el momento encajaban en su lugar como si tuviera un micrófono instalado en el cerebro.

«Oh, no», exclamó para sus adentros.

—¡Oh, Dios mío! —Tessa se cubrió la boca, ahogando sus siguientes palabras—. Oh, Dios mío. ¡Es ella!

Luke arqueó una ceja con un gesto asquerosamente deleitado.

—Ella… ¿quién?

—No —dijo Eric con la mayor severidad que pudo, pero Tessa dejó caer la mano y lo apuntó con el dedo.

—Tú dijiste que aquella mujer vio tu nombre en la feria y te confundió con Jamie. Santo Dios, Eric. ¡Te acostaste con Beth Cantrell!

Eric negó con la cabeza. Pero al mismo tiempo podía sentir cómo hasta el último gramo de verdad se iba dibujando en su cara.

—Guau —exclamó Luke—. Ella, er… ¿se trata de la dueña de esa tienda erótica?

—Encargada —precisó Eric, con los labios entumecidos.

—Guau —repitió Luke. Cruzándose de brazos, lo miró como si se estuviera replanteando todo lo que había sabido de él hasta el momento.

Eric tragó saliva y se esforzó por pensar en algo qué decir. Lo que fuera.

Tessa se echó a reír. Una carcajada de emocionada diversión.

—No puedo… Mi mente está anonadada. Estoy completa, absolutamente patidifusa ahora mismo. Al parecer no era yo la única que había estado escondiendo mi vida sexual en esta familia. Eres… Esto es… *Legendario*.

Era precisamente por eso por lo que se suponía que

nadie debía saberlo. El escandalizado deleite que reflejaban ambos rostros era en aquel momento todo gozo y diversión, pero muy pronto estarían cuchicheando sobre ello. Y ya nunca volverían a verlo de la misma manera.

—Solo fue una cita. Tomamos una copa de vino —«y yo le provoqué un orgasmo allí mismo, debajo de la mesa», añadió para sus adentros. Sacudió la cabeza—. Eso es todo.

—¡Eres un trolero de campeonato! —exclamó Tessa—. ¡Dijiste que te habías acostado con ella! —se llevó una mano a los ojos, riendo—. Oh, Dios, eres mi hermano. Yo no quería saber esto. Ella debe de ser... Guau.

—Esta no es una conversación apropiada para...

—¡Eric! ¿Tú no...? ¿Tú no serás uno de esos hombres de los que ella escribe en su columna, verdad?

—¿Columna? —repitió aturdido, olvidándose momentáneamente de su intención de dar media vuelta y marcharse—. ¿Qué columna?

—La que escribe para *The Rail*. No. No contestes. No quiero saber cuál de ellos eres tú. No llevas piercings en ningún sitio, ¿verdad? ¡No me importa! Tampoco respondas a eso —Tessa agitó las manos al tiempo que movía la cabeza—. No.

—¿Piercings? —masculló, con su mente basculando entre el horror y una tremenda curiosidad. ¿Beth escribía sobre sexo en un periódico? ¿Había escrito sobre él?

—¿Ella está...?

Eric cortó el aire con la mano para frenar en seco las preguntas de su hermana.

—No voy a quedarme aquí hablando de ella como si fuera el informativo de la tarde. Luke, te di su número por si necesitabas llamarla. Asunto concluido.

—Oh, puede que le haga una visita personal —murmuró Luke.

Tessa le soltó un codazo antes de desmayarse casi de risa.

Eric pensó que tenía dos opciones: o se marchaba o se ponía a gritar, así que escogió lo primero. Empujó las puertas con demasiada fuerza, con lo que rebotaron contra las paredes con un satisfactorio estrépito. Por un instante, acarició la idea de atravesar la trastienda y abandonar el local por la puerta trasera, la del fondo. Pero con ello no habría hecho más que empeorar las habladurías.

Las habladurías. Había vuelto a traicionar a Beth. Ella le había perdonado su mentira, pero solo después de haberse asegurado de que él no se lo había contado a nadie. Aunque la culpa no era del todo suya. Había sido ella quien se había presentado en la cervecería. Por supuesto, lo había hecho embargada por una legítima furia, pero evidentemente tendría tan pocas ganas de anunciar aquello como él. Si la gente llegaba a enterarse, era posible que él nunca más volviera a recibir una de aquellas llamadas telefónicas nocturnas...

–Demonios.

No había llegado aún a su despacho cuando se giró de golpe para volver al bar.

–Una cosa.

Luke y Tessa alzaron la cabeza a la vez.

–Por favor, no le contéis esto a nadie –miró a Luke–. Ni siquiera a ella. Es una persona muy celosa de su intimidad. Er... a pesar de lo que hayáis podido leer al respecto.

Luke asintió.

–Tranquilo.

Eric fue agudamente consciente del silencio que dejó atrás. Sabía que no duraría mucho. Tan pronto como él se hubiera marchado a casa, hablarían sobre ello. Teorizarían sobre la clase de mujer desinhibida que debía de ser Beth Cantrell. Hablarían sobre su tienda y sobre su columna.

Cerró la puerta de su despacho y abrió Google, decidido a averiguar exactamente qué clase de mujer desinhibida era.

¿Qué cosas le gustarían? ¿Quizá esos pervertidos fetiches que estaban tan de moda? Si ese era el caso e iban a continuar viéndose, él iba a tener que innovar un poco. Hasta ahora, las dos noches que habían pasado juntos habían sido encuentros completamente improvisados. Inesperados. Pero contando con tiempo para preparar el siguiente... Sí. Ella probablemente esperaría más en algún momento. Gracias a Dios que aquella pequeña clase le había servido bien. Tendría que entrar en la web de The White Orchid y ver cuál sería la próxima. Y tendría que leer la columna.

Todo ello suponiendo que volvieran a verse. Ella salía con otros tipos, obviamente. Diablos, si apenas la noche anterior había estado saliendo con otro... Pero había sido a él a quien había llamado luego para tener sexo.

En cuanto al resto de sus actividades... Google no le estaba ayudando. Cuando tecleó el nombre de Beth, no encontró nada sobre columna de prensa alguna. Pero fue directamente a la web de *The Rail,* y allí estaba, en la misma página de portada. «Sexualidad personificada», por la *Señorita White*. No era un seudónimo muy eficaz.

Con el estómago sufriendo varios vuelcos, leyó la primera columna. Era bastante aburrida, la verdad. La *señorita White* afirmaba haber recibido varias cartas cuyas autoras aludían a la negativa de sus parejas a usar preservativo.

Si él se niega contigo, entonces se ha negado con otras. Eso no está bien. Para nada. Todas tenemos pa-

rejas que afirman no sentir nada cuando se ponen un condón. Simplemente déjale claro que aún sentirá menos si se niega a ponérselo. Y no permitas que un hombre te diga que no puede ponerse condón por culpa de los piercings: los suyos o los tuyos. Evidentemente, los piercings genitales no han sido diseñados para tener aristas o filos. Hablo por experiencia: los piercings no son un problema.

¿Hablaba por experiencia?

¿Piercings? ¿Eso mejoraba el acto sexual? ¿Para ella? ¿Cómo?

Clicó el apartado de «archivo» y se preparó para lo que pudiera encontrar. Afortunadamente solo aparecieron tres columnas. Una versaba sobre transexualidad y citas, un tópico que no podía aplicarse a Eric, obviamente. La segunda era una pieza bastante divertida que comparaba los orgasmos de la mujer y del varón. No proporcionaba ninguna pista personal, pero Eric se concentró especialmente en una frase:

Una pareja reciente me confesó que estaba seguro de que los orgasmos de las mujeres eran mucho más intensos que los de los hombres, que él nunca había chillado ni se había retorcido como hago yo....

De modo que había alguien más que había hecho chillar y retorcerse a Beth. Por supuesto, sabía que debía haber tenido otras parejas, pero... maldijo en silencio. Los hombros habían empezado a dolerle por la tensión.

La última columna. Eric tragó saliva. Una guía para tríos. No llegó a leerla. No pudo. Cualesquiera cosas que hiciera Beth cuando no estaba con él, no eran asunto suyo. Volvió atrás, pero como su mente seguía dando vueltas al asunto, abrió de nuevo la columna de los tríos. Y volvió a cerrarla.

No. No quería saber. Beth Cantrell era una impresionante fuerza del sexo y la sensualidad. Eso era lo que lo había atraído de ella. Y al margen de las cosas que hiciera o dejara de hacer con otros hombres, o con otras mujeres, la noche anterior lo había llamado a él, a Eric. Lo había querido a él y a nadie más. Recordó su frase: «solo podía pensar en una cosa: que quería que ese hombre fuera como tú».

El recuerdo de aquellas palabras suscitó en Eric una sensación de triunfo tan feroz que, por un momento, creyó haber ganado varios centímetros de estatura. Podría ser terriblemente conservador, pero quizá por eso mismo le gustara a Beth. Que Beth saliera con cuantos canallas anónimos se le antojara, siempre y cuando él fuera el único que le provocara orgasmos... Ella podía ser ese hobby que había estado buscando. No tenía la menor duda de que conseguiría distraerle la mente del trabajo por unas cuantas horas.

De repente echó una ojeada al calendario y soltó un gruñido. Un técnico se presentaría esa misma mañana para dar una clase a todo el mundo sobre la mecánica del nuevo horno de pizzas. Y aquel solo era el primer paso. Ahora que el horno ya estaba instalado, Jamie empezaría a convocar a cocineros para entrevistas. Al domingo siguiente se levantaría la nueva terraza. Eric todavía estaba molesto de que la cervecería tuviera que cerrar el lunes por culpa de ello.

A partir de aquel momento llegarían los nuevos equipos: vajillas, cuberterías, complementos... Pero ese día empezaría todo.

La verdad era que Jamie había tenido razón. Eric tenía verdadero pánico a todo aquello. Lo había estado disimulando por el bien de Jamie, pero lo que él realmente quería era pararlo todo. Necesitaba tiempo para pensar. Necesitaba ponerse al día, hacer nuevos planes o...

Dios, cuánto le habría gustado haberse quedado en la cama de Beth en lugar de levantarse...

Seguía mirando al vacío cuando llamaron fuertemente a la puerta. No tuvo que asomarse a la pequeña ventanilla para saber que era Jamie.

—¡Voy! —le espetó Eric. Para cuando se obligó a abandonar su despacho, Jamie y Tessa le estaban esperando en compañía de un hombre calvo con un poblado bigote.

Eric procedió a presentarse, mientras se fijaba en la actitud de sus hermanos. Tessa tenía los brazos cruzados y apretaba los labios. Cuando le miró, enseguida desvió la vista.

Jamie parecía terriblemente serio, algo que desentonaba con su estado natural. ¿Por qué le estaba lanzando una mirada tan escrutadora? ¿Acaso Tessa le había contado lo de Beth?

Eric los miró ceñudo y el técnico dio comienzo a su bien ensayada perorata. Jamie y Tessa se sumergieron de inmediato en las explicaciones y, segundos después, estaban arremolinados alrededor del horno al lado del hombre. Eric escuchaba, pero observándolo todo a unos pasos de distancia. Tanto Jamie como Tessa probaron distintos mandos y botones mientras examinaban la máquina. Abrieron puertas y ajustaron el tiro.

Jamie sonrió cuando el técnico procedió a cargar el horno de leña mientras les explicaba que la temperatura debía mantenerse baja el primer día, para después subirla gradualmente.

—¿Qué clase de leña piensan utilizar? —preguntó el tipo mientras revisaba una vez más el tiro.

—Manzano —respondió Jamie.

—Buena elección —el técnico sacó un encendedor y lo acercó a las astillas.

Y así, de repente, la antigua vida de Eric tocó a su fin, o al menos eso le pareció a él. Las llamas lamieron el diminuto montón de leña. La empresa Donovan Brothers había dejado de ser una fábrica artesana de cerveza. Ahora era un pub restaurante.

Permanecieron todos mirando fijamente las llamas, aunque Eric sabía que el único que estaba viendo cómo el fuego devoraba la vida que habían llevado era él. Todos los demás lo contemplaban como una creación. Un nacimiento, que no una muerte.

Finalmente, el técnico declaró que el primer encendido había sido un éxito, y tanto Tessa como Jamie lo acompañaron a la zona del bar. Eric permaneció mirando el fuego durante unos minutos más, levemente interesado a pesar de sí mismo. Los únicos hornos de leña que había visto hasta la fecha eran enormes monstruos de ladrillo. Aquel horno estaba forrado de piedra por dentro, pero el exterior era de acero galvanizado como cualquier otro horno comercial. Definitivamente ocupaba demasiado espacio, pero no era tan repulsivo como para suscitar sus razonables protestas.

Jamie volvió a entrar, cagado con una pequeña brazada de leña.

—Precioso, ¿eh? —dijo mientras la dejaba en el suelo.

Eric gruñó algo.

—La leña de manzano debería llegar esta tarde, pero, por el momento, cargaremos el horno con roble.

Eric asintió.

—Bien. Estupendo —miró a Jamie y descubrió que su hermano lo estaba observando a él, que no al horno. Su rostro presentaba la misma tensa y extraña expresión de unos minutos antes. Eric decidió entonces lanzarse de cabeza–. ¿Qué es lo que te ha contado ella? –le preguntó.

Jamie frunció el ceño.

–¿A qué te refieres?

–¿Qué es lo que te ha dicho ella?

–¿Quién?

–Tessa.

–No sé de qué diablos estás hablando.

Eric alzó las manos.

–Puedo ver por la manera en que me estás mirando que me ocultas algo. Así que dime qué te ha dicho ella.

Tessa entró en aquel momento.

–¿Qué ha dicho quién?

–Tú –le espetó Eric–. Se lo has dicho.

–¡No es verdad! Dije que no diría nada y lo he hecho.

–¡Hey! –ladró Jamie–. ¿Querría alguien explicarme qué es lo que está pasando?

Eric leyó de pronto la verdad en el rostro de Tessa. No había dicho una palabra. Maldijo para sus adentros.

–Nada. Simplemente me estabais mirando de una forma rara.

–Yo te estaba mirando de forma rara porque pensaba que todo estaba marchando bien entre nosotros, pero ahora mismo me estás gruñendo como un oso furioso. ¿Qué diablos te pasa?

Sí, ¿qué diablos le pasaba? Parecía que se estaba convirtiendo en un imbécil.

–Nada –dijo al fin–. Sí, parece que ahora estamos bien.

–Cualquiera lo diría a juzgar por estos últimos días –masculló Jamie–. ¿Qué es lo que me estás escondiendo ahora?

–Nada –replicó Eric.

Jamie miró a Tessa, pero ella sacudió la cabeza mientras lanzaba a su hermano mayor una mirada desconfiada.

–Lamento haber estado de mal humor –suspiró–. Esto no tiene nada que ver contigo. En serio. Entonces… ¿cuándo piensas poner el horno en funcionamiento?

Tal y como Eric había esperado, la conversación del horno logró distraer a Jamie.

–Mañana a primera hora. Hasta entonces, nos dedicaremos a calentarlo solamente. Tendré preparada una bandeja de masa. A no ser que alguien más quiera encargarse… –lanzó a Tessa una significativa mirada.

–Oh, está bien –gruñó ella–. Yo haré la masa. ¿Has decidido ya una receta?

–He restringido el abanico de candidatas a unas pocas. Pero Olivia me recomendó que esperáramos a contratar al chef. Me gustaría contar con alguien con iniciativa, ya que voy a necesitar asesoría.

Estupendo. Otra fuerte personalidad en el local. Eric lanzó una mirada a la sala de cubas.

–Asegúrate por lo menos de que se lleve bien con Wallace. No necesitamos a dos tipos tan creativos y temperamentales trabajando tan cerca, ¿no os parece? Por cierto… ¿dónde está Wallace?

Jamie y Tessa se encogieron de hombros, así que Eric fue a buscarlo, contento de tener una oportunidad para escapar. Pero Wallace no estaba ni en la sala de cubas ni en la de embotellado. Lo cual no era propio de él. Diablos, si ni siquiera era propio de Wallace desaparecer durante sus días libres…

Se dirigió a su despacho para ver si había dejado algún mensaje. No había nada en su teléfono, así que revisó sus correos electrónicos antes de reclinarse en su silla y ponerse a rebuscar en su escritorio. Allí estaba, en una esquina. Una carta.

Wallace se marchaba a California. Faron había descubierto que su marido le había engañado con quien ella le había pedido que no saliera. La joven se había hartado. Así que Wallace había ido a ayudarla a hacer las maletas. A declararle su amor. Y a traérsela de vuelta.

–Dios santo –masculló Eric–. ¿En serio?

Aquello era un claro motivo de despido. Wallace no podía desaparecer de su puesto de trabajo simplemente porque estaba enamorado.

Volvió a leer la carta. Se había marchado por tres días. Quizá cuatro. Él tendría que dejar en suspenso todo su trabajo de oficina para hacerse cargo de la sala de cubas.

Su ceño se atenuó un tanto. Tendría que pasar horas allí, esforzándose por hacerse cargo de las tareas de Wallace. Se pasaría el resto de la semana encerrado en la sala de cubas.

Una lenta sonrisa se dibujó en su rostro. Hasta sintió el fuerte impulso de frotarse las manos de gusto. Cuatro días serían tiempo más que suficiente para probar e inventar un nuevo tipo de cerveza. Algo divertido. Tendría que mirar qué suministros tenía Wallace más a mano. Y tendría también que llevar cuidado para no abusar de su stock de ingredientes especiales, o el tipo montaría en cólera. En cualquier caso no miraría con buenos ojos aquella intrusión, pero tendría que aguantarse. Después de haberlos dejado en la estacada, Wallace se merecía llevarse un buen disgusto. Aun así, quizá la gente sexualmente liberada no fuera tan mala, después de todo. Además, era posible que el mismo se hubiera incorporado a sus filas.

Tenía ganas de levantarse de un salto para lanzarse a la sala de toneles, pero antes se obligó a responder correos y a cambiar su agenda para resolver algunos problemas con la distribución. Transcurrieron casi dos horas hasta que consiguió escabullirse hasta la sala y cerrar la puerta.

El paraíso.

Adoraba aquel lugar. Adoraba la idea de estar a cargo de un producto, que no de gente. Era mucho más fácil. Y, para él, mucho más natural. El problema era que allí no lo necesitaban. Wallace ya llevaba tres años trabajando en la cervecería cuando falleció Michel Donovan y Eric tuvo que ocupar su lugar. La cervecería en sí era lo único de lo que no había necesitado preocuparse. Wallace se había encargado de ello. Así que él se había encargado de todo lo demás.

Y en aquel momento... Wallace seguía teniéndolo todo cubierto. Su cerveza les reportaba premios año tras año. Era un maestro cervecero altamente reputado a escala nacional. Y controlaba de manera exhaustiva hasta el último detalle del proceso.

Eric sonrió con expresión sombría.

—Excepto cuando no está aquí.

Localizó la lista de tareas que Wallace había dejado pendientes, a realizar durante su ausencia. *¡Que solamente Eric o Jamie toquen las cubas!*, había dejado escrito en letras enormes. Habría podido incluir también a Tessa, pero su hermana tenía miedo de las cubas de fermentación desde que su padre les había contado que una vez estuvo a punto de perder una mano por culpa de un fallo en una válvula. Había pasado dos semanas enteras con Wallace, aprendiendo todo lo necesario para luego salir de allí disparada, feliz de escapar con su vida y sus manos intactas.

Eric leyó la lista y puso manos a la obra. Tendría que encargarse de las tareas ya programadas antes de permitirse experimentar, pero se acercó al tonel de mezclas con una sonrisa. Entre la llamada de Beth y la ausencia de Wallace, aquella iba a ser una muy buena semana, siempre y cuando se mantuviera de espaldas a la cocina e ignorara todo lo demás.

Capítulo 12

El hombre le había regalado otra revelación. Beth sacudió la cabeza mientras desmontaba el maniquí de la puerta, dejando las partes de la pobre chica sobre el suelo.

Al margen de lo que Beth pretendiera hacer allí, en The White Orchid, Eric Donovan era su profesor personal de sexo, el maestro que le había enseñado todas aquellas cosas que ella había sido incapaz de descubrir por sí misma. Era como un experto en ayuda para el aprendizaje. Porque ella ya lo sabía todo. Lo comprendía. Aunque no pudiera procesarlo.

Así ocurría, por ejemplo, con el punto G. Sabía toda la teoría al respecto. Incluso había supuesto que ella podía tener uno. Pero se lo había imaginado como cualquier otra zona erógena. Lo que funcionaba para algunas mujeres quizá no pudiera funcionar para ella...

Qué equivocada había estado.

Era algo tan sencillo que se sentía una estúpida por haber necesitado a Eric para que se lo mostrase. A fin de cuentas, se trataba de su maldito cuerpo... Y la respuesta era fácil: todos los juguetes sexuales del mundo no servirían de nada si no estaba excitada. Estimulada. Temblando de deseo.

El sexo comenzaba por el cerebro, que no por el punto G o por cualquier otro sitio.

Dios, incluso mientras se masturbaba había estado pensando demasiado. Iba a tener que encontrar una manera de superar eso, porque no iba a tener a Eric al lado toda la vida, como asesor sexual suyo. Por muy devastadoramente bueno que fuera.

Después de todo, había aprendido ya mucho. El año anterior había estado muy preocupada por la posibilidad de que fuera una mujer sexualmente... Sacudió la cabeza, intentando recordar la palabra. No era reprimida, sino... vacía.

Sí, sexualmente vacía. Así era exactamente como se había sentido en aquel entonces. Con todo en su lugar, estructuralmente correcto... pero nada sustancial detrás.

Pero después de haber conocido a Eric había descubierto que en realidad estaba llena hasta el borde, con un único ingrediente que hasta entonces había echado en falta: la química. Esa había sido la primera lección. La segunda había sido menos profunda pero igual de importante: cualquier cosa era posible cuando una estaba realmente excitada.

Beth ahogó una carcajada y miró a su alrededor, preguntándose qué tipo de técnicas podrían resultar igualmente satisfactorias si se las empleaba bien. Un nuevo mundo de posibilidades se había abierto ante ella. Bajó la mirada al látigo que acababa de retirar del maniquí. Una sola mirada a aquel látigo y no pudo ya dejar de reír, imaginándose a Eric cerniéndose sobre ella con él en la mano.

Pero Eric no necesitaba ningún látigo. Lo único que necesitaba era aquel oscuro ceño suyo y una orden pronunciada con un gruñido.

De repente dejó de reír para adoptar una expresión completamente seria. Eric no necesitaba utillaje alguno. Él era el utillaje.

Pero, por desgracia, nunca podría ser nada más que

eso. Por mucho que la excitara, por mucho que consiguiera revivirla, Beth no confiaba en él. ¿Cómo podría? Y dado su propia historial amoroso, por breve que hubiera sido, sexo era lo máximo que podía llegar a tener con Eric. Él ya le había mentido, y con eso se acababa todo. Su corazón no estaba disponible.

La puerta se abrió de golpe, dejando entrar una corriente de aire frío y lluvioso. El otoño en Boulder solía ser fresco, pero hasta ese día había sido terriblemente cálido y sofocante. Pensó que quizá había terminado ya el llamado «verano indio». Sonrió de oreja a oreja.

–Hola –saludó al recién llegado, alzando uno de los brazos del maniquí.

El hombre, que no se había movido del umbral, arqueó las cejas.

–¿Quiere una toalla? –le ofreció al ver una gota de agua de lluvia resbalando a lo largo de su mandíbula.

–No, gracias. Sobreviviré –dijo, pasándose una mano por su cabello empapado.

–De acuerdo. Avíseme si cambia de idea. Y si tiene alguna pregunta, siéntase libre de hacérmela a mí o a Kelly. Ella está en la trastienda.

–¿Usted es Beth?

Beth se levantó, y la sonrisa se borró de sus labios conforme lo estudiaba más de cerca. Era alto, esbelto, moreno. Estaba segura de no haberlo visto antes.

–Sí. Soy Beth Cantrell.

El hombre echó mano a un bolsillo del abrigo y extrajo una cartera de piel negra. Cuando la abrió, Beth vio el fugaz reflejo de una placa.

–Soy el detective Luke Asher. Puede que Eric Donovan me mencionara….

Beth se secó las palmas de las manos, súbitamente húmedas, en la falda.

—Oh, por supuesto. Hola —ignoraba qué era lo que le había causado aquel angustioso nudo de ansiedad en el estómago: si el hecho de tener que hablar con un detective de la policía, o la idea de que Eric ya había hablado con él acerca de ella.

La recorrió con la mirada. Por un instante, Beth pensó que la estaría calibrando con la vista como cualquier otro hombre, pero luego advirtió que contemplaba la tienda con la misma mirada escrutadora. Estaba trabajando.

—¿Hay algún lugar donde podamos hablar?

Beth asintió. Solo había una clienta, y estaba en la sala de los juguetes con Kelly.

—Mi despacho —dijo.

—Mi compañero llegará en un momento.

—Oh —¿su compañero? Aquello sonaba serio—. ¿Vamos? —señaló vagamente la trastienda, preguntándose si estaría a punto de ser interrogada formalmente.

—Claro.

Oh, Dios, esperaba sinceramente que Luke fuera el «poli malo» del equipo, porque aunque de aspecto intimidante, parecía un tipo de lo más correcto y educado. Claro que podía sentir sus ojos taladrándole el cráneo como si fueran láseres, pero...

Beth utilizó la excusa de detenerse ante la puerta de la sala de juguetes para lanzar una mirada a su espalda. Se quedó sorprendida al descubrir que el policía no la estaba observando. Sus ojos seguían barriendo la tienda.

Asomó la cabeza por entre las cortinas de la sala de juguetes.

—Kelly, ¿podrás estar atenta por si entra alguien? Estaré en mi despacho.

Kelly asintió y alzó los pulgares. Estaba masticando chicle otra vez. Beth suspiró. Ya se lo había advertido dos veces. Ahora iba a tener que ponérselo por escrito.

Pero se olvidó completamente de Kelly cuando oyó que se abría la puerta y se volvió para descubrir a una hermosa mujer entrando en el local... y mirándolo todo con la misma expresión escrutadora que el detective Asher.

—Es la detective Simone Parker —la presentó él.

—Oh —dijo Beth, tranquilizándose inmediatamente cuando la policía le sonrió—. Encantada de conocerla.

Pero su tranquilidad desapareció una vez que estuvieron los tres sentados en su minúsculo despacho. Apoyó las palmas de las manos sobre la mesa, hasta que se dio cuenta de que parecía que iba a levantarse para salir corriendo y las juntó sobre el regazo.

—Entonces, ¿esto es serio?

Asher sonrió.

—Probablemente no sea nada, pero necesito escuchar la historia directamente de usted.

—¿Se meterá Mónica en problemas por culpa de esto? —por muy objetiva que pudiera ser acerca de ella, Beth la conocía desde hacía más de quince años.

El detective Asher se inclinó hacia delante.

—No es su historia la causa de sus problemas, señorita Cantrell. Esta no es la primera vez que ha hecho algo como esto. Y... ¿sabe una cosa? Ni siquiera ella es el sujeto principal de la investigación. Quiero a su hermano, y necesito persuadirla de que deje de protegerlo.

Aquello la sorprendió.

—¿Ella lo está protegiendo?

Asher sonrió.

—Entiendo que usted la conoce bien. Tiene razón. Su padre le ha pedido a ella que lo proteja.

Beth asintió, aunque lo que realmente quería era sacudir la cabeza. Roland Kendall era un hombre cruel y arrogante en el mundo de los negocios, pero con ella siempre había sido bueno y amable.

—Pero su hijo ya está en problemas. Él no querrá que su hija caiga también.

—Yo no quiero perjudicarlos —se apresuró a asegurarles Beth—. Yo solo quiero ser justa con Eric. Quiero decir... con los Donovan.

El detective asintió, mirando algo por encima de su hombro. Al ver que se quedaba sorprendido, Beth se volvió para mirar los estantes atestados con los objetos del inventario. No tuvo que preguntarse mucho por la razón de su distracción. Pudo haber sido cualquiera de los juguetes con sus cajas multicolores. O quizá el espectáculo de todos ellos juntos.

La detective carraspeó.

—Haremos todo lo posible por mantenerla a usted al margen de todo —le aseguró.

—Gracias —Beth aspiró profundamente y les contó exactamente lo que había sucedido. Fuera lo que fuera que había hecho esa gente, se lo había hecho a sí misma, y ella no debería sentirse culpable por ello. Había sido Mónica quien la había metido a ella en aquel lío, en primer lugar.

Para cuando los policías se levantaron para marcharse, Beth se las había arreglado para ahogar la mayor parte de ese sentimiento de culpa.

El detective Asher le estrechó la mano.

—Le agradezco que contactara con Eric por este asunto.

—Oh, claro —balbuceó—. Los negocios locales tenemos que apoyarnos los unos a los otros.

La mirada de Asher se disparó una vez más a la estantería que tenía a su espalda antes de sonreír y llevarse un dedo a la cabeza.

—Estaremos en contacto.

Beth los acompañó hasta la salida, pero su alivio resultó prematuro. Antes de que la puerta se cerrara tras ellos, oyó a Simona Parker decirle a su compañero:

—Te veré en comisaría.

Y se volvió de nuevo hacia ella. Beth casi soltó un gemido.

—Tome —le dijo la mujer, entregándole una tarjeta de presentación—. Me olvidaba de dejarle esto.

Pero la mujer se quedó donde estaba después de que ella recibiera la tarjeta. Dejó vagar la mirada por la tienda y su fantástico cutis moreno enrojeció sospechosamente.

—¿Sí, detective?

La policía se aclaró la garganta.

—En la puerta vi un cartel que decía que hacían ajustes de sujetadores. Acabo de tener un bebé hace unos meses y...

—¡Sí! —dijo Beth, aliviada de volver a pisar un terreno sólido—. Por supuesto. La mayoría de las mujeres llevan una talla inadecuada durante la vida entera y, después de tener un niño, el cuerpo cambia mucho.

Simone asintió.

—Debería advertirle que no tenemos un surtido de sujetadores deportivos o de ropa interior convencional.

—Ya —se mordió el labio, con su delicioso rostro ruborizándose todavía más—. La verdad es que alguien me ha pedido que salga con él. No es nada serio, pero es la primera vez desde...—señaló su cuerpo—. Y me gustaría llevar algo que no fuera de algodón, o absorbente, o simplemente... basto. ¡Pero ahora estoy tan gorda!

Beth sonrió.

—Lo entiendo. Créame. Yo siempre estoy insistiendo en adquirir líneas de bonitos sujetadores de talla grande, porque a veces parecen imposibles de encontrar. ¿Quiere que se los enseñe?

—¡No! —desvió la mirada hacia el aparcamiento con expresión horrorizada.

—Creo que se ha ido.

—Volveré cuando no esté de servicio —le prometió Simone—. Gracias.

Una vez que se hubo cerrado la puerta, Beth se quedó inmóvil donde estaba, sonriendo. Hasta que recordó el verdadero motivo de la visita de Simone y de su compañero.

—Maldita sea —susurró.

Si Roland Kendall se enteraba de que ella había contado a la policía lo de aquella llamada de teléfono, no se lo perdonaría jamás. Aquel hombre cuidaba a sus amigos y era implacable con sus enemigos. ¿Pero qué podría hacerle a ella?

—Aparte de organizar un boicot contra la tienda —murmuró. Dios, ¿en qué lío se había metido? ¿Y si sus escrúpulos morales ponían en riesgo a The White Orchid?

Recordó que ya les habían boicoteado cuando Annabelle amplió el local y modernizó el escaparate. Las protestas solo consiguieron incrementar las ventas. Y Beth no podía ignorar algo ilegal solo porque eso pudiera afectar a su negocio.

La tensión le ardía en el pecho. Intentó cerrar los ojos y relajarse, intentó concentrarse en el regular sonido de la lluvia repiqueteando en el tejado. Estaba haciendo lo correcto. Estaba segura. Solo necesitaba que alguien se lo dijera.

Se retiró a su despacho y buscó el número de Eric. Para la quinta llamada, se estaba arrepintiendo de aquel impulso. Se había olvidado de que aquella era una «llamada de la mañana después». Podría resultar incómodo.

Un zumbido sordo pareció estallar al otro de la línea.

—Hola —dijo Eric.

—¡Oh, hola! ¿Estás...? —el zumbido subió tanto de volumen que esbozó una mueca y tuvo que apartarse el teléfono de la oreja—. Estás ocupado, así que solo...

—No, espera un segundo...

El zumbido cesó. Un estruendo metálico le taladró el oído, pero por fin se hizo el silencio.

—Perdona —dijo Eric. Su voz tenía eco.

—¿Dónde estás?

—Estaba en la sala de cubas, pero ahora estoy en la de embotellado. Mientras la cinta no esté en marcha, aquí no hay ruidos.

—Disculpa. No quería interrumpir.

—No hay problema. De verdad.

Beth volvió a pasarse una mano nerviosa por la falda.

—El detective Asher se pasó por aquí. Quería hablar de Mónica. Yo le conté todo lo que ella me había dicho, así que confío en que sirva de ayuda.

—Lo siento —dijo Eric.

—Oh, no es para tanto. Era lo que tenía que hacer. ¿No te parece?

—Claro. Pero es que pareces un poquito alterada y...

—Es solo que conozco a esa familia desde hace mucho tiempo. Eso es todo. Que un detective de la policía entrara en la tienda me ha dejado algo impresionada, me temo.

—Es un tipo de trato fácil. Te acostumbras a él —dijo Eric.

—¿Es el mismo que está saliendo con tu hermana?

—Viviendo con él —la corrigió.

—Oh. Bueno, simplemente pensé que debías saberlo. El hecho de que se hubiera pasado por aquí. Y que sigue con el caso.

—Ya lo sé.

—¿Lo sabes?

Beth oyó un suspiro al otro lado de la línea. Un suspiro que pareció resonar en la sala de paredes duras en la que debía de encontrarse.

—Te pido disculpas. Habló antes conmigo. Yo tenía intención de llamarte para avisarte de su visita, pero luego me enredé con el trabajo y... lo siento, debí haberte advertido.

Sí, debería haberlo hecho.

—Me llevé una sorpresa cuando un poli se presentó en mi tienda para interrogarme. Pero cuando apareció su compañera, el susto fue ya grande.

—Lo siento. De verdad que tenía intención de llamarte, pero...

—Creo que vuelves a estar en deuda conmigo.

—¿Oh?

Lo había dicho como una broma, pero el silencio del otro lado de la línea sonó de repente muy serio.

—¿Me estás diciendo que me acerque otra vez a tu casa? —esa vez su voz no tenía eco. Era demasiado baja.

—No, yo...

—Bueno, si tengo una deuda contigo, creo que debería pagártela.

—No era eso lo que quería decir —logró pronunciar Beth al fin.

—¿Estás segura?

¿Lo estaba? Porque su cuerpo había empezado a alegrarse ante la idea.

—Acordamos que esta no sería una relación regular.

—Cierto. ¿Pero dos noches? Eso no es precisamente algo regular —su voz seguía siendo suave, pero no cabía la menor duda sobre la tranquila firmeza de su personalidad. Hacía que todo sonara siempre tan razonable...—. ¿No te parece?

Beth bajó la mirada a la caja de bragas de pelaje sintético que tenía sobre el escritorio.

Necesitaba estirar las alas y alzar el vuelo. No se trataba tanto de Eric como de ella. Pero trabajar consigo misma era un objetivo de largo alcance. A corto plazo, sus opciones parecían reducirse a que Eric, o sus fantasías sobre Eric, la ayudaran a levantarse. Y él parecía más que dispuesto a ayudarla a ello, pese a que nunca hubiera aspirado formalmente al puesto de asesor sexual...

Y ella lo deseaba. ¿No era suficiente con eso?

—Tienes razón —susurró, para sorpresa de sí misma—. ¿Puedes venir esta noche?

—Sí.

—Pero no podemos seguir haciendo esto.

—Lo sé.

—Tú tienes tu vida —insistió ella—. Y yo la mía.

—Estoy de acuerdo contigo. Pero esta noche...

—Sí —musitó.

Un fuerte estruendo resonó a través del teléfono, seguido de una distante voz hablando.

—Está bien —dijo Eric—. Iré para allá —cuando volvió a hablar, su voz era un rumor casi inaudible—. ¿A qué hora?

Beth miró el reloj. Eran las tres menos cuarto. Quiso decirle «ahora». Podía hacerlo. Cairo llegaría a la tienda en quince minutos. Ella podría estar en casa en treinta minutos. Y los dos podrían estar desnudos en cuestión de segundos. Beth podría tenerlo dentro de sí para entonces, hundiéndose en ella, llenándola hasta hacerla gritar...

—A las ocho —dijo, obligándose a proporcionarle una hora razonable, en lugar de la frase «Dios, te necesito en este mismo momento».

—Allí estaré —le aseguró Eric.

Cuando colgó, Beth dejó cuidadosamente el teléfono sobre el escritorio, cerró los puños y bajó la cabeza para esconder la lenta sonrisa que se estaba extendiendo por su rostro. Había dedicado toda su vida profesional a atender las necesidades de los demás. Así que ya era hora de que se dedicara a atender las suyas propias. Si aquello era un error, iba a exprimir hasta la última gota de placer antes de que la acometieran los remordimientos. Hasta la última gota.

Capítulo 13

Cuando la acometieron los remordimientos, fue como si se estrellara contra una pared de ladrillo. De hecho, no había necesidad de metáforas. El choque tuvo toda la fuerza de abrir la puerta y encontrar en el umbral no a Eric Donovan… sino a su padre.

—¡Papá! —chilló, transportada inmediatamente a su pasado de adolescente culpable—. ¿Qué estás haciendo aquí?

Él le hizo un guiño y se quitó el sombrero flexible que llevaba cada vez que se vestía de traje. Era un auténtico fanático de la elegancia. Y del pudor. Beth intentó no pensar en el pronunciado escote del vestido que lucía en aquel momento.

—Vine a la ciudad para una visita médica.

—¿Estás bien? —le preguntó, asustada.

—Fuerte como un caballo. Solo era un chequeo. Luego salí a cenar con un viejo amigo y, cuando me di cuenta de lo tarde que era, se me ocurrió invitarte a un postre antes de volver a casa.

—Deberías haber… —se interrumpió en cuanto recordó que su padre no usaba móvil—. ¿No sería mejor que te volvieras ahora que todavía hay luz? Seguro que mamá se preocupará.

—Oh, ella se preocuparía de todas formas. La llamaré para decirle que llegaré tarde. A no ser que tú tengas otros planes —finalmente pareció reparar en su vestido y estiró el cuello para mirar detrás de ella.

—Yo... No, solo...

—No te vas a creer quién me llamó para cenar conmigo esta noche, *querida*. No lo veía desde....

Su padre oyó los pasos en la escalera, a su espalda, en el mismo momento que Beth. Se volvió para mirar, y ella dio un paso adelante.

Eric subió dos escalones más antes de levantar la cabeza y detenerse con tanta rapidez que la imagen resultó casi cómica. De hecho, tropezó y estuvo a punto de caerse de cara, pero se agarró a tiempo a la barandilla.

Su padre esbozó una sonrisa.

—Veo que he interrumpido algo.

—¡No! —exclamó Beth.

Eric parecía haberse quedado congelado.

—¡Suba, suba! —lo animó el padre de Beth, subrayando la orden con gestos.

Eric la miró desconfiado, pero luego subió un escalón más, y otro. A Beth no le quedó más remedio que hacerse a un lado y dejar entrar a los dos en el apartamento. El rellano no era lo suficientemente grande como para que los tres se quedaran allí, y además toda aquella incomodidad ocupaba demasiado espacio.

—¡Hola! Soy el padre de Beth —lo saludó su padre con un entusiasmo que hizo destacar aún más su leve acento.

—Er.... Eric, te presento a mi padre, Thomas. Esta misma tarde acaba de llegar a la ciudad. Papá, este es Eric.

—Es un placer conocerlo —dijo Eric mientras le estrechaba la mano. Desvió luego la mirada hacia Beth, que pareció encogerse, y sacudió la cabeza.

—El placer es mío —repuso su padre—. Pero puedo ver

que los dos os disponíais a salir. Me marcho para dejaros la noche para vosotros solos.

–Papá, no... Yo simplemente...

Pero Eric la interrumpió:

–No, yo solo había pensado en dejarme caer por aquí. Un visita rápida. Debería quedarse con su hija. Insisto en ello.

–¡Gracias! –dijo Beth–. Sí, tú yo saldremos por ahí. Ya veré a Eric en otra ocasión.

Eric empezó a retirarse.

Su padre se dio cuenta y, de repente, una amplia sonrisa se dibujó en su atezado rostro.

–Tengo la solución perfecta. Los tres tomaremos un postre y una copa juntos. Me encanta conocer a los amigos de Beth.

Beth casi se atragantó. Eric ni siquiera era un amigo. No era más que su pareja sexual.

De repente se dio cuenta de que llevaba sacudiendo la cabeza durante más de diez segundos.

–No, papá.

–Venga. Desde que ibas al instituto, no me has presentado a ningún amigo varón...

Oh, Dios mío. ¿Por qué había tenido que sacar aquello a relucir?

–Señor Cantrell –empezó Eric, pero Beth lo cortó.

–Papá, no. Eric no quiere salir con nosotros. El solo estaba...

–Por supuesto que quiere –sentenció su padre. En aquel momento había acero detrás de aquella sonrisa.

Eric tragó saliva. Audiblemente.

–¡No iba a quedarse mucho tiempo! –insistió ella.

Su padre frunció el ceño. Y Eric se puso pálido.

–Creo que un postre sería una excelente idea –dijo con tanto apresuramiento que Beth apenas lo entendió.

Pero su padre debió de haberle entendido perfectamente, porque de repente su sonrisa recuperó la naturalidad y dio a Eric una palmadita en la espalda.

—Sí. Maravilloso. Déjame que llame a tu madre para avisarle de que llegaré otra hora tarde.

—¡Hay un teléfono en el cuarto de invitados! —dijo Beth como si no hubiera un teléfono al lado del sofá.

«Solo una hora», rezó Beth para sus adentros. «Por favor, que solamente se quede una hora». Aunque nada de todo eso importaba ya. En cuanto hubieran terminado, Eric se marcharía sin mirar atrás. Corriendo.

Su padre desapareció.

—Oh, Dios mío —susurró Beth, agarrando a Eric del brazo—. ¿Por qué has dicho que sí?

—¡Tuve que hacerlo! Tú dijiste que no iba a quedarme mucho tiempo, y yo solo... ¡Tenía que decir algo!

—¡Pero no eso!

—¡Básicamente tú le dijiste que yo había venido a tener sexo contigo! ¿Qué se suponía que podía decirle?

—¿Estás de broma? Yo iba a decirle que habías venido a recoger un CD.

—¿Un CD? ¿Quién diablos usa CDs hoy día?

—¡Eric! —lo sacudió del brazo con fuerza—. ¿De verdad piensas que mi padre sabe eso? ¡Tiene setenta y tres años!

—Entré en pánico, ¿de acuerdo? No entraba en mis planes conocer a tu familia esta noche.

Beth lo soltó y se cubrió la cara con las manos.

—Oh, Dios, lo siento mucho... Esto es un desastre —de repente se quedó paralizada y desvió la mirada hacia el pasillo—. ¡Vete! ¡Ahora! Antes de que él...

Su padre apareció en aquel momento en el pasillo, arreglándose la corbata.

—Tu madre se ha quedado tranquila. Le prometí que le guardaría un pedazo de tarta. ¿Hay por aquí algún lugar donde sirvan tartas? ¿Qué me dices de aquel sitio donde almorzamos la última vez, querida?

Beth decidió hacer un último esfuerzo.

—No creo que abran por la tarde, papá.

—Absurdo. Me fijé en que servían cenas. Pensé incluso en llevar a tu madre en alguna ocasión. ¿Cómo se llamaba?

—Karen's —murmuró. Estaba a quince minutos de allí.

—¡Eso es! Vamos. Invito yo.

Beth lanzó a Eric una última y desvalida mirada. Él carraspeó, aparentemente nada deseoso de mostrarse grosero y largarse de allí. Un gesto en teoría admirable, aunque en aquel momento le habría encantado que se comportara como un verdadero canalla.

—Voy a por un suéter —dijo suspirando.

Vio que la mirada de su padre resbalaba hasta sus senos, para apartarla con tanta rapidez que Beth tuvo la sensación de que se le giraban los ojos.

Se sintió como una chiquilla culpable mientras se acercaba a su armario para sacar el suéter más pudoroso que encontró, de botones hasta el cuello. La verdad era que siempre reaccionaba sí con su padre. Esa era la única razón por la que había dejado que su madre la convenciera de mantener en secreto The White Orchid. Porque Beth preferiría morir antes que volver a ver una expresión decepcionada en los ojos de su padre. La primera vez que la había visto, dieciocho años tras, había sido el peor momento de su vida. Así que se puso el suéter y fingió que no había estado haciendo nada malo, y que seguía siendo la niña buena que había sido antes de que su padre hubiera descubierto que no lo era.

Eric se estaba ahogando de vergüenza. En algún punto durante la tarde, había esperado que le diera un patatús y se quedara instantáneamente muerto de pura culpa. Por las cosas que había estado pensando en hacerle a Beth. Por las cosas que había pensado hacerle tan pronto como la tuviera para él solo.

Pero eso su padre no lo sabía. Ni siquiera podía sospecharlo. ¿O sí?

Al menos había podido llevarse su coche. Había balbuceado algo sobre la conveniencia de hacerlo, solo por si acaso. ¿Por si acaso qué? Tenía que reconocer que había sentido el fugaz impulso de marcharse sin más a su casa, pero eso habría significado el punto final a su relación con Beth. Y la verdad era que seguía teniendo muchas ganas de volver a verla. Simplemente no quería verla sentada al lado de su padre.

El tipo estaba terminando de contarles una historia de cuando había vivido en un rancho de Argentina, de muchacho.

—¿Así que su padre era ranchero? —le preguntó cortésmente Eric. De inmediato bebió un trago de vino, con la esperanza de que la botella se acabara pronto.

—No, mi padre era un banquero británico. Fue a Argentina por motivos de trabajo y se enamoró de mi madre. Ya no volvió nunca a su país.

—Debía de ser una mujer muy hermosa.

—Oh, sí lo que era, Eric. De hecho, mi Beth se parece muchísimo a ella.

—Oh, papá, eso no es cierto —protestó Beth.

—Es cierto —insistió, cubriéndole una mano con la suya—... Eres una mujer muy bella. Pero, ¿sabes? A tu edad, tu abuela ya tenía seis hijos.

Beth soltó un suspiro, como si hubieran mantenido esa conversación muchas veces.

—Yo no voy a tener seis hijos.

—No, ya, pero uno o dos... —miró a Eric—. Con un hombre afortunado.

—Eric solo es un amigo —precisó ella.
—Vamos, querida. Tú no te vistes así por un amigo...
Beth se cerró el suéter con fuerza y se aclaró la garganta.
—Estoy muy ocupada con mi trabajo. No tengo tiempo para más —dijo, aunque su postura tan habitualmente confiada había perdido parte de su fuerza.
Su padre sacudió la cabeza.
—Ya. Vendiendo corsés y fajas para señoras. Con una licenciatura universitaria.
Eric se quedó algo confundido por la descripción de su negocio, pero más aún por la reacción de Beth. Porque lo miró abriendo mucho los ojos y sacudiendo mínimamente la cabeza, para que su padre no se diera cuenta.
—No soy una vendedora —explicó mientras se volvía hacia su padre—. Soy la encargada del negocio.
Él hizo un desdeñoso gesto con la mano.
—Trabajando en una tienda así, no es de extrañar que no hayas conocido a un caballero todavía. ¡Todo el día rodeada de mujeres!
Ella sacudió la cabeza, pero su padre se volvió hacia Eric.
—¿Por qué crees tú que mi Beth no ha sentado la cabeza aún?
Eric se imaginó a Beth de pie en su tienda, rodeada de lencería, vibradores y bandejas de bisutería que se parecerían sospechosamente a anillos para los pezones. Se la imaginó impartiendo clases de sexualidad y saliendo con hombres con tantos piercings que hacían que sus cuerpos parecieran malditos libros de fotos. Tragó saliva y la miró desesperado. ¿Cómo que por qué no había sentado la cabeza? ¿Acaso su padre no sabía nada sobre ella?
A juzgar por la manera en que Beth volvió a mirarlo sacudiendo sutilmente la cabeza, la respuesta era no.

Debió de haberse quedado completamente paralizado, porque fue ella la que contestó por él.

—La gente ahora se casa tarde. Y yo no tengo prisa.

—Todas tus antiguas amigas de Hillstone están casadas y con hijos.

Eric vio que su expresión se tensaba. Parecía... furiosa.

—Ya. Pero la gente que no es de Hillstone se casa más tarde. Ninguna de mis actuales amigas está casada —dijo—. Y no pienso casarme pronto. Por Dios, te juro que te estás poniendo peor que mamá.

—Quiero ser abuelo antes de morirme —acto seguido, se volvió sonriente hacia Eric—: Háblame de tu familia.

Ese era un tema que Eric podía desarrollar. Dio a su padre una versión abreviada de su vida familiar, aunque siguió concentrado en Beth durante todo el tiempo. Parecía más joven y más dulce. Y quizá algo perdida. Su padre continuaba cubriéndole la mano con la suya cuando el camarero apareció para llevarse los platos. Luego pidió una tabla de quesos con vino. Su hija no había comido más que media galleta.

—Tienes aspecto de joven emprendedor —le dijo el señor Kendall.

Con lo de «joven», Eric no estaba tan seguro. Aunque esa noche se sentía un poquito adolescente, acorralado entre la chica a la que quería impresionar y su padre con su ojo de águila.

—Debes de ser un tipo muy especial para haber conseguido todo eso a una edad tan temprana —continuó su padre, arqueando las cejas.

—Simplemente hice lo que había que hacer —repuso Eric—. Y hay muchos hombres que a los veinticuatro años tienen que combinar el trabajo con la familia. No es nada especial.

El señor Kendall desvió la mirada hacia su hija.

–Es bueno.

–Papá... –le reprendió rotunda, con un sonrosado rubor dibujándose en sus pómulos.

–¿Te gusta mi hija, Eric?

Oh, Dios. Se llevó la copa de vino a los labios para ganar unos segundos. ¿Le gustaba Beth? Más bien quería llevársela directamente a su casa y acostarse con ella. Hasta el momento, su relación con Beth Cantrell había estado compuesta un cincuenta por ciento de deseo y otro cincuenta de culpa, pero esa noche el balance se estaba desequilibrando.

–Por supuesto que sí, señor Cantrell –dijo al fin–. Es una mujer maravillosa –añadió–. A todo el mundo le gusta –fue un intento de cumplido, pero terminó sonando sospechosamente a excusa.

La camarera apareció para ofrecerles de nuevo la carta de los postres, y Eric y Beth se miraron fijamente mientras su padre se ponía a hablar de tartas con la mujer.

–¿Y vosotros? ¿Os apetece algo?

–¡No! –contestaron al unísono.

Beth apretó la mano de su padre.

–Tienes que volver a casa, papá. Es tarde. Si tienes un accidente, mamá nunca te lo perdonará.

–Es cierto –concedió–. Sobre todo si estropeo la tarta.

Beth asintió solemnemente mientras Eric rezaba en silencio para que aquello estuviera a punto de terminar. Todavía lo estaba asimilando. El estómago se le había subido a la garganta desde el mismo instante en que, subiendo las escaleras, alzó la mirada y la descubrió en compañía de aquel elegante caballero de edad. No era lo que había esperado para aquella tarde. En absoluto.

Y, sin embargo, resultaba fascinante ver a Beth comportándose como si fuera una persona completamente distinta. No la sexy, confiada, imperturbable encargada de The White Orchid, sino la hija de un hombre que parecía un fanático de los valores tradicionales.

Beth cruzó en ese instante las piernas, con los ojos clavados en la mano de su padre mientras le acariciaba el pulgar con el suyo. Cuando alzó la vista y sorprendió la mirada de Eric, marcó con los labios las palabras «lo siento» y, de repente, todo resultó hilarante. Absurdo. Eric había planeado una noche de sexo sin compromisos. ¿Cómo entonces había terminado reuniéndose con su padre y respondiendo a capciosas preguntas sobre la familia y los valores tradicionales?

De repente, fue incapaz de reprimir una sonrisa. Beth desvió la vista, pero Eric advirtió que tensaba las comisuras de la boca. También ella estaba viendo el lado cómico de la situación.

—Bueno, ha sido un placer —dijo su padre mientras se levantaba, calándose elegantemente el sombrero.

Beth se levantó también.

—¿A dónde vas?

Él señaló a la camarera, que se acercó con una caja que contenía claramente una tarta entera.

—Tengo que llevarle esto a tu madre. Pero vosotros dos seguid disfrutando. He encargado para ti una tarta de manzana. Para dos.

—Papá...

—Tonterías. Eric te dejará sana y salva en casa. ¿Verdad, Eric?

—Por supuesto —respondió él, que también se había levantado.

Su padre pagó la cuenta y se puso el abrigo.

—Gracias por el vino, señor —dijo Eric, concentrándose en la presión correcta cuando le estrechó la mano, lo cual le extrañó a él mismo. ¿Qué podía importar la clase de impresión que pudiera darle al padre de Beth?

Seguía rumiando aquel pensamiento cuando Beth terminó de abrazar a su padre. En ese instante llegó su tarta, nadando casi en helado de vainilla.

—Oh, Dios mío —gruñó Beth mientras se dejaba caer en su silla—. No puedo... Ni siquiera sé qué decir. Estoy horrorizada, y me quedo corta.

—No pasa nada —dijo él, como si ese fuera realmente el caso.

—Eric. Dios mío.

—Es un hombre muy amable.

Beth se lo quedó mirando como si hubiera perdido el juicio. Y quizá había sido. Eric se llevó un pedazo de tarta a la boca.

—¿Cómo puedes comer?

Bajó el tenedor cuando vio el leve tono verdoso de su rostro.

—Entonces... ¿tus padres no lo saben?

—¿El qué?

—Lo de The White Orchid.

Beth se cubrió la cara con las manos y suspiró.

—Mi madre sí. Pero no mi padre.

Eric pensó en la pose perfecta y en el elegante traje del señor Kendall. En el sombrero y en sus uñas perfectas.

—Creo que probablemente es lo mejor.

Ella dejó caer las manos, desorbitando los ojos de sorpresa.

—¿De veras?

—No estoy diciendo que debas esconderlo, pero puedo entender por qué te parece una buena idea hacerlo.

—¿No crees que soy una persona horrible?

—¿Crees que él querría saberlo?

—No —se apresuró a contestar—. Pero no puedo afirmar sinceramente que he mentido por su bien. Mi madre no piensa que deba decírselo, pero yo me siento culpable.

—¿Y aliviada? —sugirió, comprendiéndola perfectamente.

—Sí —abatió los hombros—. Y aliviada de poder decir que fue idea de mi madre.

—Vamos. Cómete la tarta. El helado se está derritiendo.

Pero Beth no atacó la tarta. Simplemente apoyó las manos sobre la mesa y lo miró.

—Eres un hombre realmente bueno, ¿lo sabías?

Eric carraspeó y recogió su tenedor. No era bueno en absoluto. Sí, siempre hacía lo correcto, pero rara vez porque quisiera, sino más bien porque sentía que debía hacerlo. Y todavía atormentaba su conciencia lo que le había dicho su hermana unos meses atrás.

Cuando ella tenía catorce años, apenas unas semanas después de la muerte de sus padres, había bajado las escaleras de casa para descubrir a Eric compartiendo una cerveza con un amigo. Eric había dicho entonces una cosa horrible. Y ella lo había escuchado, sin que desde entonces dijera nunca una sola palabra al respecto. «Por supuesto, me marcharía si pudiera. Pero no me queda más remedio».

Cada vez que pensaba en ello, le entraban ganas de liarse a puñetazos con las paredes. Un comentario tan nimio y a la vez tan cruel. Y lo peor era que había hablado completamente en serio. Tessa había reconocido la verdad en su voz, y desde entonces había vivido cada día con el temor de que pudiera marcharse. En caso de que la situación se tornara demasiado difícil. O que ella sacara malas notas. O que Jamie se enfadara. Tessa realmente había pensado que él podría hacer las maletas y abandonarlos. Y algunas veces, también en honor a la verdad, él había querido desesperadamente hacerlo.

No, no era un hombre bueno. Era simplemente un tipo

intentando desesperadamente llegar a ser tan bueno como el hombre que lo había adoptado y le había dado el apellido Donovan. Y hacía tiempo que se había dado cuenta de que nunca podría.

Beth tomó por fin su tenedor y comió un pedacito de tarta. Y luego otro. El recuerdo de la última vez que habían compartido un postre distrajo a Eric de sus reflexiones. Beth le había parecido inalcanzable en aquel entonces. Una belleza morena rodeada de un aura de promesa sexual. La había contemplado mientras comía de la misma manera que lo estaba haciendo en aquel momento. Con bocados finos, delicados. La fugaz imagen de la punta de su lengua asomando. La fantasía de aquella boca.

En aquel momento, sin embargo, no era ya inalcanzable. Ahora sabía cómo provocarle un orgasmo. Con sus manos. Con su boca. Con su miembro.

Pero no era solamente eso. Aquella noche había abierto una grieta en su misterio. No era una diosa sexual salida de la cabeza de Zeus. Esa noche él había alcanzado a vislumbrar a la chica que había sido, y descubierto una pista de la mujer que ahora era.

—¿Así que nunca has llevado a ningún hombre a casa de tus padres, a que lo conozcan? —le preguntó de pronto.

El tenedor de Beth se detuvo a medio camino de la tarta.

—No.

—¿Nada serio?

—En realidad, no. Y no suelo… —se interrumpió, como sobresaltada por sus propias palabras.

—¿No sueles qué?

Se aclaró la garganta.

—Ya hablamos de esto en el hotel. No suelo salir con hombres como tú.

—¿Con qué tipo de hombres sueles salir?

Beth comió otro bocado y se encogió de hombros.

Pero Eric insistió, sin saber muy bien por qué:

—¿Qué hay del tipo con quien saliste anoche? ¿Cómo es?

Ella masticó concienzudamente el pedazo de tarta, una evidente estrategia para ganar tiempo. Bebió un sorbo de agua.

—Es artista. Y músico —sus labios se curvaron en una leve sonrisa—. Se llama Davis, por Miles Davis.

—Ah, entiendo —sí que lo entendía. Artistas. Músicos. Tipos con vidas interesantes y trabajos con horarios extraños. Hombres que llevaban piercings, si la columna que escribía Beth era un indicio de ello. Ella le había comentado una vez, bromista, que el hecho de que la vieran con él podía perjudicar su reputación.

Aun así, lo había elegido a él. Eric intentó reprimir la punzada de celos que le produjo imaginarse a esos hombres que eran más jóvenes y más modernos que él frecuentando a Beth las veinticuatro horas del día.

—¿Qué me dices de ti? —le preguntó ella—. ¿Con qué clase de chicas sales normalmente?

—No salgo mucho. Cuando mi hermano y mi hermana eran pequeños, era complicado.

—¿Es verdad que los criaste solo?

—Bueno, no eran tan pequeños. Tessa tenía catorce años cuando murieron nuestros padres, y Jamie dieciséis. Pero yo no podía cerrar los bares o llevarme mujeres a casa. Así que en su mayor parte se trató de... —no sabía cómo decirlo—. Ligues ocasionales.

—¿Como este?

—No —se quedó viendo cómo lamía el helado del tenedor—. No, no como este.

Sus miradas se encontraron, y de repente volvió a producirse aquel fenómeno entre ellos: un relámpago de deseo que atravesó todas las culpas y responsabilidades. La deseaba. Ahora.

—¿Estás lista? —le preguntó.

Beth parecía casi tan afectada como él. Asintió y echó su silla hacia atrás, levantándose incluso antes que Eric. Él le tomó la mano y la guio hasta su coche. Abandonó el aparcamiento y enfiló hacia Boulder, con la mirada clavada en la carretera.

—¿A tu casa? —preguntó Eric en voz baja.

—Sí.

Y ya no volvieron a pronunciar palabra. No se tocaron. Ni siquiera cuando aparcó y le abrió la puerta. Ni cuando subieron apresurados las escaleras hasta su apartamento. Una vez dentro, ella cerró con llave y de repente ya se estaban besando.

Resultaba difícil creer que aquella vez podía ser mejor, pero algo parecía dar una nueva intensidad a su deseo. La frustración o los celos. Algo violento. Cerró un puño sobre su falda y se la levantó, deslizando una pierna entre sus muslos mientras la acorralaba contra la pared.

Podía sentir el calor de su sexo presionando contra su muslo. Eric ya estaba duro, con su miembro tenso y pulsante. Se apartó para desabotonarle el suéter. Ella bajó las manos a su cinturón.

Tan pronto como el suéter quedó abierto, se lo bajó a la vez que hacía lo mismo con la parte superior del vestido. Acorralada como la tenía, le deslizó luego un tirante del sujetador para liberar uno de sus espléndidos senos.

Cuando se inclinó para cerrar los labios sobre el pezón, Beth soltó un gemido, y la desesperación que destilaba aquel sonido lo volvió todavía más brusco. La mordió, arañando levemente el pezón con los dientes mientras se lo succionaba, y volvió a morderlo, deleitado con la manera en que su nombre le explotaba en la garganta. Arrodillándose, desnudó el otro seno para dedicarle las mismas atenciones hasta que ella sollozó su nombre. Cuando terminó de bajarle el vestido, ella liberó las manos y las enterró en su pelo, inclinándose para regalarle un húmedo y profundo beso que los dejó a ambos de rodillas.

Impaciente, ella lo empujó hasta sentarlo en el suelo, se despojó del sujetador y lanzó el vestido a un lado.

—Quítate la camisa —ordenó.

Los ojos de Eric devoraban su imagen arrodillada, vestida únicamente con la ropa interior y los zapatos de tacón.

—Mis pantalones —sugirió mientras se sacaba la camisa por la cabeza.

Pero cuando ella estiró las manos hacia la cintura de su pantalón, bajó la mirada, calibrando lo que escondía debajo.

—Solo desabróchatelos.

Él obedeció sin rechistar.

Beth le puso entonces una mano sobre el pecho. Le delineó una tetilla con los dedos, haciéndole estremecerse de sorpresa. Cuando apoyó ambas manos sobre su torso, urgiéndolo a reclinarse hacia atrás, Eric comprendió lo que estaba a punto de suceder.

Cerniéndose sobre él como una diosa, devorando su cuerpo con ojos oscurecidos por el deseo, entreabrió los labios y suspiró.

—Me encanta tu cuerpo —susurró—. Me encanta mirarte. Sácatela.

Eric dejó completamente de respirar. La mirada de Beth se clavó en sus manos mientras procedía a bajarse la cremallera de la bragueta. Se bajó luego ligeramente los boxers, cerró los dedos alrededor de su duro miembro y se lo mostró.

Beth aspiró profundamente, con sus senos alzándose

y bajando por el movimiento. Los pezones, duros, se habían transformado en tensas puntas.

—Tócate —musitó ella.

Otro estremecimiento de asombro. Comenzó a acariciarse.

Beth abrió mucho los ojos. Se mordía con fuerza el labio inferior mientras lo observaba con fascinado interés. Voyeurismo. Exhibicionismo. A Eric le daba igual lo que pretendiera: lo único que sabía era que masturbarse nunca le había parecido tan estupendo como en aquel momento, jamás.

Su miembro crecía y crecía entre sus dedos para ella, anhelando su atención.

Beth dejó de morderse el labio y se humedeció la marca rosada que se había hecho ella misma. Eric quería sentir aquella boca en su piel... lamiéndolo mientras él seguía acariciándose. Quería que abriera la boca para él mientras alcanzaba el orgasmo...

No, no iba a alcanzar el orgasmo así, porque Beth ya se estaba acercando de nuevo, trepando por sus piernas. Pero entonces ella hizo exactamente lo que él había imaginado. Bajó lentamente la cabeza hasta que su boca quedó a solo unos centímetros de su miembro. Eric se acarició con mayor fuerza, esperando inmóvil.

Beth lamió la gota de líquido que había asomado a su punta, y suspiró como si estuviera encantada con su sabor.

Eric cerró los ojos, esforzándose por respirar a pesar de la presión que lo atenazaba. Ella le lamió una vez más, y luego otra, antes de empezar a incorporarse.

Para cuando volvió a abrir los ojos, Beth se había sentado sobre él, muy derecha. Toda curvas generosas, toda dulzura. Ante su admirada mirada, se acunó los senos en las manos y comenzó a acariciarse los pezones con los pulgares.

—Más —dijo ella, casi sin aliento.

Obediente hasta la culpa, la culpa de que pudiera alcanzar el orgasmo demasiado pronto y estropearlo todo, Eric continuó acariciándose.

—Me excitas tanto... —susurró Beth, apretándose los pezones con la mirada fija en su mano—. ¿Cómo lo haces?

Para él, aquello era tanto un misterio como un milagro. Simplemente sacudió la cabeza. Su respiración se volvió más rápida, acomodando su ritmo al de ella.

Nunca antes había hecho aquello delante de una mujer, y lo depravado de la imagen lo inundó de una alegría tan perversa que se quedó sin aliento. Iba a hacer aquello por ella. Porque ella quería que lo hiciera. Podía distinguir aquella misma perversidad oscura en sus ojos mientras lo observaba.

¿Sería aquella una cosa más a la que estaba acostumbrada, junto con los piercings, los tríos y todo lo demás? Haría todo lo que ella quisiera. Lo que fuera.

Se acarició con mayor fuerza, observando cómo se tensaban sus dedos alrededor de los oscuros botones de sus pezones. Pero de repente Beth sacudió la cabeza.

—No te corras.

Diablos. Se quedó paralizado, apretándose el miembro con fuerza inmisericorde. El aire se le escapaba de los pulmones.

—No te corras —murmuró ella de nuevo.

Eric dejó de acariciarse cuando ella presionó con fuerza su sexo, cubierto por la braga de satén, contra el suyo. La tela de color gris claro se oscureció inmediatamente, allí donde se filtraba la humedad.

Eric apoyó la cabeza en el suelo y gruñó.

—Quiero ver cómo terminas de acariciarte en algún momento, pero no esta noche.

En algún momento. Ella quería que él volviera a hacer aquello, en alguna otra ocasión, otra noche en que volvieran a estar juntos. La atrajo hacia sí y la besó mientras su sexo continuaba apretado contra el suyo con insólita fuerza.

Beth le devolvió el beso, pero solo le regaló su lengua por un instante antes de incorporarse de nuevo. Eric sintió su delicioso peso cuando volvió a sentarse sobre él. Y vio que sonreía mientras comenzaba a mover las caderas, con la húmeda tela de su braga resbalando a lo largo de la tensa piel de su miembro.

Se frotaba una y otra vez contra él, con los ojos entornados de placer. Pero si ella parecía contenta con la situación, él no lo estaba en absoluto. Aquello era demasiado. Necesitaba entrar en ella. En su boca, en su sexo: donde fuera.

La tomó de la cintura y la levantó, apartándola de sí, para en seguida arrodillarse entre sus piernas abiertas ante su mirada de sorpresa. Le bajó luego la braga, juntándole las piernas para facilitar la labor. Cuando volvió a quedar con las piernas abiertas ante él, Eric soltó un gruñido: era eso lo que quería. Sacó un preservativo del bolsillo y lo rasgó con dedos temblorosos.

Una vez que se lo puso, le alzó las piernas.

—Mírame —le ordenó.

Ahora le tocaba a él, así que ella hizo lo que le pedía, apoyándose sobre los codos para que ambos pudieran contemplar el momento en que la penetraba.

—Oh —jadeó Beth, aspirando profundamente.

Eric se movía con lentitud, observando cómo su sexo se dilataba para acomodarse a su miembro. Su oscuro vello brillaba de humedad.

Ella profirió un leve gemido cuando él empujó más profundamente. Al alzar la mirada, Eric vio que tenía la boca abierta y boqueaba como si le faltara el aire. Se destacaban sus pómulos en su cutis ruborizado.

—Más —dijo él, retirándose para luego volver a hundirse.

—Oh, Dios —gritó Beth, arqueando la espalda y alzando los senos.

Por fin ella se dejó caer del todo hacia atrás, y Eric la penetró a fondo. Cuanto más fuertemente empujaba, más parecía disfrutar ella, así que renunció a toda idea de delicadeza. Enganchó un brazo en una de sus corvas y la obligó a abrirse aún más de piernas para así poder penetrarla con mayor profundidad. Ella se cerró como un cepo de acero en torno a él, como si la estuviera taladrando hasta el alma.

—Eric... —jadeó—. Ah. Dios. Sí.

Sí. Sí, ella lo quería duro y fuerte esa vez, y él todavía se sentía embargado por aquel oscuro gozo, por aquellos celos, por aquella necesidad que sentía de poseerla por entero. Sus cuerpos chocaban el uno contra el otro mientras él le alzaba aún más la pierna y empujaba rápida, violentamente.,

Cuando Beth estiró una mano para acariciarse el clítoris, él aflojó un tanto el ritmo para poder observarla, pero manteniéndolo a velocidad constante. Podía ver cómo su falo entraba y salía de ella mientras sus dedos frotaban desesperadamente aquel nudo de placer, moviéndose en círculos.

Beth apretó todavía con mayor fuerza sus músculos internos.

—Solo... —susurró—. Solo un poco más. Por favor. Solo...

«Un segundo», se dijo Eric mientas la sangre inundaba su falo. Un segundo más y podría...

—¡Oh, Dios! —chilló ella.

Alzó las caderas para recibir las de él, acudiendo al

encuentro de sus embates. Hundió las uñas en la piel de su brazo, lo suficiente para arrancarle un gruñido. De repente se produjo la explosión y Eric alcanzó el orgasmo en un desahogo casi doloroso. El orgasmo más intenso de toda su vida. Lo barrió por dentro una y otra vez hasta que apenas fue capaz de respirar.

Estaba empezando a recuperar el uso de los sentidos cuando se dio cuenta de que una gota de sudor le corría por la mandíbula, las piernas le estaban matando y el brazo le ardía allí donde Beth le había arañado. Y ella tampoco podía estar muy cómoda, tendida sobre el frío embaldosado de la entrada. Y sin embargo parecía al mismo tiempo feliz, bella y salvaje, jadeando con los ojos cerrados y la frente sudorosa.

Inclinándose, depositó un beso en su húmedo cuello.

–Hey. ¿Estás bien?

–Mmm –gimió sin mover un músculo.

Se deslizó fuera de su cuerpo, esbozando una mueca por la sensación que ello provocó en sus nervios hipersensibilizados. Y esbozó otra cuando se obligó a levantarse, con las rodillas chillando de dolor por el movimiento. Pero hasta el último gramo de dolor era un dulce recordatorio de lo que acababan de hacer.

Tras deshacerse del preservativo, Eric se abrochó el pantalón y, en cuclillas, se dedicó a observar a Beth.

–Vamos. Te ayudaré a levantarte.

Ella sacudió la cabeza y entonces... ¿qué otra cosa pudo hacer él que esbozar una sonrisa engreída, autosatisfecha? Beth todavía llevaba sus relucientes zapatos de tacón rojos, y ninguna otra cosa salvo las marcas de los dedos que él le había dejado en la piel. Tocó delicadamente aquellas marcas, pero ella no se quejó.

–Tú sí que sabes inflamar el ego de un hombre. ¿Eres consciente de ello?

Beth abrió por fin los ojos.

—Te lo mereces —dijo mientras aceptaba su mano para levantarse.

—Vamos. Te ayudaré a acostarte.

—Oh —parpadeó asombrada, antes de asentir y levantarse mientras él tiraba de ella.

—A no ser que quieras que me quede, claro.

—No, deberías irte. Ya has tenido una noche bastante dura, con ese improvisado encuentro familiar.

—Me quedaré —insistió Eric, pero ella sacudió la cabeza.

—Vete.

Dios, lo había estropeado todo... ¿Pero que podía hacer? Todavía tenía puestos los tejanos y los zapatos. Solo le faltaba ponerse la camisa. Y Beth ya se había quitado los zapatos de tacón y estaba apagando las luces. Al menos se movía lentamente. Torpemente. Como si le flaquearan las rodillas.

—Me iré mañana a primera hora —le prometió, con el corazón golpeándole las costillas ante el riesgo de verse expulsado de allí—. ¿Me dejas que me quede?

La mano de Beth tocó la pared y allí se quedó, como necesitada de su apoyo, cuando se encontró con sus ojos.

—¿Estás seguro?

«Gracias a Dios», murmuró Eric para sus adentros.

—Sí. Estoy seguro.

—De acuerdo entonces. Ven a la cama.

Recogió del suelo su camisa y también la ropa de Beth, para luego seguirla por el pasillo que ya estaba empezando a resultarle familiar. Y sintió que se relajaba como si hubiera regresado por fin a casa.

Capítulo 14

La despertó el sonido de un móvil. No era el suyo. Beth abrió los ojos y sintió que la cama se hundía. El leve rumor del roce de las sábanas contra una piel destacó de manera inequívoca en el silencio de la habitación.

—¿Diga? —pronunció Eric en voz baja—. Sí, estoy bien.

Beth creyó haber oído la nota aguda de la voz de una mujer al otro lado de la línea.

—No, todavía estoy en la cama —murmuró—. Sí. Estoy solo. No estoy hablando raro... Es solo porque tengo dolor de cabeza. Ese es el motivo.

Carraspeó y lanzó una mirada por encima del hombro, hacia ella. Parecía culpable, y a Beth la inquietó de pronto la posibilidad de que no fuera tan libre como había afirmado ser. Quizá fuera por eso por lo que acababa de mentir. Y por lo que quería que nadie más lo supiera.

Eric le dio nuevamente la espalda.

—Escucha, no quiero hablar de esto ahora. Estaré allí en unos minutos, ¿de acuerdo? —colgó y se aclaró la garganta.

—¿Problemas? —le preguntó ella, sospechando.

—En realidad, no.

El corazón de Beth empezó a latir erráticamente para

en seguida acelerarse. ¿Tendría novia? ¿La estaría engañando? Su mente comenzó a rebobinar la conversación que habían mantenido en la cervecería. En aquel entonces no había percibido indicio alguno en uno u otro sentido, ¿o sí?

—Mi hermana —reconoció al fin Eric, suspirando—. Adivinó que estaba hablando bajo para no despertar a alguien.

—Oh —Beth volvió a recostarse en las almohadas—. ¿Y no querías despertarme?

—No, no quería.

—Eric, tú no estás comprometido con nadie, ¿verdad?

—No, por supuesto que no. No estaría ahora mismo aquí si ese fuera el caso.

Beth se encogió de hombros.

—Es que una nunca sabe... Y teniendo en cuenta cómo empezó todo esto, de repente se me ocurrió que tal vez fuera esa la razón por la que me mentiste.

—No. No fue eso.

—Está bien —miró el reloj y reprimió un gruñido—. Son casi las nueve.

—Me voy —dijo él, con un tono de voz todavía algo distante. Pero cuando se volvió para mirarla, una sonrisa se dibujó en sus labios—. Gracias por haberme permitido quedarme. Ha sido bonito.

Sí, había sido bonito yacer en la cama juntos, viendo la televisión a oscuras. Y también muy poco procedente.

Él debió de haber leído la vacilación en sus ojos, porque asintió brevemente con la cabeza y se volvió para ponerse los tejanos.

—De todas maneras, tengo que irme a trabajar. Problemas a la vista.

Beth asintió también, como si supiera perfectamente a qué se estaba refiriendo.

—Gracias por... todo —dijo, titubeando antes de pronunciar la última palabra.

Pudo ver cómo su espalda se tensaba.

—Seguro —repuso.

—Y lamento de nuevo... lo de mi padre.

Él sacudió simplemente la cabeza mientras se agachaba para calzarse los zapatos.

Por alguna razón, Beth fue incapaz de soportar aquel silencio.

—¿Me llamarás si surge alguna nueva noticia con lo de la investigación?

Sí, su espalda estaba definitivamente tensa.

—¿Es esa la única razón por la que quieres que te llame?

Beth se sentó en la cama, subiéndose las sábanas hasta el pecho.

—¿Qué quieres decir?

—Quiero decir... Supongo que no sé lo que quiero decir. Solo que esto está empezando a volverse...

—¿Incómodo? —sugirió ella.

—No —tiró con fuerza de los cordones de sus zapatos, apretando las lazadas, y se levantó. El movimiento de los músculos de sus brazos logró distraerla por un momento, haciéndola olvidarse de que estaban manteniendo una conversación seria—. Está empezando a volverse un poco intenso, y se me hace raro que... ¿Hola?

—Perdona —Beth se obligó a levantar la mirada hasta sus ojos. Eran de un azul humo y estaba irritado. Se sobresaltó ante lo intimidante de su aspecto: duro, casi cruel. Lo cual le recordó en seguida la manera en que le había hecho el amor, en el suelo del vestíbulo.

Su mandíbula parecía esculpida en piedra.

—Lo único que estoy diciendo es que estamos pasando tiempo juntos. Cada vez más. Y que tú ni siquiera confías en mí.

–No, no confío en ti. Te lo dije desde el principio.

–Sé que te mentí –se alejó unos pasos–. Pero desde entonces ya no he vuelto a hacerlo, ¿verdad?

–Eso no importa –repuso ella–. No es un problema de confianza. Esto no es una relación. Es solo algo... –intentó pensar en una palabra que no resultara ofensiva–. Casual.

–Ya. Tan casual que no quieres que la gente lo sepa.

–¿Qué? –exclamó ella–. ¡Tú tampoco quieres que lo sepa la gente!

Eric se pasó una mano por el oscuro pelo, despeinándoselo todavía más.

–Lo sé. Pero no es que no quiera que la gente lo sepa. Es solo que...

Beth arqueó una ceja con una expresión de superioridad.

–Yo solo quiero que esto sea algo íntimo. Privado –terminó él.

–Es lo mismo, Eric.

–De todas maneras, habíamos acordado que sería una cosa de una sola noche. Pero ahora...

–Entonces deberíamos dejarlo –se apresuró a sugerir ella.

Él cruzó los brazos y se la quedó mirando con fijeza, como si fuera una niña insolente.

Beth se encogió de hombros.

–¿Qué pasa? Tienes razón. No confío en ti y nunca confiaré. Habíamos acordado que solamente sería una noche. Luego quedamos en que dos. Pero ahora mismo estamos perdiendo el control.

Eric desvió la mirada hacia el vestíbulo.

–A mí me gusta perder el control –masculló.

Beth cerró los ojos. A ella le ocurriría lo mismo. Se humedecía solo de pensar en su propio atrevimiento de la noche anterior, y en lo muy loco de deseo que lo había vuelto. Y en la manera en que él le había hecho el amor en el suelo, como si fuera un animal. Apenas habían logrado pasar de la puerta.

—A mí también —admitió—. Pero no sé qué es lo que me estás pidiendo.

Él se sentó, de cara al vestíbulo.

—No lo sé. Quizá quiera sentir que puedo llamarte en cualquier momento.

—Por supuesto que puedes hacerlo.

La miró por encima del hombro.

—Quiero llamarte sin tener la sensación de estar entrometiéndome en tu vida real.

—Y, sin embargo, no quieres hablar con tu hermana delante de mí.

—No quería despertarte.

Ella se tumbó entonces en la cama y se quedó mirando el techo.

—Eso no es cierto, Eric. No finjas que lo es.

Eric maldijo por lo bajo y Beth sintió cómo se hundía la cama cuando él se le acercó.

—Está bien. Te diré la verdad. Mi hermana adivinó quién eras. Luke y yo estábamos hablando de ti y él mencionó tu nombre. Tessa lo reconoció y ató los cabos. Sabe que eres tú la mujer que fue a la cervecería, la que...

Beth asintió.

—Y tan pronto como lo descubrieron —continuó él—, empezaron a mirarme con ojos distintos. Como preguntándose por lo que habíamos hecho. Imaginando qué es lo que tú pudiste ver en mí... Tú eres prácticamente una celebridad.

Sí. Eso Beth podía comprenderlo. Porque ella también se sentía así. Solo que tenía que cargar con ello en cada cita. Al menos Eric podía alejarse de ella si quería.

De repente se sintió súbita y dolorosamente contenta de que él no quisiera alejarse de su lado.

—Funciona igual para mí, ¿sabes? —murmuró—. Como la otra cara de un disco.

—Ya.

—No es que quiera esconderte, Eric. Pero quiero mantener esto en privado. Como tú.

—¿Sigues saliendo con otros hombres?

Ella abrió mucho los ojos.

—¿Qué?

—¿Te estás viendo con otros hombres?

—He pasado las dos últimas noches contigo. No he tenido tiempo de ver a nadie más.

—Eso no es una respuesta.

—Para ser sincera, no he pensado en ello.

Eric apretó la mandíbula, frustrado.

—No te estoy pidiendo que saques esto a la luz pública. Con esa columna que escribes...

Beth experimentó un súbito estremecimiento de terror. ¿Sabía Eric lo de la columna? ¿Cómo? Se lo imaginó leyéndola y...

—Si pudieras respetar mi intimidad... No mencionando mi nombre, por ejemplo.

—¡Por supuesto! —se apresuró a prometerle ella.

—Todo en mi vida, todo lo que hago y lo que soy... es por mi familia. Mis hermanos. Mi padre. Mi apellido.

—Lo entiendo, yo nunca revelaría tu nombre.

—No es me avergüence de ti, Beth. Eres una chica increíble. Es solo que... La verdad es que no sé lo que es. No sé qué es lo que estamos haciendo. Pero lo necesito. Por mí. Justamente por mí mismo. Y quizá sea precisamente por eso por lo que no me gusta que otra gente lo sepa. ¿Tiene esto algún sentido?

Beth ignoraba por qué, pero para ella sí que lo tenía. De esa manera, se sentía... segura. Asintió con la cabeza.

Eric se aclaró la garganta.

—Y supongo que lo que quiero es saber que cuando estás conmigo, estás conmigo. Que es algo íntimo, entre tú y yo. Y que no te estás viendo con nadie más. Durante el tiempo que dure. Aunque sean unos pocos días. Los que sean.

¿Era eso lo que ella quería? ¿Intimidad y exclusividad? Como si necesitara las atenciones de otro hombre después de haber pasado la noche con él... Como si tuviera la más mínima intención de que otro hombre le pusiera las manos encima.

—Si ese no es tu estilo, perfecto. Pero no podré evitar leer esa columna y preguntarme si...

—Por supuesto —lo interrumpió ella—. Por supuesto que no tengo intención de estar con más hombres en este momento.

Vio que sus hombros se relajaban un tanto.

—¿De veras? No quiero que tengas que cambiar tu vida por mi culpa.

—Nunca me veo con más de un hombre a la vez —le confesó ella con absoluta sinceridad.

Él se volvió para mirarla, arqueando una ceja con gesto de sorpresa.

—¿Nunca?

Beth sacudió la cabeza, frunciendo el ceño ante la incredulidad que destilaba su voz.

—Está bien.

—Y puedes llamarme —susurró ella—. Puedes llamarme y esto seguirá siendo secreto.

Se quedó callado durante un buen rato, y dado que le estaba dando la espalda, ella no pudo leer su expresión. ¿Estaría furioso? ¿Ofendido? Finalmente, aspiró profundo y dijo:

—Eso me gustaría.

Dios, a ella también. Asintió, y Eric se volvió por fin. Le acarició la mejilla, y después le dio un rápido beso antes de levantarse. Beth sintió que el corazón le daba un lento vuelco en el pecho mientras lo veía marchar.

Se quedó simplemente sentada, con el aliento contenido, hasta que escuchó el ruido de la puerta al cerrarse.

¿Qué diablos estaba haciendo? No confiaba en él. Eric no quería que supiera que eran amantes. Todo era un error y, sin embargo, estaba obsesionada con él.

¿O era solo sexo? ¿O quizá fuera el secretismo de todo aquello, precisamente, lo que le gustaba?

Tenía que estar en el trabajo antes de las once, pero se acurrucó bajo el edredón. Al fin y al cabo, años atrás le habían roto el corazón, y por un hombre que no había podido mantener la boca cerrada. O, mejor dicho, su corazón había sido literalmente machacado por un hombre que nunca había tenido la intención de mantener la boca cerrada.

Ella no había sido para nada como las demás chicas del instituto. Había sido alta, morena y curvilínea, al contrario que el noventa por ciento de sus compañeras, que habían sido finas, esbeltas, estilizadas. Beth había desarrollado pechos y caderas ya en quinto curso y, a partir de entonces, había hecho todo lo posible por esconderlos debajo de suéteres y tejanos anchos. Aquellos esfuerzos habían mantenido a los chicos a distancia, aunque ese no había sido su objetivo. No exactamente, al menos. Simplemente no había querido que hicieran comentarios sobre el tamaño de sus senos.

Pero, en el último año, finalmente se había echado un novio. Christopher West. La había llevado a una reunión de antiguos alumnos. Habían estado saliendo durante meses. Beth se había enamorado. Y había perdido la virginidad. El sexo había estado bien. Normal. Nada espectacular, pero tampoco nada horrible. Y si el sexo no le había gustado demasiado, otra cosa había sido la idea de que le gustara a un chico. Esa parte había sido emocionante: que un chico al que amaba estuviera tan desesperado por hacerle el amor. Que suplicara y protestara cada vez que ella le decía que no. Él la había necesitado. La había amado. Había pensado en ella cada momento que habían pasado separados.

Beth se había descubierto repentinamente transformada. De una chica en la que nadie se había fijado hasta el momento, había pasado a ser una joven capaz de volver loco de deseo a un chico. Pero entonces había cometido el peor error de su vida. Cuando Christopher sacó una cámara Polaroid y le preguntó si podía sacarle fotos, Beth se había sentido halagada en un primer momento. Le había entusiasmado la idea de que él pudiera considerarla tan bella. Así que había aceptado.

Se hizo un ovillo bajo el edredón al recordarlo. ¿Cuántas horas de su vida había desperdiciado deseando poder volver atrás a aquel estúpido momento para cambiar sus propias palabras? «No», le habría dicho. «Ni en un millón de años».

Pero por mucho que hubiera rezado para poder cambiar las cosas, el pasado siempre permanecía inalterado. Había posado desnuda para él. Tímidamente, se había abierto de piernas. Incluso se había dejado fotografiar de rodillas ante él.

Fueran cuales fueran las intenciones de Christopher en aquel momento, la presión había pesado demasiado. Tenía fotografías «sucias» de su novia. Sus amigos se habían burlado de él, riéndose de que había estado saliendo con la chica «regordeta» durante meses. Y él quiso demostrarles que la chica «regordeta» era tan atractiva como sus novias. Más sexy, incluso.

O, al menos, esa era la explicación que él le dio después.

Tanto si había pretendido perjudicarla como si no, había enseñado aquellas fotos a sus amigos en una fiesta. Y luego se las había llevado al instituto. Alguien le había arrebatado la peor de ellas, para luego hacerla circular.

Aquello había significado su defenestración. No había lugar en el instituto para una chica que había dejado que un chico le sacara fotografías porno. Se había ganado un estigma que había dado pie a insultos y abusos. Había quedado reducida a basura ante los demás. Y luego sus padres habían sido convocados al despacho del director...

Cuando sintió el cosquilleo de las lágrimas corriendo por su rostro, se apretó los ojos con las manos y sacudió la cabeza. ¿Por qué estaba recordando precisamente en aquel momento todo aquello? Ya no estaba en el instituto. No tenía ya que responder ante nadie.

Pero aquello había estado allí durante todo el tiempo, ¿no? Parte de su incapacidad de relacionarse con un hombre se debía a su constante temor a que ese hombre pudiera luego hablar de ello. A que la describiera a ella y lo que habían hecho juntos. A que se riera de ella con sus amigos. A que utilizara lo que habían hecho como un trofeo, sobre todo ahora, cuando estaba al frente de The White Orchid.

Eric había tenido razón. Ser la encargada de un negocio como el suyo era como ser una especie de celebridad local. Lejos de esforzarse por ganar aquella fama, lo único que había hecho era trabajar en la tienda hasta la extenuación. Y, en lugar de alardear de ello, Eric no quería que nadie lo supiese. Lo cual le proporcionaba a ella una sensación de seguridad, a pesar de sus mentiras. Una seguridad suficiente para tener sexo con él, aunque no para amarlo. De eso, al menos, sí podía estar segura.

Se permitió llorar todavía un poco más por la chica de diecisiete años que había sido. Aquellos meses finales en el instituto habían sido como el final de una vida. Y, en cierta manera, así había sido, porque nunca había vuelto a ser aquella chica. Aquella chica destrozada.

Pero supuestamente ahora era una mujer mejor, y más fuerte, así que se obligó a levantarse, a ducharse y a vestirse para el trabajo. No se acicaló mucho, porque no lo necesitaba. No necesitaba esforzarse por parecer sexy cuando se sentía sexy de la cabeza a los pies. Así que se puso unos tejanos con los zapatos de tacón, eligió un cómodo top negro y se recogió la melena en una cola de caballo. Se sentía una mujer nueva y, además, lo parecía.

Cuando sonó su móvil, solo una leve ronquera de voz había podido traicionar sus anteriores emociones.

—¿Diga? —respondió mientras cerraba con llave y empezaba a bajar las escaleras.

—¿Señorita Cantrell?

La voz no le resultaba familiar, así que se mostró desconfiada.

—¿Puedo preguntar quién me llama?

—Señorita Cantrell, soy Yvette Page, del despacho del señor Roland Kendall. Al señor Kendall le gustaría que se pasara hoy por aquí, solo serán unos minutos. La dirección es...

—No —la interrumpió Beth, deteniéndose en los escalones de la entrada para recuperar el resuello y tranquilizar su corazón, súbitamente acelerado. El señor Kendall solo podía llamarla por un tema en particular—. Hoy no puedo. Estoy trabajando.

—Oh —dijo la mujer, con una genuina sorpresa reflejada en aquel único monosílabo. Aparentemente eran pocos los que le decían que no a Roland Kendall—. Quizá podría hacer alguna alteración en la agenda. El señor Kendall se mostró muy insistente.

—De verdad que no puedo —insistió Beth—. Me es imposible. Por favor, dígale que lo lamento —y colgó antes de que empezara a temblarle la voz. ¿Realmente esperaba aquel hombre que ella se presentara en su despacho en cualquier momento, como si fuera uno de sus hijos, dispuesta a dejarse intimidar?

¿Qué podría querer de ella, por cierto? Ya había hablado con la policía. Ya no había marcha atrás. Así que evidentemente solo querría castigarla por lo que había hecho. Cuando volvió a sonar su móvil, inmediatamente rechazó la llamada. O era Kendall o su secretaria, y ella no quería hablar con ninguno de los dos.

Tal y como había esperado, para cuando llegó finalmente a su coche, ya había recibido un mensaje de voz. Del mismo número de la primera llamada. Pero, cuando fue a escucharlo, descubrió que no se trataba de su secretaria.

—Beth —ladró la voz de Kendall—. No sé qué es lo que pretendes. Después de todo lo que he hecho por ti. Te metí en mi casa y te introduje en un estilo de vida con el que tú ni siquiera habías soñado. ¿Y es así como me lo pagas? ¿Con mentiras sobre mi hija? No sé si es por envidia o por celos. No me importa qué diablos sea. Pero vas a parar esto inmediatamente, porque de lo contrario habrá repercusiones tanto en tu vida personal como profesional. De hecho... —se interrumpió de golpe, y Beth se preguntó si no se habría dado cuenta de que su reprimenda estaba quedando grabada—. Ven aquí ahora mismo o te arrepentirás —masculló al fin antes de colgar.

—Oh, claro —musitó, irónica—. Ahora mismo voy.

No había sido muy concreto, pero Beth estaba segura de que se había referido a perjudicar su negocio de alguna manera. Al fin y al cabo, ¿de qué otra manera podía amenazarla? The White Orchid era lo más importante de su vida. Era algo tanto personal como profesional. Le enfermaba pensar que lo que había hecho pudiera perjudicar de alguna forma a Annabelle y a la tienda.

Demasiado nerviosa para intentar calcular la hora en Egipto, decidió enviar a Annabelle un mensaje de texto en lugar de llamarla. *Por favor, llámame en cuanto puedas. Bss. Beth.*

Annabelle necesitaba conocer lo que estaba pasando, solo por si acaso y, cuanto antes, mejor.

Mientras se dirigía a la tienda, se esforzó todo lo posible por quitarse el problema de la cabeza. No era para tanto. Todo se arreglaría, seguro. Le había contado la historia a la policía y, si Kendall se ponía de aquella forma, volvería a hablar con ellos para decírselo.

Ya más tranquila, fue capaz de entrar en The White Orchid con una sonrisa.

—¡Hey, Beth! —la saludó Kelly—. ¡Estás muy guapa!

—Gracias. ¿Cómo es que huele tanto a té y a jengibre? No es que me queje, claro.

—La señora de los tés se pasó esta mañana por la tienda. Dijo algo acerca de que había que prepararse para el invierno...

—¿Linda Fallon? ¿La propietaria de la tetería?

—La misma.

Beth la había conocido en la feria de la última primavera, donde Linda le comentó que algunas de sus variedades de té contenían ingredientes capaces de estimular la libido femenina.

—Yo le propuse que preparáramos un muestrario de tés este invierno, y parece que se ha presentado a tiempo. ¿Ha dejado muestras?

Kelly le señaló una caja sobre el mostrador.

–Sí. Y también me preparó un té. Lleva consigo un calentador de agua en el coche. ¡Qué apañada es!

Beth recogió la caja y se dirigió a su despacho. Quizá esa vez probara algunos de aquellos tés... Antes no había pensado que mereciera la pena, dada su pobre vida sexual, pero ahora... Aunque quizá ahora, precisamente, no necesitara estimular más su libido. Porque, en ese aspecto, no tenía ninguna queja. Sonriendo, volvió a llenarse los pulmones de aquel aire tan ricamente especiado y se encerró en el despacho.

Volvió a sentirse bien y reconfortada, como si los muros de aquella tienda la aislaran del resto del mundo. Era un mundo de fantasía, después de todo. Porque si una boutique erótica no estaba hecha para relajarse, ¿para qué servía entonces?

Decidida a no pasarse otro día encerrada en el despacho, volvió a la tienda para terminar con la limpieza previa a la temporada. Los percheros ya estaban a tope, y la gente de Colorado no necesitaba ya bañadores en octubre. Procedió a retirarlos y los apartó para dejar sitio a los artículos de Halloween. Annabelle siempre se había preocupado de no dejar que la boutique degenerara en una tienda de disfraces, pero, por otro lado, tenían que ofrecer un aspecto festivo, lúdico. ¿Y qué podía haber más lúdico que un uniforme de enfermera picarona?

Beth contempló el maniquí femenino ataviado con un uniforme militar de camuflaje, pantalón ajustado y camisa sin mangas. No era muy práctico para caminar por la jungla, pero tenía mucho éxito entre las clientas. Habían vendido ya casi todos. Colgó luego unos sujetadores de talla extra bien a la vista, porque sus clientas de pecho grande solían quejarse de las dificultades que tenían para encontrar ropa sexy de su talla. Beth las entendía perfectamente. Cuando tenía que comprar un bikini, el tamaño de los diminutos triángulos que supuestamente tenían que cubrir sus senos era ciertamente de risa.

Estaba limpiando a fondo los ganchos de los percheros cuando de repente se abrió la puerta y una vibrante risa masculina resonó en la sala.

—Sé que he estado muy liado —estaba diciendo el hombre—, pero te juro que esta noche volveré temprano a casa para compensarte. De hecho quizá hasta te lleve un regalo.

Beth se volvió para saludar al cliente... y la sonrisa se le congeló en los labios. El hombre se quedó también congelado, con el móvil pegado todavía a la oreja y sus ojos verdes cada vez más abiertos.

—Er... Olivia —dijo—. ¿Puedo llamarte luego?

Jamie Donovan bajó lentamente el teléfono y lanzó una rápida mirada alrededor de la tienda. Cuando volvió a mirar a Beth, bajó la vista al bote de spray y al trapo que llevaba en las manos.

—Oh —exclamó en voz baja y parpadeó varias veces.

Beth seguía paralizada, pero cuando apretó con demasiada fuerza el bote, disparó un chorro de aire que la hizo dar un respingo.

—Hola —la saludó Jamie.

—Hola —repitió ella. Se dijo que no debería sorprenderse de verlo allí. Era un cliente, al fin y al cabo. Pero su presencia la había pillado por sorpresa, y el hecho de saber lo que había hecho con Eric precisamente la noche anterior...—. ¿Puedo ayudarte en algo? —preguntó de manera automática, porque no se le ocurría nada que decirle.

—Yo... —Jamie volvió a mirar a su alrededor, y sus mejillas se sonrosaron ligeramente—. Estaba buscando un regalo. Solo quería... echar un vistazo.

—Bien.

Pero él no se movió, simplemente basculó levemente sobre sus talones y hundió las manos en los bolsillos, un gesto que le recordó de inmediato a Eric.

—Entonces... ¿trabajas aquí?

—Sí.

—Ya. En realidad no nos han presentado oficialmente —avanzó un paso y le tendió la mano—. Yo soy... Bueno, supongo que ya sabes quién soy.

—Sí. Yo soy Beth —se cambió el trapo de mano y se adelantó para darle un breve apretón de manos para retirarse en seguida—. De todas maneras, será mejor que siga trabajando porque si no...

—¡Beth! —Kelly asomó la cabeza por la puerta de la trastienda—. Tengo a una mujer al teléfono que hace tatuajes de jena. Quiere hablar con la encargada de la tienda.

Beth cruzó una rápida mirada con Jamie y vio que sus ojos se abrían aún más.

—Perdona —murmuró. Nunca le había dado tanta alegría recibir la llamada de una vendedora. No solo porque le permitió librarse de Jamie sino porque, a los pocos segundos de ponerse al habla con la mujer, se dio cuenta de que le estaban proponiendo una gran idea.

—Sé que organiza de vez en cuando actividades en el local —le estaba diciendo la artista de la jena, con voz algo nerviosa—. Me encantaría que considerase usted la idea de contratarme para hacer tatuajes.

Beth sabía bien lo que eran los tatuajes de jena, pero dejó que la mujer le explicara sus técnicas y experiencias con aquel arte.

—Si está dispuesta a venir aquí para hacerme una demostración, le aseguro que lo haré.

Concertaron una cita para finales de aquella semana y, en cuestión de minutos, quedó todo arreglado. Nada más colgar, sin embargo, Beth se quedó sentada en su despacho. Necesitaba dar a Jamie tiempo para hacer sus compras y marcharse de una vez.

Aunque, por otro lado, ¿qué le importaba? Ella no tenía razón alguna para avergonzarse de nada. Tal vez a Eric no le gustara que otra persona de su entorno supiera de su existencia, pero, en realidad, Jamie no sabía casi nada. No sabía, por ejemplo, que Eric y ella habían pasado la última noche juntos. Y la anterior también.

Acababa de decantarse por enfrentar otro incómodo encuentro con Jamie Donovan, y se estaba levantando ya de su escritorio, cuando sonó su móvil. Lo sacó del bolsillo y volvió a sentarse, agradecida.

–¡Beth! –exclamó Annabelle, con una voz más clara y cristalina que de costumbre–. ¿Estás bien? ¿Va todo bien?

–¡Oh, claro que sí!

–Gracias a Dios. Te echo tanto de menos... Cuando leí tu mensaje, te juro que se me derritió el corazón.

Beth se sonrió. Annabelle ponía en la amistad todo aquello que ponía en los demás aspectos de la vida: pasión y entusiasmo.

–Yo también te echo de menos. En serio –«en serio», se recordó–. ¿Te sigues divirtiendo?

–La palabra «diversión» no puede describirlo. Todavía no me puedo creer lo muy contenta que me siento. Plena. Es como si hubiera vuelto a nacer.

Beth asintió, feliz por su amiga, pero la verdad era que Annabelle le había dicho exactamente lo mismo después de una clase de yoga Bikram, el año anterior.

–Es increíble. Me alegro tanto por ti... pero, ¿has pensado cuándo vas a volver a casa?

–Oh, Beth, siento todo aquello tan lejos...

Beth asintió de nuevo, frunciendo el ceño.

–Ya, pero necesito decirte algo, Annabelle. Me preocupa haber causado algunos problemas a la tienda... –y le explicó exactamente lo que había sucedido, a excepción de su aventura con Eric–. Creo que no pude haber manejado el asunto de una manera diferente....

–¡Por supuesto que no! –exclamó Annabelle–. ¡Hiciste lo correcto!

–Yo no sé qué es lo que pretende, pero es un tipo poderoso, con contactos importantes. Me preocupa ese representante del Estado que estuvo complicando las cosas el año pasado.

–El que propuso la ley que prohibía toda clase de parafernalia erótica a dos kilómetros a la redonda de una escuela pública.

–Sí.

–No pasó del comité de deliberaciones. No te preocupes por eso.

–Pero si Kendall decide respaldar económicamente a ese político... Es que no me imagino en qué más puede estar pensando. Dios, lo siento muchísimo, Annabelle. Si él...

–Sea lo que sea que intente hacer ese canalla, no tendrá más efecto que cualquier otra campaña que ha tenido que soportar la tienda. En Boulder somos una institución. Todo el mundo sabe que The White Orchid no es un mezquino sex-shop. Todo saldrá bien.

–Espero que tengas razón.

–Beth, tú nunca podrías hacer nada que perjudicara a la tienda, ni aunque quisieras. Esta criatura es tan tuya como mía. De hecho, precisamente quería hablar contigo de eso.

–¿De criaturas? –inquirió Beth, confusa, preguntándose si no habría conocido Annabelle a un atractivo egipcio y decidido sentar la cabeza con él.

–¡No, qué va! ¡De la tienda! Estoy pensando que podría ser un buen momento para un cambio.

—¿Qué clase de cambio? —quiso saber Beth, desconfiada. Si su amiga pretendía delegar alguna carga más sobre ella, le iba a dar un ataque.

—Me he integrado en una organización de mujeres de aquí. Naeemah... te he hablado ya de Naeemah, ¿verdad? Ella coordina un grupo que ayuda a mujeres pobres a gestionar microcréditos con los que empezar sus propios negocios.

—Entiendo.

—Bueno, yo estoy... estoy enamorada de ese proyecto, Beth. No quiero dejarlo.

—¿Que no quieres dejarlo? —preguntó Beth, pronunciando con gran esfuerzo las palabras.

—No. No es que quiera seguir viajando. Ni que me sienta como si estuviera de vacaciones. No, me siento como si estuviera en casa.

Beth asintió, porque a esas alturas era incapaz de hablar.

—Lo que estoy intentando decir es que... Me gustaría ofrecerte la oportunidad de que te quedaras con The White Orchid.

—¿Qué?

—Ya hablamos de ello hace unos años, ¿recuerdas? Sobre que quizá te apeteciera algún día comprar la tienda, y que yo te la pudiera traspasar. Ahora mismo, estás trabajando en ella tan duro como cualquier propietaria de un negocio. Estás haciendo mi trabajo, además del tuyo. Eres increíble, y eres la única persona a la que podría confiarle The White Orchid.

—Pero... ¿qué vas a hacer tú?

—He pensado en comprarme una casita cerca del centro de mujeres. Y podría simplemente... trabajar. Ayudar a la gente.

Beth se dio cuenta en aquel momento de que no había dejado de asentir con la cabeza.

—No sé qué decir.

—No digas nada aún. Es una decisión muy importante, Beth. Una de las mayores que podrías tomar. Pero yo sé que tú estás hecha para mejores cosas que para ser simplemente mi encargada. La tienda te pertenece ya, de hecho. Tú puedes hacerlo. Era lo que querías.

Beth continuaba asintiendo.

—Piensa en ello. Te llamaré la semana que viene y discutiremos los detalles.

—Está bien.

—Y, por favor, ten cuidado con Roland Kendall. No estoy preocupada por la tienda, Beth. Estoy preocupada por ti.

Beth sonrió automáticamente, pero para cuando colgó el teléfono tenía el estómago como una piedra. Ser la dueña de The White Orchid era su sueño. O lo había sido, años atrás. Pero había pasado aquellos últimos meses simplemente anhelando que Annabelle volviera a casa y ocupara su lugar como legítima propietaria de la tienda. La cara pública de The White Orchid. La mujer que sabía exactamente lo que estaba haciendo. Sin Annabelle, ella se sentía... aterrorizada.

Pero si The White Orchid era suya, ella sería la propietaria. Su padre se sentiría tan orgulloso...

—Oh, claro —murmuró para sí, irónica. Se sentiría orgulloso hasta que descubriera exactamente a qué se dedicaba la tienda. Corsés y fajas para señoras.

Tenía dinero ahorrado, aunque había dado un buen mordisco a su fondo para comprarse un coche nuevo, ese mismo año. Aun así, todavía le quedaba bastante y la tienda proporcionaba unos ingresos constantes, seguros; un pequeño crédito podría pagarlo sin problemas. Probablemente podría comprarle el negocio directamente a Annabelle.

Contemplando el atestado despacho en el que se encontraba, aspiró profundamente. Adoraba aquel lugar y las mujeres que trabajaban allí. Adoraba ayudar a las clientas y ayudarlas a que se sintieran cómodas. Y llevaba mucho tiempo esperando ese momento. Lo que no había esperado era que fuera a producirse tan pronto.

Como tampoco había esperado que llegaría a sentirse tan aterrada, si era terror la emoción que le atenazaba de aquella forma el estómago.

—¿Beth? —la llamó Kelly—. ¿Has colgado el teléfono?

—Sí —susurró. Se aclaró luego la garganta y repitió, alzando la voz—: ¡Sí!

—¿Sabes cuándo recibiremos más cristal? ¡Ese que tenemos de treinta centímetros está causando furor!

Beth se obligó a hacer a un lado sus reflexiones y volvió al trabajo.

Jamie se había ido, y Kelly estaba blandiendo el *dildo* de cristal negro mientras hablaba con una mujer de mediana edad vestida de ejecutiva. Lo que era una jornada laboral más.

Capítulo 15

—Habrá que cambiar la pieza –dijo el mecánico mientras manipulaba el rotor–. Está fastidiando el sistema entero.

Aquel no le parecía a Eric un diagnóstico muy científico, pero asintió con la cabeza, gruñendo.

—Bueno. ¿Cuánto tiempo?

—Cinco días.

—¿Cinco días? ¿Me estás tomando el pelo?

—Viene de Nueva Jersey.

—¿En qué? ¿A caballo? ¿No es posible antes?

—No.

—Dios –rezongó Eric–. ¿Tienes idea de lo mucho que esto va a afectar a mi calendario de distribución?

El mecánico se encogió de hombros.

—¿Por qué no viste esto la primera vez que te pusiste a hurgar en este rotor? ¿O la segunda?

El tipo volvió a encogerse de hombros, y Eric decidió en aquel preciso momento que llamaría a otro la próxima vez. Alguien con una mínima ética profesional.

—Encarga la pieza –gruñó antes de salir de la sala de embotellado dando un portazo.

—¿Qué pasa? –preguntó Tessa cuando lo vio entrar en la cocina.

—La línea quedará interrumpida durante cinco días. Tendremos que subir la producción de barriles —ya estaba reajustando mentalmente el calendario—. Cuando la planta de embotellado esté arreglada, no tendremos tiempo para barriles, así que los almacenaremos ahora. De momento, los pedidos de dos supermercados llegarán tarde. Maldita sea, ¿cuándo volverá Wallace?

—Déjale en paz. Ha partido en busca de su amor verdadero.

—Amor verdadero y Wallace Hood. Dios nos salve a todos.

Apareció el mecánico y se escabulló por la puerta trasera sin pronunciar una palabra.

—Odio a ese tipo —masculló Eric. Bajó la mirada a las manos de Tessa, que estaban enterradas en harina hasta las muñecas—. ¿Qué estás haciendo?

—Masa de pizza —señaló el horno con la cabeza—. Ya está lo suficientemente caliente.

—¿Dónde está Jamie?

—Ha ido a hacer un recado. ¿Y tú? —recogió la masa y la extendió sobre la mesa—. ¿Dónde has estado esta mañana?

—En la cama.

—Ah. ¿En la cama de quién?

—En la mía.

—Qué raro, porque primero te llamé al teléfono fijo.

—Estaba durmiendo.

—Ya.

Le entraron ganas de huir, pero temía que Tessa pudiera interpretarlo como un indicio de culpa, así que, en lugar de ello, recogió la bandeja de vasos que acababa de salir del lavavajillas.

—¿Sabes? —murmuró Tessa mientras se limpiaba las mano con un trapo—. Ahora que sé que tienes una vida personal...

—No —la cortó.

—... te estoy viendo bajo una nueva luz. Me pregunto si no me habrán pasado desapercibidas algunas cosas importantes durante todos estos años.

—No lo creo —suspiró.

—¿De veras?

Eric recogió una bandeja sucia y se disponía a pasar de largo cuando su hermana estiró una mano y le agarró del brazo.

—¿Y esto qué es? —inquirió.

Eric se miró el brazo, sacudiendo ya la cabeza con gesto negativo, pero entonces vio las marcas. Cuatro perfectas medias lunas rojas, allí donde Beth le había clavado las uñas. No con la fuerza suficiente para hacerle sangre, pero sí para dejarle una llamativa evidencia.

—Un cliente problemático —se apresuró a explicarle.

—Dios mío, sí que eres malo mintiendo.

Eric retiró bruscamente el brazo.

—Algunos de nosotros no nos hemos pasado años escabulléndonos.

—¿Tú solo unos meses? —replicó ella con una sonrisa triunfal.

—No. Te equivocas de medio a medio.

—Buen intento. Eso que tienes en el brazo son marcas de uñas, Eric Donovan, y esta mañana no la has pasado en casa. ¡Sigues acostándote con ella!

—Eso es ridículo. ¿Por qué querría ella tener algo que ver con...?

De repente las puertas dobles de la sala se abrieron de par en par, dejando entrar una fuerte corriente de aire con un efecto casi dramático.

—Bueno, bueno, bueno —murmuró Jamie con una sonrisa semejante a la del gato de Cheshire.

Eric puso los ojos en blanco. Justo lo que necesitaba. Otro hermano metomentodo causando problemas.

—Me da igual lo que vayas a decirme: déjalo estar —le advirtió—. No estoy de humor.

—¿Que lo deje estar? —graznó Jamie—. ¿Cómo podría dejar estar la cosa más increíble que he visto en mi vida?

Eric miró a Tessa, que se encogió de hombros.

—¿Tiene algo que ver con el horno nuevo?

—¡Está a quinientos cincuenta grados y va muy bien! —exclamó Tessa.

La sonrisa de Jamie se amplió.

—Oh, no. No es eso. Para nada.

—De acuerdo —suspiró Eric—. La cinta de embotellado estará parada durante cinco días. Mi maestro cervecero está desaparecido en combate. Y tú tienes que encontrar un chef. Tenemos un montón de cosas que hacer, así que si pudieras soltarnos de una vez la gran noticia, sería estupendo.

Jamie continuó sonriendo durante unos segundos más, hasta que dijo:

—El caso es que hoy fui a The White Orchid.

Eric soltó un gruñido, aunque lo que llenó sus oídos fue el extraño y medio apagado gritito que soltó Tessa.

—¿Va en serio? —inquirió Jamie, riendo—. ¿Pero de verdad que va en serio?

—Yo lo sabía —intervino Tessa.

—Espera un poco —Jamie miró a su hermana—. ¿Me estás diciendo que tú sabías esto?

—¡Acababa de descubrirlo!

—¿Y no me dijiste que nuestro hermano era una maldita estrella del rock?

Tessa sacudió la cabeza, pero juntó las manos al mismo tiempo y dio un aplauso. Uno solo.

—¡Me hizo jurar que no se lo diría a nadie! ¡Yo quería decírtelo!

—Ya basta –gruñó Eric.

Tessa empezó a dar saltitos.

—¡Se siguen viendo!

—¡Maldita sea, Tessa! –rugió Eric.

Tessa se tapó la boca con una mano.

—Perdona –gritó entre los dedos.

Jamie sacudió la cabeza.

—Vaya. Los serios y callados son los que al final te acaban sorprendiendo.

A Eric le ardía tanto la cara que tuvo la sensación de que se le iba a derretir en cualquier momento. Abrió la boca para negarlo, pero la mentira le sabía como si tuviera barro en la garganta. No sentía vergüenza por Beth. No era eso en absoluto. Simplemente... la quería para él solo.

—Fui a disculparme –explicó en voz baja–. Justo lo que tú me dijiste que hiciera, Tessa. Luego ella me llamó por lo de Mónica Kendall y ya está. No es para tanto.

—Oh, claro que es para tanto –lo corrigió Jamie.

—Vamos –Eric alzó las manos en un gesto de rendición. Vio entonces que Tessa clavaba inmediatamente la mirada en su muñeca arañada, así que volvió a bajarlas–. Es una chica normal.

Jamie negó con la cabeza.

—Eso lo dudo seriamente.

Tessa soltó una risita y Eric estuvo seguro de que su rostro había pasado de rojo a morado.

—Evidentemente no sigo viéndola –le espetó–. ¿Creéis que ella iba a seguir haciéndolo después de que yo le hubiera mentido como lo hice?

El entusiasmo de Tessa se apagó.

—No, supongo que no.

Jamie se acercó a Eric para darle una palmadita en el hombro.

—Retiro todo lo que te he dicho hasta ahora. Todo. Hasta la parte en la que te llamé imbécil por haber utilizado mi nombre. Si hubiera sabido que lo estabas usando para...

Eric lo apartó y se fue a su despacho. Cerró la puerta para no oírles hablar, pero los bajos murmullos todavía se filtraban a través de la madera. Debería haberse refugiado en la sala de cubas, aunque ya era demasiado tarde. A donde no volvería nunca sería a la cocina.

No sabía por qué le aterrorizaba tanto que supieran lo de Beth. No era que sintiera pudor, o vergüenza. Lo que sentía era avaricia. Aquello era algo exclusivamente suyo, para él solo. Algo que no tenía nada que ver ni con Jamie, ni con Tessa, ni con nadie más, para variar. Algo que le pertenecía únicamente a él, al margen del apellido que llevara o de lo que la gente quisiera que fuera.

Sintiéndose ya algo más tranquilo, abrió su móvil y llamó a Beth.

—Podías haberme advertido —le dijo en cuanto ella respondió.

—¿Sobre qué?

—Mi hermano.

—Oh. Hoy he estado muy atareada en la tienda. Y... Oh, Eric. Sé que querías que nadie más se enterara.

No podía enfadarse con ella. Después de todo, había consentido de buena gana en guardar el secreto. Y la familia Donovan no era su problema. Suspirando, se apoyó en la puerta.

—No pasa nada. Esta vez te tocaba olvidarte a ti.

—Lo siento, de verdad. ¿Qué te ha dicho?

—Lo que tú esperarías que dijera, supongo.

—¿Y qué es? Siempre me lo he preguntado.

—¿Que te has preguntado qué? —quiso saber Eric.

—Lo que la gente dice de mí.

Eric sacudió la cabeza.

—Yo jamás habría consentido que dijeran algo sobre ti. No es así como nos educaron. Pero a mí me llamó estrella del rock.

—¿De veras? —Eric pudo escuchar la sonrisa en su voz—. Eso suena bien.

—Muy graciosa.

—Hablo en serio —insistió ella, con tono más dulce—. Ayer, ciertamente, hiciste el amor como una estrella del rock.

El rostro de Eric enrojeció de nuevo, pero esa vez no hubo nada desagradable en ello. De hecho, disfrutó del delicioso calor que fue bajando por su cuerpo.

—El mérito fue todo tuyo.

—Oh, no. Ni de lejos.

Intentó pensar en algo ingenioso que decir. O algo sexy. Pero su cerebro parecía haber retrocedido al modo Neanderthal ante la ronca admiración que escuchaba en su voz.

—Tú me haces olvidar cosas —le dijo ella—. Todo lo que me preocupa... se me olvida cuando estoy contigo.

—¿Qué es lo que te preocupa? ¿Existen las preocupaciones en el paraíso erótico?

—Sí —respondió ella, riendo—. Desde luego que sí.

Eric sintió que su propia sonrisa se desvanecía.

—¿Qué pasa? ¿Qué es lo que va mal? —deseó haber estado en aquel momento todavía en su cama, hablando de todo aquello con ella. Pero Beth no confiaba en él y, cuando el silencio se fue prolongando, comprendió que no iba a responderle—. Ojalá pudiéramos empezar de nuevo. No puedes confiar en mí, pero para el resto de la gente soy un tipo de fiar, que sepas.

—No importa. Yo no confío en nadie —le confesó ella.

Pudo haber sonado a fanfarronada, o a frase defensiva. Pero Eric escuchó la serena verdad que se escondía detrás de aquellas palabras.

—¿Por qué?

Oyó un movimiento al otro lado de la línea, el ir y venir de un sonido de pasos, como si estuviera caminando; luego una puerta al abrirse y el trino de un pájaro. Beth suspiró.

—Porque en realidad uno nunca puede confiar realmente en nadie, ¿no te parece?

Eric cerró los ojos mientras revisaba los recuerdos que tenía de ella, intentando encontrar alguna manera de convencerla. Aunque quizá tuviera razón. Sí, quería a su hermana, pero Tessa le había contado un montón de mentiras, en sus esfuerzos por protegerlo. Y Jamie... Llevaba veintinueve años viéndolo, pero a veces Eric tenía la sensación de que apenas lo conocía. Sin embargo, había alguna gente que jamás fallaba.

—Tu padre —le dijo—. En él sí puedes confiar, ¿no?

Se quedó callada durante largos segundos. Los pájaros entonaban sus trinos mañaneros. Eric estaba empezando a sonreír, pensando que tal vez la había convencido, cuando la oyó exhalar un leve suspiro.

—No —susurró—. Ni siquiera en él.

El corazón se le aceleró ante la tristeza que destilaba su voz. No lo entendía. Evocó al hombre bueno y afable que había conocido. El hombre que había tomado la mano de su hija y que se había preocupado de llevarle a su esposa el postre que había querido.

—¿Qué quieres decir? —pero sabía que no respondería. Ella le estaba diciendo que no podía.

—¿En quién confías tú? —le preguntó de pronto ella.

—Confiaba en mi madre —respondió con absoluta sinceridad—. Y confiaba en Michael Donovan.

—¿Michel Donovan? ¿Tu padre?

—Sí. Mi padre —no su padre biológico, pero su padre. El único padre de verdad que había tenido.

—¿Era un hombre bueno?

—El mejor.

—¿Dijiste que fallecieron en un accidente de coche?

Eric abrió los ojos y se quedó mirando fijamente la pared del fondo de su despacho.

—Sí. Ambos murieron instantáneamente.

—Y después… ¿tú asumiste su papel? ¿Con tus hermanos?

—Lo intenté.

—Lo siento —musitó ella—. No puedo imaginarme cómo debió haber sido eso para ti.

—Fue… —Eric se esforzó por encontrar las palabras adecuadas. Siempre sabía lo que decir al respecto, sabía cómo desviar la atención, porque, durante años, todo el mundo en Boulder había conocido la historia. Todo el mundo había sabido a quién había estado intentando sustituir y lo imposible que le había resultado, por muchas razones—. Fue… —era lo que había tenido que hacer. Lo que su hermana y su hermano habían necesitado que hiciera. Lo que se había esperado de él, aunque la gente lo hubiera calificado de heroicidad—. Fue algo… aterrador —dijo al fin.

—No lo dudo —repuso Beth como si él acabara de confesarle algo perfectamente normal.

Pero ella no entendía lo que había querido decirle. Claro, le había aterrado la posibilidad de fallar. Pero, más que eso…

—Ojalá le hubiera tocado a otro. A cualquier otro —lo había dicho. Por fin lo había dicho. La verdad. Las palabras permanecieron suspendidas en el aire. Podía sentirlas esperando para aplastarlo—. Yo no quería asumir nada de aquello. Y mi hermana me oyó comentarlo en una ocasión, cuando yo era joven. Así que supongo que tienes razón.

—¿Sobre qué? —musitó ella.

—Se suponía que yo tenía que salvarla, pero me convertí en otra persona en quien ella no podía confiar.

—Eso no es cierto —protestó Beth—. Hiciste todo lo posible.

—Todos hacemos todo lo posible.

—Oh, Eric —dijo ella con una leve, triste carcajada—. Eso no es para nada cierto. Y puede que yo no confíe en ti. Pero sé que eres un tipo bueno y honesto cuando dices cosas como esas.

Nada se había roto, ni lo había aplastado. Beth no había salido corriendo, chillando. Seguía pensando que era un tipo bueno y honesto.

Beth Cantrell era una ingenua, pero eso le gustaba. Mucho.

Eric podía escuchar los sonidos de la cervecería al otro lado de la puerta. Su hermana se estaba riendo. Jamie lanzó un grito de triunfo. Probablemente estaban metiendo una pizza en el horno en aquel preciso momento, entusiasmados los dos con las perspectivas de futuro del restaurante. Y lo único que él podía sentir era resentimiento, porque no pertenecía a aquello, a aquel lugar. Él era un sustituto, y un sustituto no era más que una posición temporal.

—En realidad yo no soy Eric Donovan.

Un motor rugió al otro lado de la línea.

—¿Qué? —inquirió ella.

—Nada. ¿Trabajas todo el día? —supuestamente él libraba, y Jamie y Tessa iban a pasar todo el día horneando pizzas e intentando reírse de él—. ¿Puedo verte?

—Sí —respondió ella.

—¿Cuándo? —Eric contuvo el aliento y, durante un buen rato, ella no dijo nada. ¿Cuántas veces iban a hacer aquello? ¿Diez? ¿Cien?

Finalmente, Beth carraspeó.

—En mi casa dentro de una hora.

Eric colgó, todavía conteniendo el aliento. Mientras volvía a deslizar su móvil en el bolsillo, vació los pulmones con un largo y lento suspiro. Beth Cantrell era su hobby. Como el yoga, la meditación y el gimnasio en un solo paquete.

La verdad era que, tuviera el día libre o no, debería quedarse a trabajar hasta la medianoche. Tenía que arreglar el desastre de la distribución, y además cubrir las tareas de Wallace como si fueran las propias. Tenía trabajo más que suficiente para toda la maldita semana, domingo incluido. Pero en lugar de llamar para disculparse con los dos supermercados que no iban a recibir sus remesas, se sentó ante su escritorio y sacó la columna de Beth.

Le había dicho que no se estaba viendo con nadie más, y le había prometido que no diría nada de él, pero entonces... ¿sobre qué podía escribir?

Sobre muchas cosas, aparentemente.

Aunque no estaba saliendo con nadie más, todavía seguía teniendo actividades extracurriculares que encontrar.

Todas tenemos un cajón muy especial en la mesilla, empezaba la columna. *O quizá una caja especial en tu baño o en tu armario. Tal vez la tengas oculta en tu tocador. ¡Pero no hay motivo alguno para que escondas tus juguetes sexuales! ¿No te decía siempre tu profesora lo bonito que era compartir las cosas?*

Eric no parpadeó ni una sola vez mientras leía la columna. Era corta y dulce, pero el mensaje estaba claro: un poco de desinhibición no hacía daño a nadie. La leyó todavía una segunda vez.

La noche anterior, Beth le había pedido que se tocara delante de ella. ¿Habría estado buscando algo recíproco?

Se presentó en su apartamento con quince minutos de antelación, que dedicó precisamente a meditar sobre la pregunta.

Capítulo 16

No hubo tiempo para pensar. Concentró el trabajo normal de dos horas en una, solo en caso de que el descanso de la comida se prolongara. «Por favor, sí», masculló mientras atravesaba el vecindario a toda velocidad, procurando no distraerse. Para las tres tenía que estar de vuelta para hablar con el empleado de la compañía eléctrica, lo cual le dejaba dos horas de margen. Con Eric.

Estaba aparcando cuando lo vio bajarse de su camioneta, y la imagen le suscitó una sensación extraña y aterradora a la vez. Nunca antes había sido presa de un deseo tan intenso. Había leído que las mujeres eran tan susceptibles a los estímulos visuales como los hombres, pero no se lo había creído. Después de todo, ella nunca le había pedido a un tipo que se vistiera con ropa interior de cuero rojo y posara para ella. Pero en aquel momento podía entenderlo. Podía sentirlo. Porque el solo hecho de verlo bastaba para que se excitara.

Conforme se aproximaba, él se hizo a un lado y la siguió luego por las escaleras. Ni siquiera se miraron, como si de algún modo quisieran esconder sus intenciones a cualquiera que los estuviera observando.

Su apartamento estaba empezando a parecerle un motel barato, pero no le importaba. Se había pasado la vida entera esperando sentir esa clase de deseo, y no iba a molestarse en avergonzarse ahora. Abrió la puerta y lo invitó a pasar. Esa vez se dirigió directamente al dormitorio. Eric la seguía sin pronunciar una palabra.

Todo era maravillosamente perverso.

Estaban allí, a las doce del mediodía, por una única razón. No era una cita. Era sexo. Así que Beth se desabrochó el primer botón de la blusa y continuó con el siguiente. Cuando Eric vio lo que estaba haciendo, arqueó una ceja y se quitó el polo.

Beth no pudo resistirlo. Era peor que un quinceañero comiéndose con los ojos a una mujer desnuda. Su torso era perfecto. Se le hacía la boca agua. Tuvo que alzar las manos para deslizar los dedos por aquellos músculos. Tuvo que deslizar los labios por la base de su cuello y saborear su piel.

¿Cómo era posible que aquel hombre la afectara más cada vez que lo veía? ¿Cómo podía ella desearlo más con cada noche que pasaban juntos? En aquel momento era como si toda su química se hubiese mezclado con todas las cosas que ya habían hecho, además de con todas aquellas cosas que había fantaseado con hacer. Todo parecía enredarse tanto que tuvo la sensación de que iba a explotar.

Eric la tomó de la nuca para acercar su boca a la suya, y de repente el sabor de sus labios mejoró incluso al de su piel. Cuando él la volvió hacia la cama, ella fue hacia allí y se tendió en seguida, bien dispuesta.

Fue maravilloso sentir la ardiente piel de su espalda bajo los dedos. Su espalda era un perfecto y cóncavo sendero que acababa en sus nalgas. La áspera tela de sus chinos la detuvo, pero le encantó aquel recordatorio de su ropa de pijo. El contraste entre la formalidad y discreción que exhibía en público y lo salvaje y duro de su comportamiento en la cama.

Cuando sintió una mano levantándole la falda, Beth se sonrió. Sabía que le iba a encantar lo que llevaba puesto. El liguero negro. Las medias. El...

–Dios, eres tan sexy, Beth... Una fantasía –abrió los dedos sobre su muslo desnudo, y clavó la mirada en su propia mano mientras la tocaba. Alzó el pulgar, lo suficiente como para rozar el fino tejido de su braga. Repitió el movimiento y ella gimió.

–Me gustas así –susurró él–. Completamente vestida. Totalmente excitada. Como si guardaras un secreto.

Beth contempló su rostro mientras él acariciaba los lacitos y el elástico de su braga, que empezó a bajar. Y de nuevo pareció casi furioso, como siempre le ocurría en medio del sexo, lo cual la excitó a ella también.

Esa vez, cuando sus dedos volvieron a acariciarla, ya no hubo tela alguna de por medio, y Beth se arqueó sobre él con un pequeño grito.

–Estás tan mojada para mí –musitó. Sus ojos permanecían clavados en ella mientras la tocaba con la más leve de las presiones. Finalmente, alzó la mirada hasta sus ojos–. Leí tu columna.

Beth sacudió la cabeza, absolutamente distraída por el atormentador roce de sus dedos.

–¿Qué?

–Tu columna. Quiero que hagas eso. Para mí.

Beth parpadeó, esforzándose por pensar en otra cosa que no fuera lo que él le estaba haciendo a su cuerpo. La columna.

–Oh –dijo–. ¡La columna! –había versado sobre... Su mirada se desvió hacia la mesilla cuando él, finalmente, dejó de distraerla con sus caricias.

Había sido Cairo quien había escrito aquella columna

en particular. Ella nunca se había masturbado con sus juguetes delante de nadie, y la sola idea resultaba...

—¿Lo harás? —le preguntó él.

¿Lo haría? Podía contarle simplemente la verdad. Que ella solo escribía unas pocas de aquellas columnas y que las suyas eran las más intelectuales de todas. Que ella nunca había hecho aquello, y ni la mitad de las cosas que sus colaboradoras escribían en las suyas. Podía contarle la verdad y dejar que la viera tal como era en realidad.

O podía simplemente seguir adelante con aquello y hacer lo que él le había pedido que hiciera. Parecía tan severo y exigente mientras esperaba su respuesta... Y Beth supo entonces exactamente lo que le contestaría.

—Sí.

Eric se levantó, con su mirada viajando por su cuerpo, desde su blusa medio desabrochada hasta la falda levantada. Sus ojos se entonaron a la vista de su sexo expuesto y de sus muslos blancos asomando por encima de las medias. Beth separó un tanto las rodillas.

—Quédate así como estás —gruñó él.

Sin dejar de mirarla, abrió el cajón de la mesilla pero, cuando echó un vistazo dentro, un estremecimiento de sorpresa sacudió su cuerpo. Se echó hacia atrás, con los ojos muy abiertos.

Beth luchó contra el impulso de taparse la cara.

—Guau —dijo Eric.

—Nosotras, er... tenemos derecho a unas muestras gratuitas.

—Ya lo supongo. Yo no... —se inclinó para verlo mejor—. ¿Todo esto es para...? —miró ceñudo el cajón—. Quizá deberías escoger alguno.

Beth no sabía si reír o cubrirse el rostro, pero... ¡qué diablos! Ella no era más que una fantasía sexual, ¿no?

Así que en lugar de agarrar el juguete más cercano y cerrar el cajón, separó todavía más las rodillas.

—Pero me has dicho que no me moviera.

Eric desvió la mirada del cajón hacia ella, y su sombrío ceño quedó transformado casi instantáneamente en una pícara sonrisa que hizo que el estómago le diera un vuelco. No sonreía así muy a menudo, lo cual era una buena cosa. Aquella sonrisa era algo más que encantadora: prometía cosas. Cosas sucias. Y cuando metió la mano en el cajón, no le tembló lo más mínimo.

—Tienes razón. Sí, quédate exactamente como estás.

Beth exhaló un suspiro de alivio cuando vio lo que había elegido. Nada monstruosamente grande ni adornado con apéndices raros. Solo un sencillo vibrador blanco con texturas rugosas por su parte inferior. Eso podría soportarlo bien. Incluso con audiencia.

Simuló una absoluta confianza cuando se lo quitó de las manos, pero aquellos pocos segundos que pasó privada del contacto de Eric hicieron que su cerebro volviera a la vida. ¿Y si le entraba la ansiedad? ¿Y si no podía hacerlo? No tenía precisamente un cien por cien de posibilidades de éxito.

Pero podía mirarlo mientras tanto. Y el brillo de deseo había vuelto a sus ojos mientras ella manipulaba el dial, humedeciéndose nerviosa los labios. Y tan pronto como acercó el vibrador a su sexo, comprendió que no necesitaba haberse preocupado. Ya estaba excitada. Para él. Su cuerpo ya estaba tenso de deseo.

Inclinándose hacia atrás, apoyó una mano en el colchón para sujetarse al tiempo que arqueaba la espalda. Deslizó el cálido vibrador por su sexo ardiente y gimoteó por el impacto brutal que supuso para sus terminaciones nerviosas.

—Es la cosa más hermosa que he visto nunca —gruñó Eric.

En lugar de cerrar los ojos e intentar fingir que él no estaba allí, Beth lo miró por debajo de las pestañas mientras manipulaba el artilugio.

Él apretó la mandíbula, con un brillo de fuego en los ojos, y Beth sintió que su cuerpo se inflamaba, deseosa como estaba de complacerlo, de hacer lo que fuera para conseguir su aprobación. Y cuando él echó mano a la hebilla de su cinturón, Beth sintió cómo se tensaba cada terminación nerviosa de su cuerpo. Sus pezones se convirtieron en duras puntas, su clítoris se hinchó contra el placer que lo atravesaba.

Oyó el tintineo de la hebilla de su correa, al que siguió el delicioso sonido del cuero corriendo por las trabillas, todo lo cual le arrancó un estremecimiento de deseo, tan eficaz como el propio vibrador.

Para cuando él se bajó la cremallera, Beth quiso gimotear como un animal desesperado. Aunque se la arregló para apretar los dientes para sofocar el sonido, no pudo evitarlo a la vista de su miembro ya liberado. La tensa y tersa piel sobre su carne inflamada. El glande húmedo ya de necesidad.

La imagen la empujó hacia el borde del abismo. Tenía que bajar la velocidad del vibrador si no quería que el orgasmo la sorprendiera. Y no quería alcanzarlo todavía, porque Eric había agarrado su glorioso miembro con una mano mientras usaba la otra para levantarla de la cama y ponerla de rodillas en el suelo.

—No te pares —le ordenó al ver que a ella le fallaba la mano y se apoyaba sobre su pierna.

Así que no se detuvo. En lugar de ello, frotó una vez más el vibrador contra su clítoris, para deslizarlo luego hacia abajo. Bien abajo, hasta que consiguió introducirlo dentro de su sexo mientras Eric cerraba un puño sobre su pelo. Beth abrió entonces la boca, y alcanzó a distinguir un ardiente brillo de aprobación en sus ojos cuando él empezó a restregar su miembro contra sus labios.

Gruñendo de nuevo, Beth le acarició la parte inferior con la lengua, intentando capturarlo con la boca. Él empujó un poco, pero en seguida se retrajo lentamente, dejándola gimoteando a la espera de más. Eric se quedó de repente quieto y continuó acariciándose: solo la cabeza de su miembro continuaba presionada contra su lengua.

Le encantaba aquello. La fuerza con que la agarraba del pelo, la dilatación de su propio sexo mientras se introducía aún más profundamente el vibrador, el conocimiento de que él la estaba manipulando a su antojo. Aquella no debería ser su fantasía: de rodillas delante de él, con la boca bien abierta, deseosa. Y, sin embargo, tenía la sensación de que era exactamente lo que siempre había deseado.

Todos aquellos años de deseo y de necesidad estaban creando una especie de pesado nudo de tensión entre sus muslos. Un nudo tembloroso y pulsante que presionaba cada vez más contra su clítoris. Cada aliento que exhalaba era un pequeño gemido que se acompasaba al ritmo de las caricias de Eric. Los muslos le temblaban. Sus caderas se sacudían contra su propia mano.

Cuando el puño de Eric se cerró de nuevo sobre su pelo, Beth suspiró e intensificó la caricia que le estaba regalando con la lengua. Gruñendo, él la mantuvo inmovilizada mientras alcanzaba el orgasmo y, cuando ella se imaginó lo excitante que debía de resultar su propia imagen, aquello fue ya demasiado. Gritó en el momento en que el clímax empezó a barrerla por dentro. Un clímax que continuó y continuó hasta que se descubrió tan sensible que lo único que pudo hacer fue estremecerse y sollozar.

Cuando volvió en sí, estaba agachada y de rodillas, con la frente contra la áspera tela que cubría los muslos de Eric. Abriendo los ojos, jadeó y se quedó mirando fijamente sus zapatos. ¿Realmente acababa de hacer aquello? ¿Había sido ella?

El sonido de la cremallera cuando Eric se abrochó el pantalón resonó en sus oídos. Y tuvo la desconcertante sensación de que iba a lanzarle unos billetes sobre la mesa para a continuación marcharse. Una sensación tanto más desconcertante cuanto logró arrancar un escalofrío de emoción a su saciado cuerpo.

Pero él no hizo nada de aquello, por supuesto. La levantó y la tumbó en la cama, y esperó luego a que se hiciera a un lado para derrumbarse a su vez sobre el colchón, con un brazo sobre los ojos.

—Dios mío, Beth.

Ella suspiró.

—Lo sé.

Él alzó la cabeza por un momento antes de dejarla caer de nuevo sobre la almohada.

—Y todavía sigues vestida.

—¿En serio? Estoy demasiado atontada para darme cuenta.

—Eso ha sido...

—Loco —musitó ella.

—Sí.

Aquello estaba empezando a resultar inquietante. No porque el sexo fuera tan bueno y tan salvaje, sino porque se estaba volviendo más intenso cada vez. Aquella noche en el hotel, la noche que le había cambiado la vida, le parecía en aquel momento tan poca cosa... Solo otra ronda de buen sexo, pero cuanto más tiempo pasaba con Eric, más necesitada se sentía de él.

—¿Qué es lo que dijiste por teléfono? —le preguntó ella en voz baja—. ¿Justo antes de colgar?

Eric negó con la cabeza.

—Porque dijiste algo acerca de que tú no eras Eric Donovan.

Vio que su pecho se alzaba en un profundo suspiro. Beth se volvió de lado para observarlo, pero seguía teniendo el rostro cubierto por el brazo. Los músculos se tensaban bajo su piel.

—Michael Donovan no era mi padre —le dijo al fin—. Me adoptó cuando yo tenía ocho años. Mi padre biológico nunca aparecía. Yo no le importé nunca un comino.

Aquellas palabras no la sorprendieron del todo. Él no se parecía en nada a Jamie. Debería haberlo sospechado, si no hubiera estado tan distraída por sus mentiras.

—Pero si te adoptó, tu apellido es Donovan, ¿no?

Una tensa sonrisa se dibujó en sus labios.

—Sí. En eso no te mentí. Pero a veces lo siento como si efectivamente fuera una mentira. Es algo que siempre me ha pasado.

Beth apoyó la cabeza en su brazo y posó los dedos sobre su bíceps.

—¿Él te trató de forma diferente al resto? ¿Como haciéndote sentir que no eras su hijo?

—No. Jamás. Pero yo lo sabía. Y me esforcé a tope por ser el hijo que él quería que fuese. No porque él me exigiera la perfección, sino porque yo quería darle eso. Se lo merecía.

Beth no dijo nada. Lo entendía. Ella también había querido ser perfecta para su padre.

—Pero luego murió, y yo tuve que ser algo más que un hijo perfecto. Tuve que ser padre, hermano y propietario de un negocio. Tuve que ser quien impusiera la disciplina, el pilar de la familia y... Dios mío, tuve que ser también la madre de Tessa. Cuando ella necesitaba ver a un médico o comprarse un vestido para la fiesta de fin de curso, yo...

Beth se dio cuenta de que le estaba hundiendo inadvertidamente las uñas en la piel, y se obligó a relajar la mano.

—Aquella noche, cuando te dije que no sabía por qué te había mentido... eso solo fue en parte verdad. Sé por qué no me molesté en corregirte. Sinceramente, no pensé que fuera tan importante, lo de que te hubiera dado o no mi verdadero nombre. Porque, últimamente, ya no sé quién soy. Mis hermanos ya son adultos. No me necesitan más. Soy un hermano Donovan que ni siquiera es un Donovan. Y lo de aquella noche lo sentí como si fuera la primera cosa verdaderamente real que había hecho en años.

Beth aspiró profundamente y parpadeó para contener las lágrimas que le habían provocado aquellas palabras, porque sabía exactamente lo que quería decir. ¿No llevaba ella misma un buen tiempo falseando su propia vida?

Cuando empezó a trabajar en The White Orchid, había adorado cada día de trabajo. El concepto de libertad sexual había sido como una revelación. El hecho de que hubiera gente en el mundo que pensara que el sexo era algo bueno y justo que deberían disfrutar todos y todas.

Había abandonado el instituto avergonzada, derrotada por lo que había hecho. Y Christopher... Él se había recuperado en menos de una semana, con la conciencia aparentemente lavada después de unas cuantas excusas incómodas con su familia, sin que hubiera tenido que pagar precio alguno ante sus amigos. Había sido simplemente un semental, un hombre-macho, mientras que ella había quedado como una mujerzuela de la peor especie.

Ir a la universidad había sido un alivio, pero también una experiencia aterradora. Los chicos, en particular, la habían aterrado. Le habían parecido depredadores al acecho, constantemente atentos a cualquier signo de debilidad. A cualquier señal de que una chica pudiera estar interesada en el sexo, o que pudiera beber demasiado, o que pudiera simplemente... gustarles. Como si tuviera que controlar las necesidades de esos chicos al igual que las propias, porque Dios sabía que sería castigada por ceder tanto a unas como a las otras.

El sexo le había parecido un truco y los hombres unos artistas del engaño, mientras que su cuerpo... su propio cuerpo se le había antojado un judas de la peor especie.

Se estremeció al pensar en lo que habría sido su vida si no se hubiera tropezado con aquella primera clase de sexualidad femenina. Una clase que se había presentado disfrazada como parte de su licenciatura: antropología. Pero en realidad había sido un ejercicio exploratorio de las diferentes actitudes sociales ante el sexo, así como de la manera en que las mismas afectaban a los estereotipos de género.

Beth se había quedado enganchada. La siguiente clase había tratado de la sexualidad femenina a lo largo de la historia. Luego había seguido otra sobre los roles de género y el poder. Finalmente, había aprendido lo suficiente para solicitar una entrevista con una psicóloga de la universidad, y para hablar con ella sobre lo que le había sucedido y también sobre lo que la había liberado.

Para cuando hizo un ejercicio de prácticas de dos semanas de duración en The White Orchid, había tenido la sensación de encontrar casi su lugar en el mundo. Casi. Había estado años trabajando en ello. Había salido con los hombres con los que sus amigas habían esperado que saliera, no con los hombres que realmente quería. Pero ahora...

Se apartó de Eric. Sus ojos tenían una mirada recelosa y cansada cuando se encontraron con los suyos.

—Yo sentí lo mismo aquella noche —le confesó ella—. Y lo siento ahora. Tal como estamos ahora mismo. Como si yo no fuera la Beth Cantrell que todos esperan que sea.

Lo cual resultaba hasta irónico, teniendo en cuenta la dependencia sexual que tenía hacia él, pero era en todo caso inequívocamente cierto.

Eric no formaba parte de su círculo de amistades. Él no pertenecía a su vida real. Y era por eso por lo que le gustaba tanto el secreto, el misterio de aquel arreglo suyo, según se dio cuenta en aquel preciso momento. No solo Eric no se lo contaría a nadie, sino que, aun en el caso de que lo hiciera, no lo haría a la gente a la que ella conocía. No podrían reírse en su cara y cuchichear luego sobre ello en cuanto ella les diera la espalda.

Todos aquellos años y aquellos últimos meses en el instituto seguían devorándola por dentro como si fuesen ácido. ¿No era algo sencillamente patético?

—Pero tú eres quien eres —le dijo él—, ¿no?

Beth quedó tumbada boca arriba, mirando al techo.

—No. En realidad, no. Yo... —carraspeó y lo intentó de nuevo—: Yo...

Transcurrían los segundos, y Beth pudo escuchar su propio corazón resonando tristemente en sus oídos. Eric la tocó entonces, acariciándole una mano y entrelazando sus dedos con los suyos. Ella se los apretó con fuerza.

No podía confiar en aquel hombre. ¿O sí?

Hizo otro intento.

—Yo... no siempre fui la persona que soy ahora. Solía ser alguien diferente.

—¿Quién? —inquirió él.

Dios, cuánto habría deseado que estuvieran a oscuras... Pero las persianas estaban abiertas y la luminosidad de la tarde era tanta que sobre la cama apenas se proyectaban unas finas líneas de sombra.

—Era callada. Tímida. Pasaba inadvertida. Me sentía sola, y cuando me enamoré, un chico me rompió el corazón.

—Canalla –murmuró él, y Beth se sonrió.
—Creí que nunca más volvería a confiar en alguien.
—Y no lo has hecho.
—No –repuso ella, tomando conciencia de la verdad conforme pronunciaba las palabras–. No, pero ahora estoy empezando a confiar en mí misma.

Sintió que se volvía hacia ella, pero no lo miró. Se sentía expuesta y desnuda, mucho más que cuando estuvo de rodillas ante él, apenas un rato antes.

—¿Solo ahora? –preguntó Eric
—Solo ahora. Pero quizá haya sido para bien.

Eric le apretó la mano.

—¿Quiere eso decir que me contarás lo que te había estado preocupando antes?

Ella se encogió de hombros.

—La propietaria de The White Orchid está pensando en vender la tienda.

—Lo siento. Supongo que eso te habrá dejado en un estado de maldita incertidumbre... ¿Qué piensas hacer?

—No lo sé –decidió malinterpretarlo deliberadamente, pero su respuesta seguía siendo la misma–. Aquí somos como una familia. No puedo imaginarme abandonando este lugar.

—¿Crees que tendrías que hacerlo?

—Creo que podría –estaba empezando a darse cuenta de que aquella era la elección a la que se enfrentaba. Porque si decidía no comprar The White Orchid, entonces sabía que eso sería como decirse a sí misma que no podría quedarse allí para siempre. O la tienda era su futuro, o su futuro se hallaba en otra parte. ¿Pero dónde? No alcanzaba a imaginárselo.

—¿Qué harías? –le preguntó él, acariciándole suavemente el dorso de la mano con el pulgar.

Beth cerró los ojos y se sumergió en aquella sensación. Nunca se había permitido recibir consuelo físico de un hombre, porque nunca había sido capaz de superar las primeras fases de incómoda intimidad. Aquello era... bonito. Ojalá hubiera sido medianoche en lugar de las dos de la tarde. Porque habría podido quedarse así durante toda la noche, con su mano dentro de la de Eric, el hombro apretado contra el suyo.

—No lo sé —admitió por fin—. Me gusta ayudar a la gente. Me gusta que la gente entre en la tienda algo perdida y azorada, y yo la ayude a sentirse mejor. Y me gusta que las mujeres quieran ser felices, sentirse autosatisfechas, y que nosotras podamos ayudarlas a realizar ese deseo.

—Yo nunca había pensado en ello de esa forma.

—No se trata simplemente de sexo. Al menos una vez por semana, una mujer me acaba confesando que jamás ha tenido un orgasmo. ¿Puedes imaginarte la vida sin orgasmos?

—No —confesó Eric, rotundo—. Eso no es algo de lo que los hombres tengamos que preocuparnos.

—¡Exacto! Y esas son solo las mujeres que se sienten lo suficientemente valientes como para atreverse a entrar en la tienda. Porque hay muchas que no.

—Es por eso por lo que escribes la columna.

Beth abrió mucho los ojos. No, no era por eso por lo que escribía la columna. Lo hacía porque Annabelle así se lo había pedido, y porque representaba una buena publicidad para la tienda. Quizá fuera esa precisamente la razón por la que no ponía el corazón en ello.

—Suceda lo que suceda, las cosas se arreglarán —dijo—. Pero hoy me he sentido un poco perdida. Así que gracias por haber venido.

—Por supuesto. De nada.

Ella rio al escuchar el tono casi cortés de su respuesta. Aquella era la oportunidad perfecta de poner fin a la conversación. De levantarse y decir algo sobre la necesidad de volver a la tienda. Pero, en lugar de ello, se quedó donde estaba y apretó con fuerza la mano de Eric. No podía confiar en que él no le haría daño, pero sabía sin la menor duda que, en aquel momento, se sentía segura con él. Y había transcurrido mucho tiempo desde la última vez que había sentido algo parecido.

–Sé que debes estar muy ocupado –susurró–. Pero si no lo estás, ¿podría verte esta noche?

Eric se volvió hacia ella, esperando a que lo mirara a los ojos. Pero Beth no podía hacerlo. Simplemente no podía.

–Te dije que te daría todo lo que quisieras –le recordó él.

Beth giró la cabeza hacia otro lado para que no viera la lágrima que empezó a resbalar por su mejilla. No era de tristeza. Era de alivio.

Capítulo 17

Beth condujo directamente de vuelta a la tienda, con su estado de relajación evaporándose a cada segundo. Eran casi las tres y no podía llegar tarde a su reunión, pero lo único que quería era estar sola por unos minutos.

Y, si era sincera consigo misma, no tenía muchas ganas de volver al trabajo. Cuando Eric le preguntó al respecto, había sido sincera sobre sus razones para amar The White Orchid. Pero algunas de esas razones estaban empezando a desvanecerse, superadas por la sensación de que estaba equivocando el camino día a día.

Tampoco había tenido ninguna gana de renunciar a la compañía de Eric. Solo de pensar en él, se le aceleraba el pulso. Volvería a verlo aquella noche, una perspectiva que se presentaba tan emocionante como aterradora. Estaban intimando demasiado, y demasiado rápido. Aun así, quería más. Más tiempo con él, más sexo y más momentos secretos. Más de aquella nueva vida que no había disfrutado antes.

Bajó el cristal de la ventanilla, consciente de que el pelo le quedaría hecho un desastre, pero no le importaba. Quizá todos pensaran que se había estado revolcando en la cama con alguien. Y quizá ella se lo permitiera.

Llegó a la tienda a las dos y cincuenta y ocho, agudamente consciente de que en cuatro horas volvería a marcharse, de vuelta con Eric. Y en esa ocasión a la casa de él, a su cama. ¿Estaría pensando en ella en aquel preciso instante? La idea de que había leído sus columnas, de que pensaba en ella durante su ausencia... ¿Fantasearía con ella de la misma manera que ella hacía con él?

Beth estaba tan distraída con aquellas reflexiones que no se fijó en el hombre que bajó del asiento trasero de un todoterreno a unos pocos pasos de distancia. No hasta que él la llamó por su nombre.

—¡Beth!

Se detuvo de pronto al ver a Roland Kendall avanzando hacia ella. Retrocedió un paso, lanzando una rápida mirada a su alrededor para asegurarse de que no estaban solos. Pero aquella era una tarde agitada. La puerta de la tienda se abría continuamente y salían clientas. Un corredor pasó a su lado por la acera. No estaba sola, afortunadamente.

—¿Qué es lo que quiere? —le preguntó.

—Quiero que dejes el tema en paz.

Beth retrocedió otro paso, esperando poner alguna distancia entre ellos. Su calva cabeza estaba roja de rabia y entrecerraba los ojos de rabia.

—No se trata de mí, señor Kendall. La policía tiene toda la información.

—Tú montaste todo esto —le espetó él—. Y tú lo arreglarás.

—Eso no tiene ningún sentido. Ellos ya saben lo que dijo Mónica. No puedo retirar lo que dije, ni aunque quisiera.

—No puedes retirarlo, pero sí arreglarlo. Y lo harás.

Beth sacudió la cabeza.

—No, yo...

—Llama al detective y dile que mentiste. Dile que te lo

inventaste porque siempre habías detestado a Mónica y querías perjudicarla.

—No me creerá.

—Eso no importa. Si te desdices, ellos no podrán utilizar tu declaración en los tribunales. Te considerarán una testigo no fiable, que es lo que deberías ser.

Beth estaba cansada de retroceder, así que se plantó y apoyó las manos en las caderas.

—No voy a mentir a la policía por Mónica. Fue ella la que me arrastró a esto, y la verdad es que no estoy precisamente muy contenta por ello.

—La malinterpretaste —replicó él—. No sé qué es lo que te dijo, pero...

—Sé bien lo que me dijo. Yo estaba allí. Y no es usted justo al tratarme como si fuera una delincuente cuando Graham y Mónica lo son...

Roland estiró de pronto una mano y la cerró sobre su muñeca, antes de que ella pudiera evitarlo.

—Me caes bien, Beth. Siempre me has caído bien, pero no dejaré que le arruines la vida a Mónica.

—Suélteme —tiró con fuerza y logró liberar la muñeca—. Váyase.

—Escúchame. Graham está muerto para mí. No hay nada que yo pueda hacer por él. Pero no dejaré que Mónica se hunda con él. Por favor.

Beth se quedó helada al oír aquella palabra. Una palabra que nunca había escuchado de los labios de Roland Kendall. Aquel hombre siempre se había mostrado insensible y altivo. Por un momento, un brillo de miedo había aparecido en sus ojos.

No pudo evitar sentir una punzada de simpatía por él. Lo conocía desde hacía demasiado tiempo.

—Ellos lo quieren a él. A Graham. Eso es todo.

—Pero yo no puedo traicionarlo. Es mi hijo.

—Lo siento —agarrando el bolso con fuerza, intentó pasar de largo por delante de él—. No puedo ayudarle.

—Se trata de la familia —gruñó él. Beth continuó andando, pero sus siguientes palabras la hicieron detenerse—. Yo imaginaba que comprenderías el significado de esa palabra, teniendo en cuenta lo mucho que quieres a tu padre. Puede que los hijos no siempre se comporten bien, pero aun así los seguimos queriendo...

Ella se giró de golpe para mirarlo.

—¿De qué está hablando?

—La otra noche disfruté de una cena encantadora con tu padre. Quería saber qué era lo que estaba pasando en tu vida para que hubieras decidido atacar a tus antiguas amistades.

Beth sacudió la cabeza. No. Aquello no podía ser cierto. Su padre había salido a cenar con un viejo amigo. Recordó lo que le había dicho: «no te imaginas quién me ha llamado...».

—Tu padre está estupendo, por cierto. Y no podía dejar de hablar de ti. Pero yo me quedé algo confuso.

—No —murmuró ella.

—Tiene unas ideas bastante extrañas sobre la manera en que te ganas la vida.

—¿Se lo contó usted? —le preguntó Beth, adelantándose a cualquier protesta o negativa. Roland Kendall no había ganado millones de dólares porque fuera un imbécil.

—No se lo conté, no. Pero lo haré.

Pensó que había malinterpretado sus planes. O lo había subestimado, simplemente. Sí, él podía perjudicar la tienda, pero eso era una venganza a largo plazo. Había otra amenaza mucho más inmediata, que podía hacer realidad con una simple llanada de teléfono.

—Llama al detective y dile que mentiste —insistió Kendall—. No quiero hacerte esto, pero lo haré si me obligas.

Beth se marchó sin responder. ¿Qué podía decirle? No iba a suplicarle, pero se daba cuenta de que también le había dicho que no. Antes de que hubiera llegado a entrar en la tienda, Kendall se dirigió de vuelta a su coche. El chófer se apresuró a bajar para abrirle la puerta.

El hombre tenía un chófer y un avión privado y Dios sabía cuántas cosas más. Y ella se había convertido en un enemigo para él. No importaba que hubiera hecho lo correcto. Rolland Kendall probablemente había arruinado a gente por cosas más pequeñas que perjudicar a su familia.

Afortunadamente, el encuentro con él no había durado más de unos diez minutos, porque la cabeza de Beth ya estaba dando vueltas. Tan pronto como se marchó, llamó a su padre intentando disimular el pánico de su voz.

—¡Beth! —contestó su padre con un tono tal de felicidad que ella tuvo que contener las lágrimas—. ¿Cómo estás?

—Estoy bien, papá.

—Tenía intención de llamarte. No te imaginas lo bien que me cayó ese caballero amigo tuyo. Es exactamente el tipo de hombre que deberías frecuentar. Serio, inteligente.

—Papá, solo somos amigos. Necesito preguntarte...

—Entonces deberías hacer todo lo posible por verlo más. Tienes treinta y cinco años. Es hora de que sientes la cabeza.

Beth cerró los ojos con fuerza.

—¿Quién te llevó a cenar la otra noche?

—¡Creí que te lo había dicho! Roland Kendall. ¿Te lo puedes creer? La última vez que lo vi fue en la fiesta de tu graduación. Nos invitó a todos a cenar después. De hecho, yo intenté pagar esta vez, pero él insistió en invitarme y te lo confieso, le dejé. Al fin y al cabo, él sí que se lo puede permitir.

—Papá, ¿de qué hablasteis?

—Oh, de lo que hablamos los viejos. De nuestras familias, de nuestras vidas. Ambos queremos nietos, por supuesto. Nos reímos de que nuestras respectivas hijas habían olvidado las cosas importantes de la vida... Por cierto que creo que a Eric le gustas de verdad. Creo que en todo esto hay más cosas que las que le has contado a tu padre.

Beth se llevó una mano a la frente. Sí que había más cosas. Muchas más.

–Estoy orgulloso de ti. Y muy preocupado, ya desde hace tiempo. Después de todo aquel absurdo. Trabajas demasiado y nunca vienes a casa. Pero eres una buena chica. Sé que terminarás en compañía de un buen hombre y llevando una buena vida.

Beth se apretó la frente con fuerza, como intentando contrarrestar la presión que sentía por dentro.

–Papá –susurró–. Yo no... Yo...

–Oh, sé que no quieres hablar de esto ahora, pero sucederá. Os esforzáis tanto los dos por esconderlo... ¡Lo pasé hasta mal teniendo que poner una cara seria!

Parecía tan feliz... Y orgulloso. Orgulloso de que su hija no fuera una solterona a la que nadie quisiera. De que aquella horrible indiscreción del pasado hubiera sido del todo superada. De que fuera a casarse con un hombre bueno y honesto, y a sentar cabeza. Su voz y su tono volvían a ser los de antaño, antes de que su hija le hubiera roto el corazón y el orgullo, destruyendo casi su amor por ella.

Y por un breve instante, brevísimo... Beth lo odió.

–Papá. Tengo que dejarte.

–Espera. Tu madre quiere hablar contigo.

–No... –pero era demasiado tarde. Podía ya escuchar la risita de su madre mientras recogía el teléfono.

–¡Tu padre me ha dicho que estás saliendo con un joven magnífico que es propietario de un negocio! Oh, Beth... Tu padre se quedó muy impresionado con él.

A continuación se puso a hablar de la tarta, y Beth se quedó muy quieta, detestando la manera en que se le aceleró el pulso como si fuera un cachorrillo al que estuvieran acariciando. Dieciocho años atrás, la aprobación de su padre lo habría cambiado todo. Pero, en aquel momento, simplemente lamentaba que todavía siguiera deseándola tanto.

Y podía tenerla. Podía abandonar The White Orchid, salir con un hombre serio y formal como Eric, sentar la cabeza, encontrar un trabajo que no tuviera por qué ocultar. Y aquel lejano incidente del instituto quedaría olvidado para siempre, superado por el hecho de que había terminado convirtiéndose en una buena chica, después de todo.

Aquella era su oportunidad. Podía empezar de nuevo. Apartarse de una vida que ya no sentía como si le perteneciera.

Pero el problema era que se sentía ya como si no encajara en nada. Ni en el modelo de buena chica ni en el de mala, ni pudorosa ni atrevida. Ella no era nada de aquellas cosas. O lo era todas a la vez.

—Mamá —la interrumpió al fin—. Tengo que volver al trabajo.

Colgó y volvió a cerrar los ojos con fuerza.

Diablos, si ni siquiera sabía ya lo que quería... Diez años atrás, se habría sentido aliviada si se hubiera visto forzada a contarle a su padre la verdad. Pero los últimos años habían sido buenos. Cómodos. Finalmente había vuelto a conectar con él, pero ahora Kendall iba a estropearlo todo. Su padre se sentiría avergonzado, humillado. Su madre revolotearía en torno a ella como un pajarillo furioso mientras la llamaba cosas horribles. Beth no estaba segura de que pudiera soportar todo aquello otra vez. Pero tampoco podía imaginarse a sí misma mintiéndoles para obtener su aprobación.

Cairo asomó la cabeza por la puerta de su despacho.
–Hey, ¿puedo tomarme un descanso?
–Sí, lo siento. Por supuesto –Beth se obligó a sonreír mientras se alisaba el pelo y se levantaba.
–Necesitas un poco de colorete –dijo Cairo antes de desaparecer.

Dios, necesitaba mucho más que eso. Pero sacó su polvera para maquillar su palidez y añadir un poco de color a sus labios. Parecía perfectamente normal. Confiada, tranquila. Un fraude, en realidad. Pero salió a la sala con una sonrisa, indicándole con un guiño a Cairo que ya podía marcharse.

–¿Puedo ayudarla en algo? –preguntó a una nerviosa mujer que aferraba su bolso con las dos manos mientras contemplaba con ojos desorbitados el rico surtido de piercings.

–¡Oh! –la mujer dio un respingo, pero se relajó en cuanto vio la sonrisa de Beth–. Hola. No sé. Solo estoy mirando…

–¿Busca algo en particular?

La mujer parpadeó nerviosa, aferrando todavía más fuerte el bolso. Aparentaba unos veinticinco años. Un anillo de compromiso brillaba en su dedo, pero, aparte de eso, no llevaba más joyas ni maquillaje alguno. Una mujer que buscaba pasar desapercibida.

Beth se inclinó un poco más hacia ella.

–De acuerdo –susurró–. Mire a su alrededor. Esta tarde no hay más que mujeres. Si tiene alguna pregunta, puede hacérmela con toda confianza.

Sus ojos de color dorado barrieron la habitación antes de volver a concentrarse en Beth.

–De acuerdo. Er… Yo quería echar un vistazo a los… Er… ¿Consoladores? Pero no veo ninguno. ¿Usted…?

–Están al fondo, detrás de aquella cortina.

—¡Oh! —desorbitó todavía más los ojos.

Beth le regaló la más dulce sonrisa que pudo esbozar.

—No hay nadie allí ahora mismo así que, si lo desea, puede entrar y mirarlos todo el tiempo que quiera. Yo volveré dentro de unos minutos para atender cualquier duda que tenga. ¿Qué le parece?

—Yo... De acuerdo —y se dirigió apresurada hacia la cortina como si tuviera miedo de perder el coraje a mitad de camino.

Beth se preguntó si el prometido de aquella mujer sabría que había ido allí. Probablemente no. La mayoría ni se enteraban. De hecho, según sus clientas, muchos hombres se sentían intimidados por la idea de que una mujer encontrara placer con algo que no tenía que ver con ellos.

Eric, definitivamente, no tenía ese problema. El hombre rebosaba confianza en el terreno sexual. O quizá fuera una cuestión de fanfarronería. En cualquier caso, el resultado era el mismo.

Aquella parte de su relación con él era fácil, al menos. Pero... ¿qué tendría que decirle sobre Kendall? ¿La verdad? ¿Una mentira? ¿Nada en absoluto?

No lo sabría hasta que descubriera ella misma la verdad.

¿Quería aquella tienda? ¿Seguía formando parte de ella? Estuvo reflexionando sobre ello durante el resto del día. La mujer tímida se llevó un vibrador sorprendentemente largo y fibroso, ruborizada todo el tiempo a más no poder. Un grupo de amigas entró para comprar artículos para una despedida de soltera. Y Simone Parker volvió sin su placa de policía para llevarse un espléndido sujetador blanco de encaje.

Fue un buen día. Un día feliz. Pero para el final del mismo, Beth seguía sin tener la menor idea acerca de lo que iba a hacer.

Capítulo 18

Eric volvió al trabajo, porque no sabía qué otra cosa podía hacer consigo mismo. Tenía bastantes horas que matar antes de volver a ver a Beth. La ducha solo le había llevado cinco minutos, recoger su apartamento no más de diez, así que se puso unos tejanos y una camiseta con el logo *Donovan Brothers* y se dirigió a la cervecería.

Una buena decisión, teniendo en cuenta que estaba entrando en zona de desastre. En cuanto abrió la puerta, sintió en el rostro una vaharada de humo.

—¿Qué diablos está pasando aquí? —exclamó, agitando una mano delante de la cara mientras entraba en el local.

—¡No pasa nada! —gritó Jamie desde algún lugar situado en las proximidades del horno nuevo.

—¿Que no pasa nada? ¡Voy a llamar a los bomberos!

—¡No hay ningún fuego, maldita sea! ¡Simplemente abre la puerta trasera antes de que se conecten los aspersores!

Eric se giró, corrió de vuelta hacia la puerta y la mantuvo abierta con el primer ladrillo de cemento que encontró. Para cuando volvió a entrar, el humo ya estaba empezando a aclararse.

—Jamie, ¿qué diablos...?

—El tiro no va bien.

—¡Bueno, pues apaga la maldita cosa!

Jamie le lanzó una mirada irritada.

—Es un horno de leña, Eric. No se apaga con un interruptor.

—Te dije que deberías haber comprado uno de gas.

—Y yo te dije a ti que la leña aporta un sabor auténtico a la comida. Pero ambos sabemos que a ti la comida te importa un pimiento, ¿verdad?

—Ya —rio Eric—. Sí, me importa mucho más no quemar la cervecería entera que tus malditas pizzas, Jamie. Qué sorpresa, ¿no?

—No es más que un problema con el tiro. No se ha quemado nada.

—¿Y ahora qué? ¿Esperamos simplemente que no vuelva a suceder?

—Obviamente —pronunció Jamie entre dientes—. Voy a llamar al técnico ahora mismo. Pero tengo la salida de humos abierta, así que no hay problema, ¿entendido?

—¡No! —gritó Eric—. No, claro que hay problema. Todo es un problema. Wallace está desaparecido. La cinta embotelladora no funciona. Tú has estado a punto de quemar el local. Y dentro de unas semanas... —Eric se obligó a no terminar la frase.

Jamie soltó bruscamente la llave inglesa que había estado sosteniendo en una de las cajas. El ruido hizo que Chester asomara la cabeza por la doble puerta que comunicaba con la sala.

—¿Todo bien, chicos?

—Acabo de arreglar el tiro —gruñó Jamie.

—De acuerdo —Chester miró indeciso a uno y a otro antes de asentir—. Bien. Os dejo solos entonces.

Tan pronto como se hubo cerrado la doble puerta, Jamie avanzó hacia su hermano.

—Y dentro de unas semanas... ¿qué?

—Nada —murmuró Eric.

—Diablos. Sé exactamente lo que ibas a decir, Eric, y estoy tan harto de tus monsergas... Tú diste el visto bueno a esto. No te estoy pidiendo que lo apoyes con entusiasmo y finjas que es el gran proyecto de tu vida, pero si no te quitas ese maldito resentimiento que llevas arrastrando desde el principio, yo te lo arrancaré a la fuerza.

—¿Vamos a pelearnos de nuevo? —le espetó Eric.

—Si tenemos que volver a hacerlo, estoy más que dispuesto a patearte el trasero. Pero preferiría que te atuvieses al acuerdo que firmamos este verano.

—No firmamos ningún acuerdo.

—Dijiste que me apoyarías.

—¿Y no lo he hecho? —Eric alzó las manos—. ¿Cuánto dinero hemos invertido en esto? Di el conforme a todo lo que querías. El menú y la idea. Las mesas nuevas, la nueva sala. El horno, la nevera, el congelador. ¡Estamos haciendo todo lo que querías!

—Pero tú te resientes a cada minuto de ello.

—No. Yo no me resiento. Simplemente no tiene nada que ver conmigo.

Jamie se lo quedó mirando con la boca abierta.

—¿Estás de broma, verdad? Aquí somos todos socios. No puedes hacer como si esta parte del negocio no te perteneciera solo porque ya no estás al mando.

—¡Yo nunca he querido estar al mando! —gritó Eric.

—Eso es mentira —repuso Jamie con una amarga carcajada—. Tú dirigiste la cervecería solo durante años, y seguiste haciéndolo después de que Tessa y yo ocupáramos nuestros puestos. Lamento que eso no pueda seguir sucediendo para siempre...

—Yo no quería que fuera para siempre.

—Claro que lo querías.

—Ni siquiera quise asumir el mando de todo esto desde el principio. ¿Es que no te das cuenta, Jamie? ¡No lo quería!

Su hermano sacudió la cabeza, soltando otra amarga carcajada.

—Tanto si lo querías como si no, te encontraste tan cómodo en tu papel como un pez en el agua. Pero ya no estás al mando, Eric. Tú no eres el propietario. Y tampoco nuestro padre.

Eric apoyó los puños en las caderas y dejó caer la cabeza.

—Ya. Eso no tienes por qué recordármelo. Lo tengo bastante claro.

—Entonces deja de gruñir como si yo fuera un mocoso rebelde que se niega a hacer lo que tú quieres. Esto es lo que quiero. Y voy a conseguirlo. Me gustaría que me respaldaras pero, si no lo haces, al menos no me estorbes.

—Muy bien. ¿Pero realmente crees que es esto lo que papá habría querido?

—¿Qué? —Jamie volvió a mirarlo boquiabierto—. ¿Lo que habría querido papá, dices? No tengo la más remota idea. Lleva muerto trece años, Eric. ¿Quién sabe lo que habría hecho con este lugar? Y, por el amor de Dios, tú no eres el guardián de todo aquello en lo que creía papá. No tienes nada que reclamar al respecto.

—Sí, eso también lo tengo claro, créeme —Eric echó la cabeza hacia atrás y se quedó mirando al techo. Cerca de los focos todavía quedaban unas pocas volutas de humo—. Me alegro por ti, Jamie. Te juro que sí. Y quiero esto para ti. Pero para mí... Dios mío, para mí quiero algo completamente diferente, y ni siquiera sé qué es.

—¿De qué diablos estás hablando? —gruñó Jamie.

—No lo sé. De verdad que no lo sé. Yo solo... —agitó una mano en dirección al horno—. Simplemente no quemes el local, ¿de acuerdo?

—Eric... —empezó Jamie, pero Eric se dirigió hacia la puerta y abandonó el edificio.

No sabía a dónde iba. Fuera, simplemente. A cualquier parte con tal de no seguir allí.

Condujo durante kilómetros, y le sentó bien. Se sintió libre. Pero, si tuviera la oportunidad, ¿seguiría conduciendo? ¿A dónde iría? Incluso en su imaginación, su mente siempre volvía a Donovan Brothers. Adoraba aquel lugar. Era todo lo que conocía, y a pesar de toda su furia, de todas sus dudas y de todos sus resentimientos, no se le ocurría ninguna otra cosa que prefiriera hacer con su vida.

Quizá, en lugar de preocuparse de que ya no lo necesitaran más, debería preguntarse si era o no insustituible. Jamie tenía razón en una cosa. Había estado gruñendo como un niño malcriado que no se había salido con la suya. Muy bien. No había querido asumir el mando del negocio a los veinticuatro años, pero lo había hecho, y lo había hecho bien.

—Al diablo con todo esto —masculló, dando un giro de ciento ochenta grados en la desierta autopista del condado. Si sus planes para el futuro de la cervecería no valían la pena, entonces trazaría otros. Pero, justo en ese momento se dio cuenta de que se había equivocado.

Había vivido demasiado concentrado en el negocio y durante demasiados años. Había bajado la cabeza para olvidarse de todo lo demás. Y, lo más importante, se había olvidado de mirar hacia atrás. En el cuarto de invitados de su apartamento tenía cajas con papeles antiguos de Michael Donovan. Y aunque su objetivo durante los tres últimos años no había sido otro que dirigir la cervecería tal y como habría querido su padre, no había vuelto a mirar aquellas cajas desde el día en que las hizo, cerca de una década antes. Quizá había llegado la hora de revisarlas.

Capítulo 19

Beth había tenido el detalle de presentarse con la cena, y Eric se había esmerado en poner la pequeña mesa del salón, con copas de vino y todo. Pero los paquetes de comida seguían en el mostrador de la cocina, sin abrir, y uno de los platos estaba en el suelo del salón, partido por la mitad. El otro estaba debajo del desnudo hombro de Beth. Eric, todavía enterrado en su cuerpo, intentaba recuperar el aliento mientras rezaba para que su pareja no se hubiera clavado un tenedor en la espalda.

—¿Estás bien? —le preguntó, levantándola lo suficiente para retirar el plato de debajo de su cuerpo.

—Perfectamente —respondió ella con una pícara sonrisa—. ¿Qué me dices de ti?

Perdió el aliento cuando él penetró aún más profundamente. A pesar de que había tenido ya un orgasmo, todavía seguía medio excitado.

—¿Seguro que has terminado? —le preguntó Eric en el instante en que ella se dilataba, acogiéndolo gustosa.

—Por ahora —suspiró.

—¿Tienes hambre?

—Canina. No se cómo lo hice, pero hoy me olvidé de comer.

Eric estaba algo más que medio excitado cuando se salió del todo, obnubilado todavía por las imágenes de lo que había hecho Beth con su boca durante su hora de la comida. Pero al oír la queja de su estómago, decidió que la segunda parte podría esperar. No demasiado, sin embargo, a juzgar por sus últimas experiencias.

Cuando finalmente se sentaron a disfrutar de su comida china, Eric se descubrió sonriendo mientras masticaba.

—Estás de un impresionante buen humor —comentó Beth.

Él arqueó una ceja con gesto incrédulo.

—Voy a sentirme un tanto ofendido si a ti no te pasa lo mismo.

Ella se echó a reír.

—Admito que sigo estando un poquitín tensa. Pero creo que nunca antes te había visto sonreír así.

—Bueno, es que nunca antes había hecho el amor encima de una mesa.

—¿Ah, no?

—No voy a preguntarte si esta es tu primera vez, pero no me importa confesarte que para mí sí que lo ha sido.

—¿Y cómo ha sido? ¿Quizá un poquito inquietante? ¿Estabas nervioso?

Eric se echó a reír mientras alcanzaba su vino.

—Como si fuera un adolescente, el deseo se sobrepuso a los nervios. Y, exactamente igual que un adolescente, me olvidé de pensar en tus necesidades.

—Curioso. Porque me parece recordar que has estado precisamente muy enfocado en lo que yo necesitaba...

—Ya, pero el peligro de que pudieras clavarte un tenedor no se me pasó por la cabeza hasta que ya habíamos terminado.

Beth rio hasta que se le saltaron las lágrimas, y Eric

se dio cuenta de que efectivamente había estado bastante tensa, incluso después del sexo.

—¿Estás preocupada por la tienda? —le preguntó él.

Ella asintió y bebió un largo trago de vino.

—¿Ha cambiado algo? —insistió Eric.

—Es algo... complicado.

—Ya. De complicaciones sé bastante, créeme.

—La situación en la cervecería... ¿sigue complicada? —inquirió a su vez ella.

Evidentemente no estaba de humor para hablarle de sus problemas, pero Eric lo aceptaba de buen grado. Abrirse a él durante aquel día ya había supuesto un enorme esfuerzo para ella. Aunque hacía muy poco que la conocía, sabía sin lugar a dudas que todo aquello no estaba siendo nada fácil para Beth.

Lo que no entendía era por qué significaba tanto para él el hecho de que Beth hubiera empezado a hacerle confidencias. Aquello solo era una aventura. Nada más. Y si él quería compartir cosas con ella, aquello no era nada más que otra necesidad básica.

—Bueno —dijo, repantigándose en la silla—. Hoy mi hermano y yo hemos estado a punto de llegar a las manos. Otra vez.

—¿Otra vez?

—Por desgracia.

—¿O es algo que suelen hacer los hermanos? No tengo experiencia.

—Nosotros no. No habitualmente. Pero este año la situación ha estado muy tensa. Todo ese lío con los Kendall.

Beth se ruborizó y bajó la mirada.

—Lo siento.

—¡Vamos! Eso no tiene nada que ver contigo. Yo lo que siento es que te vieras implicada en ello. Y hay un montón de otras cosas que me han puesto muy tenso. Jamie añadiendo un menú de comidas al local. Mi maestro cervecero enamorándose de una mujer casada para luego desaparecer con ella. Y yo mismo, que estoy como... descontrolado.

–¿Porque no sabes qué hacer?

–Sí. Pero voy a intentar averiguarlo.

–Yo también –su expresión era dulce y preocupada mientras jugaba con la comida del plato.

–Me alegro de que decidiéramos continuar viéndonos, sin embargo.

Ella alzó la mirada, con la sorpresa reflejada en sus rasgos.

–Yo también.

–¿Te quedarás? Podríamos ver una película. Hacer un poco el vago.

Eric quedó sorprendido por la punzada de esperanza que le atravesó el pecho. Ya habían hecho el amor dos veces ese día. Entonces... ¿qué era esa dolorosa necesidad que lo atenazaba por dentro?

Beth bajó la vista, y él comprendió que estaba a punto de negarse. «No, esto no es una aventura amorosa. No es una relación. Es solo sexo desesperado, frenético, que ambos estamos empeñados en mantener en secreto. Nos estamos usando mutuamente y tú ya estás deseando demasiado», se recordó.

Ella se alisó la falda con una mano.

–No estoy vestida precisamente para hacer el vago en casa. ¿Tienes algo que dejarme?

Eric dejó escapar lentamente el aire, esperando que no se diera cuenta de que lo había estado conteniendo.

–Sí, si no te importa llevar una camiseta demasiado grande.

–Una camiseta sería estupendo.

Sí que sería estupendo... Beth en su casa en bragas y

una simple camiseta, con aquellas maravillosas piernas encogidas sobre el sofá. Y los muslos desnudos…

—El dormitorio está al final del pasillo. En la cómoda están mis camisetas. Yo me encargo de recoger los platos.

La timidez con que murmuró un «gracias» y se levantó de la mesa, la misma sobre la que acababan de hacer el amor, se le antojó extraña. Pero él también lo sentía. Aquella dolorosa sensación de expectación cada vez que estaban juntos. La novedad de descubrir lo que la hacía reír, lo que volvía triste la mirada de sus ojos. Estaban intimando tanto y sin embargo era tan poco lo que sabía de ella… Su verdadero nombre, ¿era Beth o Elizabeth? ¿Había practicado algún deporte en el instituto? ¿Cómo le gustaba la pizza? ¿Qué clase de música era su preferida?

Con él, Beth era como un libro cerrado. ¿Sería así con todos?

Estaba guardando en la nevera los cartones de comida que habían sobrado cuando la oyó carraspear a su espalda. Aquel breve sonido era todo malicia y, por un instante, asaltaron su cerebro bellas imágenes en las que lucía todo tipo de conjuntos de ropa interior tan diminutos como pervertidos, que quizá había traído escondidos en su bolso. Pero cuando se levantó y se giró, Beth estaba delante de él en camiseta y con las piernas desnudas, tal y como había esperado.

—Perfecto —dijo, y entonces advirtió el pequeño revoltijo de tela color oro pálido que llevaba en una mano.

Ella lo alzó al tiempo que arqueaba una ceja.

—¿Qué es esto exactamente, señor Donovan?

La verdad era que no tenía la menor idea.

—¿Ropa interior?

—Oh, claro que es ropa interior —murmuró ella, y solo en ese momento recordó Eric lo que era.

—Oh, diablos —exclamó, sorprendido—. Puedo explicarlo.

—¿De veras? ¿Puedes explicarme por qué me robaste una pieza de mi ropa interior hace meses y ahora la ocultas en un cajón de tu cómoda?

¿Cómo diablos se había olvidado de aquello? Cada vez que abría el segundo cajón de la izquierda veía aquella pieza, acusándolo siempre de ser una especie de pervertido. Recordándole el aspecto que había lucido Beth aquella noche en la habitación de hotel, cuando le bajó la cremallera del vestido.

—No te la robé –explicó–. Te la dejaste olvidada.

Beth se ruborizó levemente y se tapó la boca, aunque parecía como si estuviera disimulando una sonrisa. «Por favor, Dios», rezó Eric para sus adentros. «Que sea una sonrisa».

—Pensé que no estaría bien dejarlas allí. Tú habrías podido llamar para reclamarla...

—¿Habría podido? –preguntó ella.

—¡No lo sé! Simplemente... me la llevé.

—¿Y qué has estado haciendo con ellas desde entonces?

—¿Qué? –exclamó. En aquel momento, las imágenes que asaltaban su mente no eran ya tan agradables–. ¡Nada! ¡Simplemente han estado durante todo el tiempo en ese cajón, tentándome como un maldito corazón delator! ¡Como el relato de Poe!

—Oh, Dios –murmuró ella, definitivamente ya sonriendo. De hecho, había empezado a reírse como una loca–. ¿Un corazón delator?

—En serio, me siento como un pervertido.

—Lo lamento –alcanzó a pronunciar, con lágrimas en los ojos.

Finalmente Eric se relajó, aunque no pudo evitar sumarse a su diversión.

—Sí que deberías lamentarlo. ¿Qué clase de chica se deja olvidada su ropa interior, por cierto?

—¿La clase de chica sucia y pervertida? —sugirió, riendo todavía más fuerte.

—Exacto. Y yo he tenido que vivir con esa vergüenza.

Las carcajadas empezaron a ceder.

—¿Estás seguro de que ha estado en tu cajón durante todo este tiempo? —se puso la braga de seda encima de sus caderas—. ¿Nunca te las has puesto?

—¡No! —gritó Eric.

—¿Estás seguro? A muchos chicos les gustan esas cosas.

—Absolutamente seguro —contempló con ojos entrecerrados su pícara sonrisa—. ¿Por qué? ¿A ti te gustan?

—No, pero intento mantener la mente siempre abierta. Si quisieras ponértela…

—No —respondió, enfático—. Aunque no me importaría volver a verte con ellas puestas. O sin ellas.

Beth desapareció entonces pasillo abajo, y él la siguió.

—¿Qué estás curioseando ahora?

—Nada —contestó ella, guardándose la braga en el bolso—. No hay mucho que curiosear aquí —contempló las paredes desnudas de su dormitorio—. Definitivamente eres el estereotipo de soltero.

Beth sacó un cepillo de su bolso y empezó a peinarse la larga y oscura melena.

El corazón le dio un vuelco a la vista de la manera en que se alzaba su camiseta a lo largo de sus muslos, con cada golpe de cepillo. Se apoyó en el umbral de la puerta para observarla. Estaba preciosa con sus tacones y sus faldas ajustadas, pero así aún lo estaba más, relajada y natural, limpia de maquillaje.

—¿Y bien? ¿Puedo preguntarte por lo que pretendes?

Se interrumpió de golpe, con el cepillo en el aire.

—¿Qué?

Dios, aquellos muslos tan maravillosos… Esa noche

tendría tiempo para explorar cada centímetro. Cuando alzó la vista, se encontró con que ella lo estaba mirando fijamente, sin dejar de cepillarse el pelo.

—¿Qué quieres decir? —le preguntó.

—No es ningún secreto que eres más experimentada que yo, o, al menos, más atrevida. Así que... ¿hay algo que me estoy perdiendo?

—¿Conmigo?

—En general, supongo. Pero sí. Contigo.

Beth desvió la mirada. Dejó a un lado el cepillo y se levantó la melena sobre los hombros, ahuecándosela. ¿Era eso? ¿Qué era lo que no quería decirle? El pulso se le aceleró con una mezcla de entusiasmo y trepidación. Él no era un puritano, pero había cosas que probablemente no se atrevería a intentar nunca, ni siquiera con Beth. Y sin embargo... había muchas cosas que sí.

—No pretendo nada —contestó ella al fin.

Su entusiasmo cayó de golpe a sus pies, hecho pedazos.

—Vamos. Podré soportarlo.

Una fugaz sonrisa asomó a sus labios.

—¿Hay algo que tú quieras que pretenda?

—No.

Beth se sentó sobre la sencilla colcha negra que cubría su cama. Aquella habitación era demasiado sobria para una mujer como ella. Se merecía estar rodeada de almohadas, de sedas, de brillantes colores.

—Eric... no soy tan excitante.

—¡Ja! —era la cosa más ridícula que había escuchado nunca.

—Hablo en serio —dijo en voz baja—. Sé lo que piensa la gente de mí. Lo entiendo, pero yo soy una chica normal.

No había en aquel momento tono alguno de diversión en su voz. De hecho, sonaba tan seria y lúgubre que Eric sintió un escalofrío en la nuca. Atravesó la habitación y se sentó a su lado.

–Yo no quería decir nada con ello.

–Ya lo sé. Es solo que yo... no soy nada más excitante que esto –deslizó las manos por sus muslos desnudos–. Sinceramente. No estoy diciendo que no haya intentado cosas. He explorado diversas opciones, empujada por mi trabajo y por mis amigas, pero, al final, soy solo... una chica normal.

¿Pensaría acaso que él quería algo más que lo que ya tenían? ¿Pensaría que él esperaba que ejecutara trucos raros, sofisticados? Le tomó la mano y cerró los dedos sobre los suyos.

–No hay nada normal en ti, Beth.

–Eres muy amable al decirme eso, pero...

–¿Amable? ¿Me estás tomando el pelo? ¿Crees que estoy siendo amable? Cuando te digo que no hay nada normal en ti, me refiero a que cada vez que te toco... es como si me explotara algo en la cabeza.

Ella puso los ojos en blanco.

–Eric...

–No puedo creer que estemos teniendo esta conversación. Cada vez que me llamas, pienso que me has confundido con otro. Que has cometido un error, porque... ¿qué diablos podrías tú necesitar de mí?

Beth volvió la mano hasta entrelazar los dedos con los suyos.

–Yo no soy así con los demás hombres, Eric.

–¿Cómo?

–Normal.

–Dios mío, ¿qué quiere decir eso? Tú no tienes que cambiar por mí ni renunciar, por mi culpa, a hacer todas aquellas cosas raras que...

–No es eso –intentó retirar la mano, pero él no se lo

permitió, y por fin se relajó de nuevo–. No era eso en absoluto lo que quería decir. Lo que quiero decir es que me siento muy cómoda contigo. No debería ser así, pero lo es.

–¿Cómoda? ¿Estás segura de que eso es una buena cosa?

Beth aspiró profundamente y entreabrió los labios como si fuera a decir algo. Pero justo en ese momento suspiró y apoyó la cabeza sobre su hombro.

¿Cómoda? ¿Como un amigo inofensivo? No lo entendía. Él se sentía vivo con ella. Tan consciente de ella que en ocasiones hasta le dolía. Mientras que ella quería... ¿qué? ¿Hacerle trencitas en el pelo?

–Beth...

–No tienes idea de lo maravilloso que es sentirse cómoda.

Eric frunció el ceño.

–Yo no creo que hacer sexo sobre una mesa encaje en ese concepto –gruñó–. O en el suelo.

Beth alzó la cabeza y le sonrió como si estuviera diciendo una tontería.

–¿Ah, no?

–¡No!

–Bueno... –lo besó en el cuello, presionando ligeramente los labios justo debajo de su oreja–. ¿Y aquí mismo?

Intentó mantener su irritación mientras sentía la caricia de su aliento en el cuello.

–¿Aquí dónde?

–¿Aquí mismo, en tu cama? –levantándose, se sentó a horcajadas sobre él–. ¿No sería eso cómodo?

–Estoy empezando a odiar esa palabra.

–¿En serio? –lo empujó hasta que su espalda hizo contacto con el colchón–. Lástima –se despojó de la camiseta con tanta rapidez que Eric parpadeó asombrado ante la vista de sus senos desnudos–. Porque a mí me encanta sentirme cómoda contigo.

–Bueno… –parpadeó de nuevo, y entrecerró los ojos cuando ella comenzó a frotarse contra él–. Supongo que «odiar» es un verbo algo fuerte…

Él no lo entendía. Beth podía darse cuenta de ello. Pero no podía explicárselo sin revelarlo todo, y por el momento eso era algo que no podía hacer. No esa noche, cuando aquella podría ser su última noche juntos. Aun así, quizá pudiera hacérselo comprender con su cuerpo.

Le alzó la camisa y presionó los senos contra su pecho.

–Es tan maravilloso sentir que puedo hacer cualquier cosa contigo. Aunque quizá sea una cosa puramente mía.

Lo besó al fin, con un lento y profundo beso, mientras él deslizaba las manos por su espalda desnuda. Pero cuando Eric empezó a introducir los dedos bajo su braga y a acercarla aún más hacia sí, ella se apartó.

–Aunque quizá «cómoda» no sea una palabra lo suficientemente sensual para ti. ¿Es eso?

Él sonrió, y la tumbó de espaldas en la cama con tanta rapidez que le arrancó un grito.

–Me has dejado muy claro tu argumento –gruñó.

–¿De veras?

–Ajá –terminó de introducir los dedos bajo la braga y cerró la mano sobre su sexo–. Pero insisto en que estás usando la palabra equivocada.

Estaba ya hipersensibilizada por el mucho sexo que había disfrutado y, al contacto de sus dedos, perdió el aliento ante aquella acometida de placer. De repente su cerebro estaba trabajando de nuevo. Moviéndose demasiado rápido. El sexo ya no era algo mecánico, vacío. Estaba…

lleno. De sensaciones. Y de preocupaciones. Y de temores que significaban demasiado. Porque no quería que aquello cesara al día siguiente. No quería que cesara y punto.

Mientras Eric la acariciaba, ella se abrió a él, permitiéndose sentir el placer y la ansiedad al mismo tiempo.

Al día siguiente, si llamaba a Luke y le mentía, Eric no lo comprendería. Ni se lo perdonaría. Y ella nunca más volvería a sentir sus dedos deslizándose dentro de su sexo. Nunca más volvería a arquearse bajo sus caricias, gimiendo.

Cuando él le frotó el clítoris con el pulgar, soltó un grito.

—¿Es esto cómodo? —murmuró Eric.

Beth negó con la cabeza. No lo era. Era algo maravilloso, abrumador.

—Yo no quiero ser para ti alguien fácil o cómodo, Beth —se apartó para, sosteniéndola de la cintura, darle la vuelta y tumbarla boca abajo.

Ella se dejó hacer, apoyando la mejilla en el colchón y cerrando los ojos ante la agridulce expectación que la invadía.

Él no lo entendía. Y ella no podía decírselo.

Su mano comenzó a amasar sus nalgas, apretándoselas con los dedos. Enterró la otra en su pelo y, en esa ocasión, cuando deslizó los dedos a lo largo de su sexo, ella suspiró su nombre.

Lo amaba así: intenso y al mando. Adoraba que la mantuviera inmovilizada de aquella forma, acariciándola hasta hacerla gritar.

—Por favor —musitó.

Pero no tenía ni idea de lo que estaba suplicando, porque incluso después de alcanzar el orgasmo, después de gritar y de arquearse, y de que su cuerpo se contrajera bajo sus dedos... aún continuó susurrando: «por favor».

Capítulo 20

–Ha llamado Roland Kendall. Está dispuesto a llegar a un trato.

Eric soltó la manguera que estaba usando para lavar un tanque, se quitó los guantes y se cambió el teléfono de oreja.

–¿Hablas en serio? –le preguntó a Luke.

–Parecen muy interesados en hablar. Él y su abogado se dirigen en este momento a la oficina del fiscal, y yo estoy de camino para allá. Creo que la presión ha funcionado finalmente, y justo a tiempo. Estábamos tramitando la orden de detención contra Mónica Kendall y sabíamos sin la menor duda que él estaba enterado.

–Gran noticia. Llámame tan pronto como sepas algo.

Eric colgó y volvió a su trabajo con una sonrisa. Llevaba solamente dos horas en la faena y las cosas estaban encajando en su lugar. Los dos supermercados se habían conformado con esperar una semana sus remesas de cerveza, el mecánico había llamado para avisar de que la pieza de repuesto llegaría un día antes, mientras que el pequeño lote que había empezado él estaba casi listo para su segundo fermentado. Había pensado en macerarlo un poco por diversión, a ver qué salía, pero podría tomar esa decisión más tarde. Diablos, disponía de unos pocos días para hacer lo que le diera la real gana. Wallace había llamado por fin para anunciarle que estaría de vuelta el martes.

En un escenario de mayor alcance, era muy posible que Graham Kendall tuviera que volver a los Estados Unidos para enfrentarse a juicio. Tampoco era como si hubiera matado a alguien, pero sería agradable verlo enfrentarse a los centenares de personas a las que había estafado.

Y luego, por supuesto, estaba el sexo con Beth. El deliciosamente sucio, cómodo y secreto sexo con Beth.

Agarró una escoba y fue empujando el agua jabonosa hacia el desagüe que se abría en el centro de la sala de embotellado, sonriendo como un loco durante todo el tiempo. Pensó que debían de haber echado algo en el sistema de ventilación de la cervecería, porque estaba perdidamente enamorado...

Sobrecogido por el pensamiento, se quedó paralizado, con la escoba suspendida sobre el suelo. Eso no era en absoluto lo que Beth había querido decir con la palabra «cómodo», ¿verdad? No se estaba enamorando. Beth le gustaba, eso era seguro. Mucho. Era una mujer fantástica, inteligente. Dulce y sexy. Y quizá incluso cómoda, pese al hecho de que él seguía deseando que hubiese escogido una palabra diferente.

—No —pronunció en voz alta mientras continuaba barriendo. No estaba enamorado. Estaba simplemente obsesionado con el mejor sexo que había disfrutado nunca. Lo cual era algo perfectamente normal. Lo extraño habría sido no ir por el mundo con una enorme sonrisa pintada en la cara.

Asintiendo para sí, colgó la escoba y regresó a su despacho. Jamie llegaría pronto. Y Eric quería hablar con él antes de que se empeñara demasiado pronto en sus planes de traer a un chef para entrevistarlo al día siguiente.

—¿Tessa? —se asomó al despacho de su hermana, que estaba hablando por teléfono y en seguida lo tapó con la mano.

—¿Sí?

—Cuando venga Jamie, ¿os importaría pasar los dos por mi despacho?

Lo miró frunciendo el ceño, pero asintió mientras continuaba hablando.

La extraña calma que había sentido durante las doce últimas horas no lo había abandonado todavía. Cuando unos minutos después Jamie llamó a su puerta, alzó la mirada con una sonrisa.

—Hey.

Tessa pasó de largo junto a él y se dejó caer en una silla, fulminándolo con la mirada.

—¿Qué está pasando, Eric? Esto no me gusta.

—¿No te gusta qué?

Ella lo señaló con el dedo.

—Esto.

—Todo marcha perfectamente.

Tessa entrecerró sus ojos verdes y sacudió la cabeza.

—Ignoro lo que piensas hacer, pero no lo hagas.

—Tranquilízate. Solo quería disculparme con Jamie —miró a su hermano, que había tomado asiento en la otra silla y parecía mucho menos preocupado por la reunión—. Sobre lo que dijiste el otro día... Tenías razón. Yo siempre me he resistido a los cambios que habéis estado llevando a cabo. Me he pasado los trece últimos años intentando hacer exactamente lo que pensaba que papá habría querido para la cervecería. Cada decisión que he tomado ha estado presidida por esa visión, todo lo que he planeado, lo que he calculado.

Jamie se puso tenso.

—A mí también me importa su recuerdo.

—Lo sé. Lo que estoy diciendo es que la única motivación que he tenido ha sido la de hacer las cosas de la manera en que Michael Donovan las habría hecho.

—¿Por qué? No te sigo.

Eric suspiró.

—Ya lo sé. No lo entiendes porque no tienes por qué entenderlo. Ni necesitas preguntarte constantemente por lo que habría hecho él. Porque tú eres sangre de su sangre, Jamie. Porque ya lo llevas en ti.

—¿De qué diablos estás hablando? —gruñó Jamie.

—Estoy hablando de esto —empujó hacia ellos los bocetos que tenía encima de la mesa—. Él nunca habló de esto. No conmigo, al menos. Pero resulta que papá tenía las mismas ideas que tú, Jamie.

Tessa recogió los bocetos, ceñuda.

—¿Qué es esto?

—Anoche estuve rebuscando en los viejos papeles de papá. Hacía más de diez años que no los miraba y, la última vez que lo hice, solo estuve buscando algo que me ayudara a mantener la cervecería a flote. No estaba pensando en ampliarla. Pero él sí.

Jamie tomó los papeles que Tessa le ofreció y los hojeó, frunciendo también el ceño.

—De acuerdo —dijo, evidentemente no tan sorprendido como se había quedado Eric.

—Mira los planos, Jamie. Son solo unos bocetos, pero hay algunos en los que aparece la sala de clientes y el comedor que son idénticos a los que tú diseñaste.

—Supongo que sí.

—¿Es que no lo entiendes? Estaba pensando en servir comidas. No solo pizzas, sino un restaurante completo. Yo siempre había pensado que era un error imprimir un cambio tan radical a la cervecería, cambiar su cervecería, pero no era más que una cabezonería mía. Y ahora voy a dejar de resistirme. A partir de ahora, apoyaré completamente tus ideas sobre esos cambios. De hecho, estoy pensando que quizá hasta nos hayamos quedado cortos.

Jamie alzó la mirada de los bocetos. La mirada de sus ojos se había endurecido.

—¿Qué quieres decir?

—Quiero decir que has diseñado un estupendo plan de lanzamiento. Pizzas artesanas cocinadas en un auténtico horno de leña. Una idea mucho mejor que cualquiera que se me hubiera ocurrido a mí. Pero si sale bien, quizá deberíamos pensar en ampliarla el año que viene. Podríamos ampliar el menú, prolongar las jornadas. Diablos, hasta podríamos añadir una especie de galería, de porche cubierto, que pudiéramos usar tanto en invierno como en verano. Yo podría supervisar una segunda ampliación mientras tú te encargas del restaurante.

Jamie bajó los bocetos, tomándose su tiempo en alinearlos al borde del escritorio de Eric.

—¿Estás hablando en serio?

—Sí.

—Finalmente has decidido que mi idea no es mala y que no traerá la ruina a la cervecería.

—Sí —respondió Eric con una sonrisa—. Aunque yo no lo diría así...

—Y en el mismo momento en que decidiste que quizá mi plan era decente, decidiste también que no era lo suficientemente bueno.

La sonrisa se borró de golpe de los labios de Eric.

—Dejarás que yo me dedique a trabajar en mi puesto de pizzas mientras tú te ocupas de algo más grande y más ambicioso.

Tessa le tocó un brazo.

—Jamie...

—¿Qué pasa? Es lo que está diciendo él.

Eric reprimió una carcajada sin humor.

—No, no es eso lo que estoy diciendo. Lo que estoy diciendo es que tú tenías razón. Que aun sin saberlo de manera consciente, tú sabías lo que quería hacer papá.

—Dios mío, esto no tiene que ver con papá. ¿Por qué siempre tienes que volver a él?

—Para —lo interrumpió Tessa—. Lo importante aquí es que Eric te está apoyando, Jamie.

Pero Jamie se echó a reír.

—¿Diciéndome que él puede hacerlo mejor?

Eric se inclinó hacia delante, tensos los hombros como una roca.

—Estoy intentando halagarte, maldita sea. ¿Por qué te cuesta tanto entenderlo? Estoy diciendo que nuestro padre se habría sentido orgulloso de ti.

Jamie apretó la mandíbula.

—No eres tú quien debe decidir eso. Ni tú ni nadie. Está muerto, Eric. Nunca podría conseguir su aprobación, ni aunque la mereciera.

—Estupendo, suerte para ti, que no la necesitas... Tú no tienes por qué trabajar para conseguirla. Incluso cuando haces las cosas a tu manera, puedes acercarte a lo que habría sido su voluntad mucho más de lo que yo podría hacerlo nunca.

Tessa sacudió la cabeza.

—¿De qué estás hablando?

—¡No importa! —gritó Jamie—. Yo no puedo pasarme la vida entera preguntándome por lo que papá habría hecho con esto o con lo otro. ¡Lleva trece años muerto! ¿Qué clase de maldita obsesión tienes con él?

—¿Obsesión? —le espetó Eric—. Este ha sido mi maldito trabajo desde que murió. Dar un paso adelante y hacer lo que él habría querido que se hiciera. Intentar ocupar su lugar en el mundo, como habría hecho cualquier otro. Claro que nunca he esperado que tú apreciaras ni por un momento todo lo que he hecho por ti...

–Oh, por el amor de Dios. ¿Es de esto de lo que se trata? ¿Te estás haciendo el mártir?

Tessa le dio un golpe en el hombro.

–Para. Eric renunció a todo por nosotros.

–No es eso lo que yo quería decir –se apresuró a intervenir Eric–. Os quiero. Es solo que...

Jamie rio de nuevo.

–¿Que esperas que nosotros lo hagamos todo a tu manera durante el resto de nuestras vidas... solo porque nos dedicaste unos pocos años cuando éramos adolescentes?

–¿Unos pocos años? –gruñó–. Renuncié a toda mi maldita vida para poder dirigir la cervecería en vuestro nombre. Pasaron cinco años enteros antes de que tú fueras capaz de lavar un maldito plato aquí, Jamie. Y siete para Tessa. ¿Crees que mi sueño era revolver papeles en un escritorio para siempre? ¿O ser padre antes de haber madurado lo suficiente para ello? Renuncié a mi vida para volver a casa y asumir el papel de padre lo mejor que pude... ¡y todo por un mocoso desagradecido que luego se resintió de todo lo que hice por él!

La sonrisa de Jamie era tensa y furiosa.

–Tú no eres papá, Eric. Y a mí siempre me fastidió enormemente que fingieras que lo eras.

Eric se levantó de golpe, empujando con tanta fuerza la silla que golpeó contra la pared y volcó.

–¡Dios mío, ya sé que yo no soy papá! Ni siquiera soy su maldito hijo, ¿verdad?

Tessa se levantó también, pero Jamie continuó sentado donde estaba, con aspecto aburrido.

–Eric, no digas eso –le suplicó Tessa.

—¿Por qué no? Es cierto, ¿no?

—No, no es cierto –replicó con un brillo de furia en los ojos–. No es cierto en absoluto.

Pero Eric contempló la indiferente expresión de su hermano. Le entraron ganas de pegarle de nuevo, como si pudiera expresarle así lo mucho que lo quería, lo mucho que sería capaz de hacer por él, lo muy desesperado que estaba para que llevara una vida digna y buena.

—Cuando papá murió, yo no estaba trabajando aquí, ¿lo sabías? Tenía un empleo en Denver y estaba trabajando en una planta embotelladora para adquirir experiencia. ¿Y sabes otra cosa? A él no le importaba. Erais vosotros los únicos a los que se suponía había que cuidar.

Tessa sacudió la cabeza.

—Papá nos dejó la cervecería a todos, Eric. Él te quería aquí.

—No, me necesitaba aquí por vosotros. Cuando yo le comenté que estaba pensando en irme a una de las antiguas cervecerías de la Costa Este, él no puso ninguna objeción.

—¿Necesitabas tú que te la pusiera? –se burló Jamie–. ¿Fue un gran padre para ti, pero aun así necesitabas que él te pidiera que te quedaras? Quizá sentía que a ti no te importaba un pimiento, porque lo que tú querías era trabajar en cualquier otra parte menos aquí.

Eric tragó saliva para contener la rabia frustrada que le estaba subiendo por la garganta.

—No fue así.

—Si no quieres estar aquí, si no sientes que perteneces a este lugar, entonces puedes estar seguro de que no necesitas seguir aquí y renunciar a tu vida por nosotros, hermano.

—¡Jamie, para! –gritó Tessa.

—¿No le estás oyendo? –inquirió Jamie–. Él renunció

a todo por nosotros, ¿no? Nunca quiso ni este trabajo ni esta familia.

–Que te jodan –masculló Eric, dirigiéndose hacia la puerta–. Haz lo que te dé la gana con este lugar. Es todo tuyo.

–¡Eric! –chilló Tessa.

–Déjalo –rezongó mientras salía.

–No. ¡No, no pienso dejarlo! –salió tras él. Por un instante pareció que iba a saltarle sobre la espalda, pero se detuvo en seco–. Párate ahora mismo, Eric Donovan.

Eric suspiró y se detuvo a medio camino de la cocina, pero no se volvió.

–Me prometiste que no te marcharías. Me dijiste hace unos meses que nosotros no éramos una carga...

–Yo no dije eso.

–De acuerdo, yo dije que nosotros éramos una carga, y tú dijiste que no querías librarte de nosotros. Así que estás atrapado.

Dios, su hermana era capaz de hacerle sonreír hasta cuando tenía el corazón a punto de salírsele del pecho.

–Tessa... –se volvió para mirarla, alzando las manos en un gesto de rendición–. Yo no quiero librarme de ti. No sé lo que haría sin ti. Pero estoy cansado.

–¿Cansado de qué?

Sacudió la cabeza. No sabía exactamente qué era. Simplemente necesitaba un descanso. Un descanso de ser siempre el responsable, el bueno, el tipo con el que siempre se podía contar. Tenía la sensación de no ser otra cosa que eso. Era lo único que sabía sobre sí mismo, y lo sentía como si fuera un traje que no le cupiera ya.

–Te equivocas con lo de papá –le dijo ella, alzando la barbilla con gesto testarudo–. Él no te tenía por alguien diferente de mí, o de Jamie.

–Entonces quizá Jamie tenga razón. Quizá mi padre

percibió que yo sentía otra cosa. Quizá le rompí el corazón. Lo único que sé es que yo no soy él, y no puedo seguir fingiendo que lo soy. Yo no soy bueno en aquello en lo que él siempre fue, Tessa.

–Eso no es verdad, Eric. Pero si realmente lo sientes así, entonces haz algo diferente. Pero no te marches. Yo no te lo permitiré. Te juro que no lo permitiré.

Eric echó la cabeza hacia atrás y se quedó mirando los focos del techo. Había querido marcharse solo para ganar un poco de distancia y tiempo para respirar. Para pensar. Pero había hablado en serio. No quería librarse de ellos. No tenía ningún otro lugar a dónde ir.

–El mecánico vendrá esta tarde, y Wallace regresará mañana. Hoy estaré en la sala de cubas y mañana en la de embotellado. Y luego quizá necesite unos cuantos días libres.

Tessa se lanzó entonces a sus brazos.

–¡Sí! Tómate unas vacaciones. Te dije que te las tomaras en primavera, pero no me hiciste caso. Eso es lo que necesitas.

–Seguro –repuso Eric, aunque dudaba de que unas simples vacaciones pudieran curarlo. Creía más bien que nada podría conseguirlo, pero haría un sincero intento por Tessa, porque no quería convertirse en alguien en quien no pudiera confiar. Eso ya le había ocurrido una vez.

Ni siquiera la sala de cubas pudo servirle de consuelo esa vez. Tenía ganas de emprenderla con alguien y ese alguien era Jamie. Después de todo lo que habían pasado juntos, deberían llevarse mejor. Eric no entendía por qué, a veces, Jamie parecía odiarlo tanto. ¿Realmente lo había hecho todo tan mal? Y aunque eso hubiera sido cierto, ¿por qué no podía su hermano darle un respiro?

Seguía enojado una hora después y, cuando se abrió la puerta de la sala, alzó la cabeza con gesto ceñudo.

Luke lo saludó con la mano.

—Oh, eres tú —se había olvidado de la vista judicial. Jamie y Tessa probablemente se molestarían porque no les había dicho nada—. ¿Qué tal ha ido?

—Muy bien.

—¿Kendall se mostró dispuesto al acuerdo?

—En realidad, no mucho. Se comportó con su habitual arrogancia. Y Mónica, de hecho, se mostró absolutamente engreída.

—¿Por qué?

Luke se aclaró la garganta, desviando la mirada.

—¿Qué pasa? ¿Se trata de Jamie? Dime la verdad.

—No. Justo antes de que empezara la reunión, recibí una llamada de Beth Cantrell. Quería corregir lo que había dicho en su entrevista.

—¿Y eso?

—Me dijo que no había estado contando la verdad. Que Mónica no había dicho realmente aquello. Yo intenté pedirle explicaciones, pero tenía que entrar en la oficina del fiscal.

Eric sacudió la cabeza.

—Eso no tiene ningún sentido. Yo sé que no estaba mintiendo, así que... ¿por qué habría de decirte algo así?

Luke se encogió de hombros.

—Kendall es un hombre poderoso. Y se mostró muy confiado cuando apareció esta mañana, teniendo en cuenta que lo estábamos amenazando con arrestar a su hija.

La mente de Eric empezó a dar vueltas. No podía imaginarse a Beth retirando la palabra dada. No tenía sentido. De hecho, había sido ella quien había acudido a él para informarle desde el principio.

—¿Entonces no pudisteis arrestar a Mónica?

—No la arrestamos, pero no por eso. Kendall se dio cuenta de que ya teníamos una declaración del hombre de la empresa de catering. Contando con esa declaración, más la de Jamie y la del propietario de aquel constructor, ya no necesitábamos la de Beth. Kendall se quedó más que sorprendido y, al final, accedió a dejar de financiar a su hijo. Aunque no admitió haberlo estado haciendo, claro está.

—¿De veras? ¿Y funcionó?

—Bueno, veremos si podemos acabar con ese canalla. No creo que dure mucho tiempo en Hong Kong sin dinero. No es precisamente un luchador.

Eric asintió e intentó parecer complacido, pero no pudo conseguirlo.

—¿Beth no te dio ninguna razón?

—No.

—¿Qué diablos crees que le hizo Kendall? ¿Parecía asustada?

—No, más bien parecía decidida.

¿Decidida? ¿Qué quería decir? Sacó su móvil del bolsillo.

—Gracias por informarme. La llamaré para asegurarme de que está bien. No me puedo creer que ella...

Luke arqueó las cejas, y Eric se dio cuenta de que había resultado obvio que conocía a Beth bastante bien. Luke giró entonces sobre sus talones y abandonó el local.

Eric pulsó el botón de llamada varias veces, encontrándose siempre con el buzón de voz. De repente sintió miedo. ¿Y si Kendall le había hecho algún daño? Corrió hacia la puerta soltando una maldición y se dirigió directamente a su coche.

Su tienda estaba más cerca que su apartamento, así que enfiló primero hacia allí. Arriesgándose a que lo multaran por exceso de velocidad, se plantó en The White

Orchid en dos minutos justos, y soltó un enorme suspiro de alivio cuando vio su coche rojo en el aparcamiento.

Frenó con un chirrido de neumáticos y bajó de un salto. Cuando irrumpió en la tienda, todo el mundo alzó con sorpresa la mirada, incluida Beth.

—¡Beth! ¿Te encuentras bien?

—Claro —respondió ella, pero rehuyó en seguida su mirada, nerviosa.

—Pero yo pensaba...

Ella le señaló con la cabeza la trastienda, y Eric la siguió hasta un pequeño despacho con estanterías llenas de artículos diversos. Cerró la puerta y se apartó de él, los brazos cruzados con fuerza.

—¿Qué ha pasado? —exigió saber Eric—. ¿Estás bien?

—Sí. No sé de qué estás hablando.

—Luke me dijo que habías retirado tu historia sobre Mónica. Evidentemente, Roland Kendall te amenazó de alguna forma. ¿Qué es lo que ha hecho?

—Nada. Mentí sobre lo que me había dicho Mónica.

—No es verdad.

—Sí que lo es. Mentí porque siempre había estado celosa de ella. Pero, al final, no pude vivir con eso sobre mi conciencia. Es así de simple.

—Ahora me estás mintiendo a mí —replicó él, consciente del estupor de su propia voz.

Ella sacudió la cabeza y se acercó cuidadosamente a su escritorio para sentarse. Bajó la mirada a sus manos mientras se las retorcía nerviosa.

—Estás mintiendo —insistió Eric. No podía imaginar por qué aquello le dolía tanto, pero así era—. ¿Por qué?

Ella volvió a sacudir la cabeza.

—Bueno. ¿Sabes una cosa? De todas maneras, no importa.

Beth parpadeó varias veces, como sobresaltada ante el

tono furioso de su voz. Eric también estaba sobresaltado. No se había dado cuenta de lo furioso que estaba.

—¿Qué quieres decir? —susurró ella.

—¿No lo sabes?

Beth alzó por fin la mirada.

—¿Saber qué?

—El fiscal disponía de evidencias suficientes para acusar a Mónica de todas formas. No necesitaban ya tu historia. Así que no entiendo por qué mentiste. Te habrías podido ahorrar la molestia.

Su rostro se volvió sorprendentemente pálido.

—¿La detuvieron?

—No. Antes de que llegara ese momento, Kendall aceptó firmar el trato. Va a cortarle la financiación a Graham.

—Oh —exclamó. Incluso parecía algo enferma.

—Beth, ¿qué te hizo ese hombre?

—Nada —insistió—. Mentí. Eso es todo —tenía los ojos llenos de lágrimas.

—¡Cuéntame lo que pasó, maldita sea!

—No importa.

—Me importa a mí. Me mentiste e hiciste algo que pudo haber echado a perder el caso. ¡Así que me importa!

Ella se encogió de hombros, y la furia que sentía Eric se desbordó de golpe.

—¿Qué iba a hacerte? ¿Conseguir que te despidieran de este gran trabajo que tienes? No, espera. ¡Ya lo sé! ¡Quizá iba a arruinar tu reputación!

La mirada de Beth se agudizó ante el sarcasmo de sus palabras.

—¿Qué se supone que quiere decir eso?

—¿Te pagó para que te apartaras del asunto, verdad?

Ella se levantó.

—¿Qué querías decir con lo de mi reputación?

—Tú sabes bien lo que quería decir —demasiado tarde,

vio el dolor en sus ojos–. Lo siento –se apresuró a disculparse–. Eso ha sido algo muy insensible por mi parte. Estaba enfadado y... Con la columna, las clases y todas estas... cosas –señaló la pila de juguetes sexuales que había en uno de los estantes. Su furia estaba cediendo, aunque todavía seguía dándole vueltas a lo que ella había hecho.

–Querías decir que mi reputación ya está arruinada, de modo que no habría tenido que preocuparme por eso.

–Yo no pienso que tu reputación esté arruinada. ¿De qué estás hablando? Solo quería decir que tienes una reputación atrevida. Sexual. Vamos, que el tipo no iba a montarte un escándalo.

Ella le señaló la puerta.

–Fuera.

Eric dio un respingo.

–Beth, lamento lo que he dicho.

–¿Lo lamentas? ¿Lamentas pensar que mi reputación es tan pésima que nadie podría llegar a ofenderme?

–No es eso lo que he dicho, y todo esto no es culpa mía –vio que las lágrimas inundaban sus ojos y le temblaba la barbilla–. Dios mío, Beth, no llores –se dispuso a rodear el escritorio, pero ella se apartó–. Siento de verdad haber dicho eso.

–Vete –insistió ella.

–¡Vamos! Solo quiero saber lo que pasó. Estaba preocupado por ti. Dios mío, tengo la sensación de llevar todo el día explicándome fatal... Tranquilicémonos, ¿de acuerdo? Podemos...

–No hay un «nosotros», Eric. Te lo dije desde un principio.

–Las cosas han cambiado. Yo te quiero.

–¿Me quieres? ¿Ah, sí? Y también me tienes un gran respeto, seguro. La chica cuya existencia no quieres que se sepa.

—No vayas a fingir que tú no has disfrutado con ese secretismo tanto como yo. Y no finjamos tampoco que me tenías un gran respeto al principio.

—Porque eres un mentiroso —le espetó ella.

—¡Tú me estás mintiendo ahora mismo!

Beth apretó los labios.

—Yo te mentí cuando apenas nos conocíamos —le recordó él—. Pero tú me estás mintiendo ahora mismo. A la cara. Beth, por favor...

—Esto se ha acabado —susurró.

—Por favor, no hagas esto. No ahora. Me dijiste que te sentías cómoda conmigo. Sé lo que querías decir, porque yo también lo siento. No es comodidad, ni consuelo, es algo más. Es confianza y...

—Yo no confío en nadie —le recordó ella—. Y menos que nadie en un hombre que desprecia mi reputación y mi trabajo como si fueran basura.

—¿Sabes una cosa? —gruñó Eric—. Si eso es lo que piensas de mí, entonces sí, quizá todo esto se haya acabado.

—¡Claro que se ha acabado! —gritó ella—. ¡En realidad no empezó nunca!

Eric dio un portazo cuando se marchó, fingiendo ante sí mismo que estaba enfadado. Que ella lo había hecho enfadar. Pero la verdad era que se estaba tambaleando por dentro, con su cerebro funcionando con tanta lentitud que apenas se fijó en la gente que lo miraba con ojos como platos mientras abandonaba el local.

Iba a tener que buscarse un nuevo hobby.

Pero sospechaba que iba a tener que buscarse un nuevo corazón, también.

Capítulo 21

Transcurrió un día entero sin recibir noticias de Kendall. Y, lo que era más importante, sin que recibiera palabra alguna de su padre. Beth no podía relajarse, sin embargo. No podría relajarse nunca, en realidad. Porque Kendall podría llamar a su padre en cualquier momento. Podía hacerlo ese día, al día siguiente, al año siguiente. No lo sabría hasta que sucediera.

Un día en que estuviera perfectamente tranquila, desprevenida, sonaría el teléfono y sería su padre diciéndole que ya no la quería más. Ese escenario pendería para siempre sobre ella como una espada de Damocles. Y Roland Kendall tenía la memoria larga.

Después del trabajo, dio un largo paseo por City Creek, con la esperanza de que se le ocurriera algo.

Si su padre se enteraba, ella podría simplemente marcharse. Ya le había funcionado la primera vez. Podría irse a cualquier parte. Conseguir un trabajo en alguna tienda que no vendiera más que inocentes artículos. Salir con hombres que no tuvieran la menor idea de que supuestamente era una erudita en sexualidad. Enviar tarjetas de felicitación por Navidad a sus padres, esperando que algún día volvieran a dirigirle la palabra.

Por un instante, la sola idea la inundó de alivio. Sí, podía marcharse. Empezar de nuevo. Como si fuera una chica de dieciocho años con toda la vida por delante. Una chica de dieciocho años sin autoestima alguna que tuviera que huir de todo aquello que le hacía daño.

No podía creer que le hubiera vuelto a suceder. Su deseo sexual utilizado como un látigo contra ella misma. En aquel momento, Beth odiaba a todo el mundo. A Kendall, a Mónica, a Eric. A su madre y a su padre. A Christopher. A Cairo, con sus sonrisas de felicidad y su autoconfianza. Ella incluso se odiaba a sí misma. Sobre todo a sí misma.

Pero, más allá del odio, volvía a sentirse vacía, y quizá, al final, esa era la manera más segura de estar y de sentirse.

Suspiró mientras veía a los niños meterse en las aguas bajas y heladas del arroyo. No importaba qué época del año fuera: siempre había alguien retándose a sí mismo para probar aquellas aguas. Ella misma lo había hecho la pasada primavera. Como tantas cosas en la vida, el primer paso siempre era un *shock* horrible, doloroso. Por un instante, parecía algo insoportable. Pero con el tiempo el frío terminaba convirtiéndose en un dolor sordo, apenas molesto. Y al final una se acostumbraba y todo estaba bien.

Eso era lo que debería haber hecho. Debería haber sido valiente. En lugar de ello, había entrado en pánico y en aquel momento tenía que vivir con la mentira que se había contado a sí misma para protegerse.

—Para proteger a mi padre —murmuró para sí, sin creérselo en absoluto.

La verdad era que había cedido a Roland Kendall por puro miedo, y como cualquier otra decisión fruto del miedo, había sido una pésima idea.

En aquel momento de pánico, había decidido que la amenaza de Kendall había sido una señal. Había llevado meses descontenta, Annabelle estaba pensando en vender la tienda, y su padre y ella habían empezado a conocerse un poco mejor.

Pero había sido un error. Un error por muchas razones. Un acto deshonesto, cobarde y perjudicial para Eric, para no hablar de ilegal. En aquel instante, a la luz del día, no podía creer que hubiera entregado a Kendall aquel poder sobre ella. Tenía que recuperarlo.

Sería sincera con su padre. Quizá al final la cosa terminara por acabar bien. Quizá fuera feliz siendo honesta. O quizá él nunca volviera a dirigirle la palabra.

Mientras se dirigía a su coche, intentó no pensar en la expresión de su padre cuando el director del instituto le entregó las fotografías que había confiscado. En aquel momento, Beth había tenido el estómago cerrado y había dejado escapar el aire entre dientes. Su madre había fruncido el ceño, confusa, cuando miró las fotos. Pero su padre... el rostro de su padre había expresado un dolor horrible, devastador. Como si aquellas fotos hubieran capturado el lívido cadáver de su adorada hija, en lugar de un simple episodio de estúpido deseo adolescente. Y cuando se volvió hacia ella, había sido para mirarla con odio, como si ella hubiera sido la autora del asesinato de su dulce hijita.

Con el tiempo la había perdonado, o al menos se habían reconciliado. Pero en esa ocasión, la verdad muy bien podría ser una carga demasiado pesada para él.

Noventa minutos duraba el trayecto hasta Hillstone y, durante todo el camino, empuñó el volante con tanta fuerza que tenía los nudillos blancos. No podía sentir los dedos, y tampoco le importaba.

No tenía necesidad de anunciar su visita: sus padres

siempre estaban en casa. Su padre se había jubilado años atrás como vicepresidente del banco local. Su madre hacía mucho tiempo que dedicaba la mayor parte de las horas del día a la jardinería y a la costura. Eran el perfecto matrimonio jubilado, feliz y satisfecho en la casa que les pertenecía desde hacía cuarenta años. Una cálida y confortable burbuja que Beth estaba a punto de hacer estallar de golpe.

Justo cuando estaba subiendo una colina con los primeros edificios a la vista, sonó su móvil. Nada más ver el nombre de Eric en la pantalla, rechazó la llamada y continuó conduciendo. No quería hablar con él. Él no sabía nada sobre su familia ni sobre su verdadera vida. Pensaba que ella no era más que una aventura sexual andante. La ironía de todo ello se le clavaba como un cuchillo de hoja roma en el corazón. Ella había sido quien era con él. Por una vez, había sido una persona real y verdadera en la cama. Demasiado, al parecer, porque eso era todo lo que él podía ver en ella.

Beth penetró en el sendero de entrada de la casa de sus padres justo cuando los últimos rayos de sol se apagaban más allá de los árboles. Hacía muy poco tiempo que había empezado a disfrutar nuevamente de las visitas a su casa, pero eso estaba a punto de cambiar. Otro mal recuerdo que añadir al montón. Lo peor era que había demasiados buenos recuerdos enterrados debajo. Anhelaba poder llegar a ellos sin tener que evocar los otros.

Aunque caminaba arrastrando los pies, el pasillo de entrada no medía más de cinco pasos, así que estuvo ante su puerta en cuestión de segundos. Se le hizo raro llamar como si fuera una extraña, y esperar luego el sonido de los pasos de su padre.

Él abrió la puerta por fin, y en su rostro se dibujó tal sonrisa de felicidad que a Beth le entraron ganas de llorar.

—Hola, papá.

—¡Beth! ¿Qué estás haciendo aquí? ¡Linda, ha venido Beth!

La abrazó, y el familiar aroma de su ropa hizo que le devolviera el abrazo con la mayor fuerza posible. Aquella podía ser su última oportunidad de sentir aquellos fuertes brazos en torno a ella. La última ocasión en que él sentía ganas de tocarla. Porque, dieciocho años atrás, había estado meses sin mirarla.

Su madre irrumpió en el vestíbulo para abrazarla también.

—¿Qué estás haciendo aquí, corazón?

—Oh, solo quería veros —dijo, en una mentira tan obvia que ambos parecieron incómodos.

—Bueno, pasa —la invitó su madre—. Acabamos de tomar helado. ¿Quieres un poco?

—No, gracias.

—Café, entonces —se dispuso a servírselo antes de darle oportunidad a responder—. ¿Te vas a quedar? Voy a cambiar las sábanas de tu cama.

—No. No me voy a quedar, mamá.

Se sentó en la mesa de la cocina y su padre lo hizo a su lado, tomándole inmediatamente la mano.

—¿Va todo bien?

Beth se encontró con los ojos alarmados de su madre y desvió la vista.

—Necesito decirte algo.

Por un instante, su padre se mostró hasta entusiasmado. Quizá pensara que iba a casarse con Eric. O quizá pensara que tenía que casarse con Eric, lo cual no seguiría el correcto orden de las cosas, pero terminaría derivando en una hija felizmente casada y madre de sus nietos, después de todo.

—Hice algo realmente estúpido por miedo a contarte

la verdad. Como una niña pequeña llena de miedo. Y eso que tampoco es realmente una cosa tan mala.

—¿De qué se trata? —inquirió su padre.

El corazón le retumbaba en el pecho.

—Yo no trabajo realmente en una tienda de ropa interior. Hacía tiempo que deseaba decírtelo, pero no sabía cómo. Dirijo un local llamado The White Orchid.

—No entiendo —su padre miró a su esposa, que a su vez tenía la mirada clavada en las tazas que estaba sirviendo—. ¿Qué quieres decir?

—Es una tienda de Boulder que vende lencería y ropa interior femenina, pero también... otro tipo de objetos... estimulantes.

Vio la boca de su padre formando las palabras. Empezó a sacudir la cabeza, pero de repente la confusión de su expresión se fue despejando poco a poco.

—Es un lugar bonito —se apresuró a añadir Beth—. El noventa por ciento de nuestra clientela son mujeres. Es luminoso y precioso por dentro, y...

Él le soltó la mano e irguió mucho la espalda, mirándola desde arriba.

—¿Me estás diciendo que trabajas en una tienda que vende artículos pornográficos?

—No es... no es como uno de esos destartalados locales de la ciudad que frecuentan hombres repulsivos, papá. Es un lugar donde las mujeres pueden sentirse seguras cuando...

Su padre se levantó por fin y se puso a caminar por la cocina.

—Esto es humillante —dijo, alzando la voz. Su madre permanecía de espaldas a la cocina, con una cuchara en la mano—. ¿Tú lo sabías? —le gritó a su esposa.

Ella no respondió.

—¿Desde cuándo lleva pasando esto?

—Papá...

—¿Durante cuántos años me habéis estado mintiendo las dos?

—Papá, escúchame. Lo siento. No quise decírtelo antes porque sabía que te enfadarías. Pero fue un error que...

—¿Que me enfadaría? –gritó–. ¿Que me enfadaría? Estoy avergonzado. Y horrorizado.

—Papá... –Beth lo intentó de nuevo, pero él ya no estaba interesado en mantener una conversación.

—No me extraña que no tengas un marido. ¿Qué clase de hombre querría casarse con una mujer como tú?

Y de esa manera, justo en aquel instante, Beth volvió a tener diecisiete años, solo que en esa ocasión sabía cómo iba a terminar aquello. Su padre, un hombre que rara vez alzaba la voz a nadie, le gritaría cosas horribles. Sería frío y cruel. Y luego le retiraría la palabra por completo.

—Thomas –intervino su madre.

—Debí haberlo adivinado –masculló él–. Después de lo que hiciste...

—¡Thomas!

Dejó de caminar y se plantó ante su esposa.

—Para –dijo ella–. Su generación no es como la nuestra. Apostaría a que Beth tiene un montón de hombres con los que salir, ¿tú no? Como ese Eric, por ejemplo.

—Mamá, yo... yo salgo, sí, pero ese no es el tema. Tengo amigos y estoy contenta, y soy buena en lo que hago. No hago daño a nadie. Estoy bien integrada en la comunidad.

—La población entera está llena de *hippies* –le espetó su padre.

—¿Y qué? –replicó Beth–. Esta otra está llena de buenas personas, supuestamente, y conmigo fueron crueles, papá. Fueron perversos y desagradables.

—Tú misma te hiciste la cama –le recordó él.

—Oh, eso me lo dejaste perfectamente claro. De verdad, no pudiste habérmelo dejado más claro. ¡Me merecí cualquier piedra que la gente me arrojó a la cara porque era una puta!

—Yo nunca te llamé eso –replicó él.

Beth podía escuchar la verdad en sus palabras. Sabía que él no le había llamado eso, pero era seguro que lo había pensado una y otra vez sin permitirse nunca decirlo en voz alta. Pero había querido hacerlo. Y «mujerzuela» y «fulana» habían sido términos lo suficientemente cercanos como para que ella no hubiese sido capaz de percibir la diferencia.

—Soy una buena persona –pronunció Beth con la garganta apretada.

—¿Una buena persona? Yo te eduqué para ir a misa, ser pudorosa y reservarte para el matrimonio. Puedes mirarme como si fuera un monstruo, Beth, pero te he querido durante años a sabiendas de que no ibas a la iglesia y que, ciertamente, no te caracterizabas por tu pudor. Pero yo pensé que habías aprendido de tus errores.

—Aprendí –dijo, levantándose para enfrentarlo–. Aprendí que la gente es cruel. Y que los chicos pueden hacer lo que quieran con las chicas porque nadie se espera que se comporten de otra manera que como animales. Y que mi cuerpo está hecho para el sexo, pero que supuestamente tengo que fingir odiarlo para que un hombre bueno pueda amarme alguna vez. ¿Y sabes qué más aprendí, papá?

—Beth –susurró su madre, pero ella la ignoró.

—Aprendí que hasta mi propio padre podía insultarme y ofenderme y hasta dejarme arruinada si yo no era la chica que él quería que fuera. Aprendí que el amor incondicional se presenta siempre con un montón de condiciones. Y aprendí que no podía entregarle mi corazón a nadie, ni siquiera al hombre que supuestamente debería siempre, siempre, protegerlo. Esa es la razón por la que no me casé nunca con nadie, papá, si quieres saber la verdad. Esa es la razón por la que nunca he estado enamorada. Porque tú, en lugar de cuidarme cuando más lo necesité, me hiciste desear estar muerta.

–Beth... –dijo su madre de nuevo.

De repente sintió sus brazos en torno a sí. Quiso apartarse, pero su madre la abrazó con fuerza. Se quedó rígida por un momento, pero la mano que le frotaba lentamente la espalda solo sirvió para que le resultara aún más difícil contener las lágrimas. Por fin cedió y apoyó la frente en su hombro... para echarse a llorar.

Lloraba por aquella chica que llegó a sentir que lo había perdido todo. La chica que, de princesa de su papá, se convirtió en la apestada de la población.

El ataque de llanto pasó pronto. Hacía mucho tiempo que había dejado soltar la mayor parte de aquellas lágrimas. Se pasó las manos por las mejillas, lo que hizo que su madre se alejara para buscar unos pañuelos de papel. Se quedó a solas con su padre, pero no lo miró.

–Solo quería decirte la verdad –dijo ella, con voz todavía ronca–. Porque ya no quiero mentir más. Eso es todo. Puede que no te guste, pero al menos ya sabes quien soy.

–Querida –dijo él. Pero como no añadió nada más, Beth lo miró. Tenía la cabeza baja y se frotaba el cuello. Parecía como si hubiera encogido varios centímetros en unos pocos segundos.

–Lo lamento, papá –susurró. Lo lamentaba de veras. Si hubiera podido escoger, habría sido la hija que él quería. Era un hombre bueno, y lo quería muchísimo.

–Querida, lo siento tanto...

Ella sacudió la cabeza, pero las lágrimas empezaron a brotar como si no fueran a cesar nunca.

—Lo siento —repitió él—. Yo no... no sabía qué hacer. Estaba tan furioso... Y dolido. Me sentía impotente. No sabía qué hacer para ayudarte, y eso me enfurecía aún más.

—Empeoraste las cosas —musitó ella.

—No podía creer que hubieras hecho aquello. Mi pequeña... Pensaba que aún seguías haciendo dibujitos de caballos y soñando con tu primer beso. Yo no... lo siento. Me sentí como si me hubieran arrancado el corazón.

—Lo sé.

—Quería matar a todo el mundo que había mirado aquellas fotos. Quería pegar a ese chico hasta reducirlo a pulpa. Pero, al final, fui incapaz de hacer otra cosa que desahogarme en ti.

Beth asintió y, cuando él la tomó en sus brazos, quiso hacerse un ovillo y llorar durante horas. Pero aquella chica había muerto, así que se permitió devolverle el abrazo durante unos segundos hasta que por fin se apartó.

Él la abrazó una última vez.

—Te quiero tanto, querida... No puedo fingir sentirme contento con lo que has estado haciendo. Ni siquiera puedo fingir aceptarlo.

—Lo sé.

—Pero tú eres la niña de mis ojos. Beth. Siempre lo has sido.

Su madre permanecía en el umbral con la caja de pañuelos en la mano, pero, en lugar de ofrecérselos a Beth, sacó un puñado y se secó la nariz.

—Siéntate —susurró—. Tómate una taza de café.

—Hay algo más —suspiró Beth—. Esto me llevará un rato explicároslo.

—¿De qué se trata? —inquirió su madre, apresurándose a retirar el agua hirviendo del fuego.

Beth sacó un pañuelo de papel y se sonó la nariz.

Su madre sirvió el café instantáneo y, con su marido, tomó asiento al otro lado de la mesa, esperando. Beth se lo contó entonces todo. La historia completa de los Kendall y la cervecería, así como la llamada de Mónica.

—Cuando te llamó Roland Kendall, estaba buscando la forma de chantajearme. Descubrió que no sabías lo de la tienda, y me amenazó a mí con que te lo contaría.

—¿Te amenazó? —le preguntó su padre.

—Sí. Y yo hice lo que me dijo. Retiré la versión que le había contado a la policía, porque no quería que Roland Kendall te revelara la verdad sobre mí.

—Oh, querida...

—Lo sé. Estoy avergonzada... —musitó—. Pero ahora estoy decidida a arreglar las cosas.

—Bueno, puedes ir a la policía. Contárselo todo...

—Eso ya no importa. El asunto ya está resuelto y, a pesar de lo que yo hice, funcionó.

—¡Pero él te amenazó! Deberías ir a la policía. Si ellos...

Ella se encogió de hombros.

—Tiene un equipo de abogados, papá. No le sucederá nada.

Su padre se pasó una mano por la cara.

—Lo siento tanto... —murmuró Beth en voz baja—. Siento haberme dejado intimidar por ese canalla. Pero lo que más siento es haberos mentido durante tanto tiempo, porque no era justo para ninguno de los dos.

—Beth —su padre le tomó la mano—... por favor, dime que no vas a quedarte en esa tienda. Podrías conseguir un buen trabajo en cualquier parte. Podrías llegar a hacer cosas increíbles con tu vida.

—¿Sabéis una cosa? Creo que, justamente, voy a hacer algo increíble. Solo tengo que averiguar qué es.

Capítulo 22

Eric no podía recordar la última vez que se había emborrachado. Miró con ojos entrecerrados la botella de cerveza e intentó pensar. ¿En el instituto, quizá? ¿O justo después?

En cualquier caso, en aquel momento estaba haciendo grandes esfuerzos por rectificarse, y su soleado y aislado patio era el lugar perfecto para hacerlo en intimidad.

Wallace había vuelto a la cervecería, y luciendo una sonrisa bajo la barba que venía a indicar que el viaje había ido bien. Faron estaba de regreso en Colorado, viviendo con él. «Y...», había añadido con un brillo en los ojos, «es una cocinera con experiencia. Le diré que se venga aquí a cocinar para Jamie».

–Dios mío –masculló Eric, bebiendo otro trago de cerveza.

Aquello era justo lo que necesitaban: una voluble pareja trabajando codo a codo en la trastienda de la cervecería. Sería un desastre, pero él ya estaba harto. No era asunto suyo. Desplegó la tumbona del patio y apoyó los pies en la barandilla. La temperatura no era alta, pero el sol del mediodía le daba directamente en el pecho y la sensación era agradable. O quizá fuera la cerveza...

En cuanto a la cervecería, Eric no tenía la menor idea de lo que podía pintar ya allí. Si no era un Donovan, ¿qué era? Pero si era un Donovan, ¿por qué se sentía tan fuera de lugar? Quizá encontrara una respuesta en el fondo de la siguiente botella. Era una cerveza Donovan, después de todo.

Encajó la botella vacía en la caja de seis y abrió la cuarta. Pero cuando sonó su móvil, la dejó en el suelo con tanta fuerza que la espuma se derramó sobre el cemento.

Soltó una maldición y sacó el teléfono esperando que fuera Beth, pero fue el nombre de Tessa el que apareció en la pantalla.

—Demonios —masculló.

—Oh, hola a ti también —dijo ella.

—No estoy interesado ni en una reunión, ni en una terapia de grupo ni en nada por el estilo. ¿Qué quieres?

—Vaya, pues sí que estás de mal humor...

—Es obvio.

—Bien —Tessa aspiró profundamente—. Escucha. Hoy es el cumpleaños de mamá, y no voy a poder ir al cementerio. ¿Querrás comprarle algunas flores y llevárselas a la tumba?

—¿Estás hablando en serio?

—Sí, yo lo hago cada año, pero estoy liada aquí y se supone que no saldré hasta la noche. ¿Por favor? ¿Lo harás por mamá?

¿Cómo se suponía que iba a negarse a una cosa como aquella? Miró entristecido la botella de cerveza. Solo estaba algo achispado, cuando lo que realmente quería era emborracharse lo suficiente para dejar de pensar en Jamie, en su padre y en la cervecería. Y en Beth. Dios, lo había estropeado todo. O lo había estropeado ella. No tenía la mejor idea de lo que había sucedido.

—Está bien —suspiró.

–Gracias. Hay un florero pequeño a los pies de la tumba. Bastará con que compres unas pocas flores y las coloques allí.
–De acuerdo.

Eric bebió un último trago de cerveza y se dirigió a la ducha. Hizo todo lo posible por no pensar en Beth, o en lo que habrían podido hacer los dos en una ducha. Ella no le estaba devolviendo las llamadas. Todo había acabado. Había terminado con él.

Diablos, él también estaba acabado. Beth no confiaba en él y nunca lo haría. Y él tampoco podía confiar en ella. Le había mentido. Sobre Roland Kendall. Y sobre algo más que eso.

Finalmente había leído su columna sobre los tríos, de manera que su promesa sobre que nunca salía con más de un hombre había salido volando por la ventana. Difícil para una mujer no salir con dos hombres a la vez cuando se acostaba con ellos.

Quizá fuera por eso por lo que Beth no podía confiar en nadie, porque sabía que ella misma no era merecedora de ninguna confianza.

Eric apoyó la frente en las frías baldosas de la ducha, desesperado por dejar de pensar. Beth no había sido más que un placer temporal en su vida. Y si había dejado que sus sentimientos por ella se hubieran vuelto demasiado profundos...

–Diablos –musitó.

Beth no era la clase de mujer propicia a sentar la cabeza, obviamente. Y él lo había superado.

Mientras salía de la ducha y se secaba el pelo, se prometió en silencio que la semana siguiente no leería su columna. Cuando se estaba poniendo unos tejanos y una camiseta, se esforzó por no evocar su imagen en su cama.

–Solo fue sexo –se dijo–. Supéralo.

Al menos para ella sí lo había sido. Y si él quería jugar en categorías superiores, tendría que endurecerse.

Recogió su cartera y salió por la puerta. El cementerio solo estaba a unos tres kilómetros de allí y, como seguía algo achispado, decidió ir a pie.

De camino hacia el cementerio había una floristería, así que se dirigió hacia allí. ¿Realmente Tessa había hecho aquello cada año? ¿Y cómo no se había enterado él? Visitaba la tumba a veces, pero no muy a menudo. No podía sentir a sus padres allí, no al menos como los sentía cuando estaba en casa de Tessa. Allí sí que podía verlos, en recuerdos como antiguos vídeos familiares. Su madre trayendo a Jamie del hospital, recién nacido. Su padre pintando de rosa una habitación para cuando naciera Tessa. Y, por su parte, aquella constante sensación de querer hacer las cosas bien. De asegurarse de que Michael Donovan no se arrepentiría nunca de haberlo adoptado. Ni por un segundo.

Cuando llegó a la floristería, no pudo resignarse a comprar un diminuto ramillete de cinco dólares, así que compró una gran corona para la cabecera de la lápida. Su madre había sido una mujer increíble, como persona y como pareja de Michel Donovan. Pensó que debería haber hecho aquello antes. Debería haberles llevado flores todos los meses.

Perdido en sus pensamientos, y con el campo de visión medio cubierto por las flores de la corona, Eric no se dio cuenta de que había alguien más ante la tumba hasta que no hubo subido la mitad de la colina.

Bajó la corona. Era Jamie.

—Maldita seas, Tessa —masculló Eric por lo bajo. Jamie estaba allí, con un ramillete de flores encajado ya en el florero metálico de los pies de la tumba.

Se quedó paralizado. Le entraron ganas de dar simplemente media vuelta y marcharse, pero el pensamiento se le antojó absurdo una vez que se encontró ante la tumba de su madre. Podía ver exactamente la manera en que Tessa había urdido aquel complot. «No se pelearán ante la tumba de mamá. Tendrán que hablar».

Así que continuó avanzando con un ceño de resignación.

Cuando Jamie alzó la mirada hacia él, no pareció en absoluto sorprendido. Sus ojos se posaron en la gran corona que Eric sostenía en una mano y apretó los labios.

—¿Qué? —preguntó Eric.

—Nada.

Eric dejó las flores sobre la lápida y luego ambos permanecieron mirándola en silencio, con las manos en los bolsillos.

—Tengo la sensación de que, contigo, nunca encuentro la cosa adecuada que decirte —murmuró Eric, carraspeando.

Jamie le lanzó una rápida mirada antes de clavarla de nuevo en la tumba. El silencio volvió a abatirse sobre ellos, prolongándose durante un minuto entero. Eric estaba a punto de volverse para marcharse cuando su hermano finalmente dijo:

—¿Sabes lo que siempre he odiado? Que tú siempre tenías que ser perfecto. Tenías que hacerlo todo de la manera correcta y adecuada siempre, cada vez. Lo cual hacía que yo me sintiera como una mierda.

Eric sacudió la cabeza, intentando salir de su asombro.

—¿Qué?

—Tú eras mi hermano mayor y yo deseaba ser como tú. Pero yo no soy perfecto. Ni siquiera me acerco. Aquello ya era bastante malo antes del accidente, pero después... —se encogió de hombros y desvió la vista.

—Yo no quería que fueras perfecto, Jamie. Yo solo quería hacer lo mejor posible las cosas. Por ti.

—Quizá después, pero la verdad es que tú siempre has sido así. Siempre ponías el listón demasiado alto y yo nunca lo alcanzaba. Tus sobresalientes en el instituto. Y trabajando después de las clases. Hacías todo eso y más. Nunca rompías ninguna regla. Nunca te quejabas.

—No podía —replicó Eric—. ¿Es que no lo entiendes? Yo no estaba compitiendo contigo, Jamie. No había competición alguna. Tú eras su hijo.

—Oh, vamos. Deja en paz ese rollo. Tú...

—Hablo en serio, no es culpa de papá. Yo sé que él me quería. Pero solo me adoptó un par de meses antes de que tú nacieras. Yo todavía no me había adaptado, y de repente llegaste tú, adorable, encantador... *su* hijo. El bebé perfecto. Hasta te parecías a él. Yo te quería tanto como ellos, pero me parecía imposible que yo pudiera competir con eso. Yo tenía por tanto que ser el hijo perfecto, porque él me había adoptado. Porque me quería aun cuando yo no era suyo. ¿Qué se suponía que tenía que hacer con eso?

—¡Pero él nunca te trató de manera diferente a como nos trataba a nosotros!

—Pero yo me sentía diferente. ¡Dios mío, ni siquiera me parecía físicamente a vosotros! Así que me concentré en hacerlo todo bien. Yo no nací sabiendo que pertenecía a esta familia. No como tú. Así que... sí, tal vez necesitaba que él me pidiera que me quedara en la cervecería, para poder estar seguro de que realmente me quería a su lado.

Cuando Eric miró a Jamie en esa ocasión, su hermano lo estaba contemplando a su vez, fijamente. Sin asomo alguno de sonrisa en los labios, ni irritación en sus ojos. Eric se azoró y se apartó un poco, pero Jamie continuó mirándolo.

–Mamá y papá hablaban de ti a veces cuando estábamos cenando –dijo Jamie–. Ella no quería que te fueras, pero él decía que tenías que desplegar tus alas y volar. Y pensaba que aprenderías cosas que serían muy útiles para la cervecería a largo plazo. Te quería allí, Eric. No tengas la menor duda sobre eso.

Por un instante, Eric no lo sintió. Eran simples palabras. Nada más. Pero de repente fue como si el aire se le hubiera quedado atascado en la garganta. Tuvo que tragárselo para poder respirar.

–¿De veras? –logró pronunciar.

¿Había sido así de sencillo? ¿Michel Donovan había intentado que él se sintiera libre para marcharse, cuando él solo había querido quedarse? Resultaba hasta trágico.

Se esforzó por tragar el nudo de tristeza que le atenazaba la garganta.

–Lo siento si yo te hacía sentir como si necesitara que fueras perfecto –murmuró–. No era eso lo que yo quería para ti, Jamie.

Jamie asintió, pero en aquel momento era él quien se estaba cambiando el peso de un pie a otro, como si se sintiera incómodo.

–La culpa no era toda tuya. Yo me sentía… –aclarándose la garganta, Jamie dejó caer la cabeza y se quedó mirando sus pies. Su cuello empezó a enrojecer lentamente.

–Hey –le dijo Eric–. ¿Estás bien?

Su hermano se encogió de hombros, pero no alzó la vista.

–Jamie, ¿qué pasa?

Sus hombros se alzaron en un profundo suspiro.

–No sé cómo decirte esto. Yo me sentía… Dios. Tú eras tan perfecto y yo me sentía el pedazo de porquería más insignificante del mundo, y te odiaba con todas mis fuerzas por ello.

—Guau. ¿Qué diablos estás…?

—El accidente —lo interrumpió Jamie—. Fue culpa mía.

—¿El accidente de coche? —inquirió Eric, con la cabeza dándole vueltas—. Jamie, tú ni siquiera estuviste allí.

Cuando su hermano alzó la cabeza, había lágrimas en sus ojos. Lágrimas. Y aquello asustó a Eric más que cualquier otra cosa que hubiera ocurrido durante los trece últimos años. Jamie ni siquiera había llorado en el funeral.

Eric estiró una mano para tocarle un hombro, pero él retrocedió un paso.

—Se dirigían a recogerme, porque yo estaba borracho. Llevé en coche a unos amigos a una fiesta y aunque sabía que se suponía que tenía que traerlos de vuelta, me emborraché. No sabía qué hacer. Mis amigos necesitaban volver a sus casas. Así que llamé a mamá.

Eric lo miraba con la boca abierta. No podía pensar, y mucho menos hablar.

—Estaban en casa. Ni siquiera habrían estado en el coche, y menos aún en aquella carretera, si yo no lo hubiera vuelto a estropear todo haciéndoles ir a buscarme —se pasó una mano por los ojos con un gesto de furia, aunque las lágrimas no habían llegado a caer—. Fue culpa mía.

—Jamie —musitó Eric—. ¿Por qué no me lo dijiste? ¿Lo sabe Tessa?

Su hermano negó con la cabeza.

—La única que lo sabe es Olivia. No quería que lo supiera nadie. Y menos que nadie Tessa, o tú. Yo maté a nuestros padres, Eric.

Eric lo agarró de los hombros antes de que pudiera volver a retirarse.

—No es verdad.

Jamie se rio y volvió a pasarse una mano por los ojos.

—Soy yo quien no se merece ni la cervecería ni llevar el apellido de nuestra familia.

—Dios mío —masculló Eric, dándole una pequeña sacudida antes de abrazarlo. El cuerpo de su hermano estaba rígido de tensión, pero él lo abrazó con mayor fuerza. ¿Cómo diablos había podido vivir Jamie con aquello?–. Tú no eras más que un maldito crío, Jamie. Debiste habérmelo dicho.

Jamie sacudió la cabeza, y Eric sintió que su espalda empezaba a temblar bajo sus dedos. Los ojos le ardían de dolor.

—Debiste habérmelo dicho —repitió, y se le rompió la voz.

—No podía —pronunció a duras penas su hermano.

—No fue culpa tuya. No vuelvas a decir eso. Jamás. Fue un accidente, maldita sea. Si hubieran estado en camino de recoger a Tessa del colegio, ¿la habrías culpado a ella?

—No es lo mismo.

—Calla la maldita boca —le ordenó Eric.

Jamie lo empujó, y sus labios se curvaron en una especie de mueca dolorosa.

—Deja de decirme lo que tengo que hacer. Yo ni siquiera quería decírtelo. Nunca. Pero Olivia me dijo que nunca haríamos las paces si no hablábamos.

—Espera un momento —Eric ladeó la cabeza, sin creer él mismo en lo que estaba a punto de preguntarle—: ¿Tú le dijiste a Tessa que me llamara?

—Sí.

—¿Porque querías hablar?

—Sí.

De nuevo estaban mirándose fijamente. Eric estaba aturdido de dolor y perplejidad. Y del enorme, absoluto alivio que le producía haber comprendido finalmente la razón de su mala relación de años.

—No puedo decirte cómo tienes que sentirte ante ti mismo, Jamie, pero yo nunca te culparé de nada. Y tampoco Tessa. Y mamá y papá pensaban que estaban haciendo lo correcto, porque de otra manera no habrían salido a buscarte. No fue tu culpa. Y te aseguro también que yo jamás me tuve por un ser perfecto. Así que... ¿podemos empezar de nuevo, tú y yo? ¿A partir de cero?

–Eso me gustaría –respondió Jamie–. Estoy cansado de pelearme contigo todo el maldito tiempo –alzó la mirada–. Además, la mandíbula lleva doliéndome un montón después del puñetazo que me diste.

–Considéralo una compensación por todas las tensiones que me causaste durante años. Pensaba que nunca saldrías de la universidad con un título.

–Hombre, yo sirvo cervezas. No me habría ido mal.

Eric gruñó, pero dejó el asunto en paz. Teniendo en cuenta la carga que había arrastrado durante tanto tiempo, era un milagro que no se hubiera descarriado completamente. El corazón le temblaba en el pecho solo de pensar en lo mal que habría podido terminar todo si Jamie no hubiera sido una gran persona en el fondo.

Su hermano se pasó de nuevo una mano por la cara, con fuerza.

–Está bien. ¿Quiere esto decir que seguirás haciendo en la cervecería todas esas cosas que nadie más sabe hacer? Por mucho que me fastidie admitirlo, no podemos hacer las cosas que tú haces.

–En realidad, no.

Jamie dejó caer la mano.

–¿No? –inquirió desconfiado.

–Todavía no sé lo que es –admitió Eric–, pero algo va a cambiar.

–¿Algo como qué?

Eric bajó la mirada a la tumba de su madre, anhelando desesperadamente tener a alguien al lado que se lo pudiera aclarar. No eran solamente las peleas con su hermano lo que había estado devorándolo lentamente por dentro. Era algo más que eso.

—No soy feliz haciendo lo que hago. Necesito otra cosa.

—¿No estarás pensando en irte otra vez a la Costa Este, verdad?

—No.

—Bueno, pues con mi trabajo no puedes quedarte –gruñó Jamie.

—No quiero tu trabajo. Pero… quizá sí el de otro.

Capítulo 23

Beth se desperezó sobre la manta, estirando los dedos de los pies y alzando los brazos por encima de la cabeza lo más alto que pudo. El sol la acariciaba. La brisa parecía bailar sobre su piel. Tenía la sensación de que aquel era el último día bueno del año. Sabía que no. Habría otros días radiantes y soleados, pero ella estaba experimentando la urgencia de empaparse de aquel calor para poder sobrellevar el invierno.

–Pronto volverán –dijo Cairo, desperezándose también como una gata sobre su manta. Bajo el fino tejido, la roca arenisca no podía ser más dura, pero estaba casi tan caliente como el sol.

–¿Necesitas que haga algo más? –le preguntó Beth, esperando que la respuesta fuera negativa. No quería moverse.

–Está todo listo –le aseguró Cairo con voz soñolienta.
–Bien.

Hacía más de una hora que los escaladores habían partido, y Beth se alegraba de no haberles acompañado. En aquel momento necesitaba mucho más aquella paz que desafiarse a sí misma escalando. Y se sentía en paz y tranquila, después de todo. Más libre de lo que se había sentido en años. No podía cambiar lo que le había sucedido, pero sí que podía liberarse de ello. Estaba ya, de hecho, liberada. No importaba ya lo que había hecho Kendall.

Todo estaba más que claro. Porque ahora que había sido sincera con su padre, podía darse cuenta de lo muy insincera y deshonesta que había sido con todos los demás. Había anhelado desesperadamente ser todo aquello sobre lo que había leído y estudiado. Todo aquello en lo que había creído. Pero no podía serlo todo. Nadie podía serlo. Cairo salía con dos hombres, y estaba contenta. Su amiga no intentaba hacer encajar en su vida lo que le gustaba a otra gente. Porque... ¿cómo podía haber espacio para ello? Era imposible.

Había estado intentando ser demasiada gente, todas las personas a la vez. ¿Pero cómo podía descubrir quién era la verdadera Beth?

El viento hizo ondear su melena, echándosela sobre la cara. Se la recogió detrás de una oreja. Durante los últimos meses había descubierto unas cuantas cosas verdaderas. Adoraba ayudar a la gente en The White Orchid. Ayudar a las clientas a que se sintieran cómodas y orientarlas en la dirección correcta. Y adoraba a la familia propia y particular que se había hecho en la tienda. Pero hasta allí llegaba todo. Del resto... del resto podía prescindir. Y, francamente, había algunas cosas de aquel resto que estaba empezando a odiar.

Había una cosa verdadera más, otro descubrimiento, y era que no quería ser sexualmente omnívora. Solo quería estar cómoda. Lo cual llevaba a la cosa más verdadera de todas: Eric Donovan. Él le había hecho daño. Mucho. Pero ella había tenido parte de culpa. Si él no había sabido nada de su persona al margen de su relación sexual, había sido porque ella misma se lo había ocultado deliberadamente.

Suspiró y se estiró de nuevo, deseando que las cosas hubieran sido diferentes. Ojalá pudieran volver atrás y empezar de cero. Ojalá pudieran ser sinceros el uno con el otro.

–Aquí llegan –dijo Cairo.

Beth se incorporó sobre los codos y se protegió los ojos del sol con una mano. Harrison y los demás volvían de la pared rocosa. Y Davis estaba con ellos.

Se levantó y los saludó a todos con un abrazo, incluyendo a Davis. Incluso se sentó a su lado durante el picnic. Pero esa vez, cuando él le puso una mano sobre la rodilla, ni siquiera se sintió mínimamente tentada.

Aunque una cosa sí que la tentó.

–¿Beth? ¿Has tomado una decisión? –le preguntó Harrison– ¿Quieres intentarlo?

Se miró las manos. ¿Querría hacerlo?

–Sí. Pero no quiero subir demasiado, ¿de acuerdo?

–De acuerdo –le dijo él con un guiño, acercándose para ayudarla a levantarse–. ¿Lista?

–Quizá.

–Vamos. Será increíble.

–Sí tú lo dices…

Veinte minutos después, le había puesto un arnés de seguridad y atado a una cuerda. Beth alzó una mano y fue deslizando los dedos por la roca hasta que encontró un agarre firme. Apoyó un pie en el saliente de una grieta y se impulsó hacia arriba.

–Así es –dijo Harrison–. Tú escala. Yo te agarro si te caes.

–Ya sabes que peso mucho más que Cairo.

–Tú tranquila –repuso él, riendo–. Usa las piernas. Sigue.

Beth subió la otra mano en busca de otro agarre y apoyó el otro pie en otro estrecho saliente. Volvió a tomar impulso. Con Harrison dándole ánimos y guiándola desde abajo, pudo llegar a la primera cornisa antes de lo esperado. De hecho... Armándose de valor, miró hacia abajo.

—¡Guau! —no había esperado llegar tan alto—. ¿A cuánta altura estoy? —gritó a Harrison.

—¡Unos diez metros! ¿Quieres subir más?

Beth alzó la mirada.

—¡No! —gritó, arrancándole una carcajada—. ¿Pero puedo quedarme aquí un rato?

—¡Por supuesto! ¡Tómate el tiempo que quieras! —enganchó el extremo de la cuerda de seguridad a una anilla metálica en el suelo, alzó los pulgares para indicarle que todo iba bien y fue a sentarse sobre una roca.

Beth se sentó en el saliente de la cornisa, con los pies colgando en el aire. Aspiró profundamente y cerró los ojos, dejándose envolver por aquella sensación de sosiego y tranquilidad. Estaba allí sola, por encima del mundo. Bueno, solo un poco por encima del mundo: diez metros. Por encima de ella había una buena cantidad de pared de roca.

El sol parecía pegar más fuerte allí arriba, y se sintió como penetrada por su relajante calor. Alguien del grupo soltó una carcajada y el sonido resonó en los barrancos. Y cuando Beth volvió a abrir los ojos, el rojo de las rocas era más intenso, más luminoso el tono azul del cielo. Todos los colores eran más... sinceros. Auténticos.

Y, en aquel instante, estando más alta de lo que lo había estado nunca, completamente sola en aquella estrecha cornisa rocosa, Beth descubrió exactamente lo que quería hacer.

Capítulo 24

—¿Y bien? —inquirió Tessa antes siquiera de entrar del todo en el despacho de Eric—. ¿Qué ha pasado?

Jamie la estaba pisando los talones.

—Sí, eso. ¿Qué ha pasado?

Eric arqueó una ceja.

—¿Es que no vais a concederme al menos un segundo para establecerme?

Tessa se dejó caer en una silla.

—No.

—Vamos, hombre —insistió Jamie—. Cuéntanos qué te dijo.

El monitor del ordenador se encendió por fin, y Eric intentó no dejarse distraer por la pantalla. Era viernes. Lo primero que había hecho esa mañana era buscar la columna de Beth, pero no había aparecido todavía. Sabía que no debería hacerlo. Solo Dios sabía de qué trataría. Fuera lo que fuera, era seguro que no lo ayudaría a sentirse mejor.

Tessa dio una patada contra el escritorio, haciéndole dar un respingo.

—Concéntrate, Eric.

—Está bien —se recostó en el sillón con una sonrisa—. Wallace ha aceptado con una condición.

Jamie frunció el ceño.
—¿Cuál?
—Quiere a Faron como chef.
—Iba a contratarla de todas maneras —explicó Jamie.
Eric se echó a reír.
—Ya lo sé. Pero eso no se lo dije a Wallace, claro.
—En serio —le interrumpió Tessa—. ¿Lo ha aceptado todo?
—Me formaré como aprendiz suyo durante un año. Después de eso, le financiaré un curso de tres meses en Alemania, ese que siempre había deseado hacer. Nunca había podido estar tanto tiempo fuera, claro.

Jamie sacudió la cabeza.
—¿Y se ha mostrado conforme? ¿Compartiendo la sala de cubas contigo?
—Yo le dije que me sacaría el título de maestro cervecero cuando quisiera, pero que necesitaba también estar allí. Podemos repartirnos algunas tareas y diseñar otras más. Pero no quiero seguir trabajando detrás de un escritorio. Esto es lo que quiero hacer. No necesito el título. Solo necesito el trabajo.
—Increíble —suspiró Tessa.
—Francamente, creo que Wallace está entusiasmado ante la perspectiva de contar con un esclavo gratis para la próxima temporada. La semana que viene empezaré a entrevistar a alguien para que se dedique a las ventas y técnicas de mercado. Alguien que pueda hacerse cago de todo el aspecto comercial y de la distribución de responsabilidades.

Tessa alzó un dedo.
—Sí, *empezaremos* con las entrevistas —lo corrigió—. Porque yo tendré más necesidad de llevarme mejor con esa persona que tú.
—Concedido —dijo Eric con una sonrisa. No podía creer

que todo aquello estuviera sucediendo en realidad. Iba a salir de aquel cuchitril de oficina para trabajar en la sala de cubas–. ¿Llamarás tú a Faron? –le preguntó a Jamie.

–Le haré la propuesta ahora mismo.

Eric deseaba empezar a trabajar con Wallace cuanto antes. Ahora mismo. Pero antes tenía que organizarlo todo. Necesitaba hacer llamadas y ponerse a buscar a su nuevo empleado. Antes, sin embargo...

Tan pronto como Tessa se marchó y cerró la puerta a su espalda, Eric buscó en la pantalla la barra de direcciones favoritas y clicó en el enlace de *The Rail*. Contuvo el aliento mientras esperaba. Ignoraba sobre qué versaría la columna. ¿Algo sobre intimidad? ¿Traición? ¿Rupturas? ¿O sería simplemente una de sus columnas habituales, aquellas que le dejaban preguntándose si se estaba refiriendo a una relación pasada o a una actual? Si ya estaba evolucionando y mirando hacia delante, entonces...

La página se cargó por fin, y Eric soltó entre dientes el aliento que había estado conteniendo. *Sexo y mentiras*, rezaba el título. ¿Sería la columna entera una invectiva contra él?

Se armó de valor y empezó a leer, pero a mitad de lectura ya estaba echando mano a su móvil.

La semana pasada recibí el correo electrónico de una mujer que deseaba saber si debía contarle a su marido la verdad sobre su pasado. Había tenido cerca de veinte compañeros sexuales y sabía que a él no le gustaría eso, así que... ¿no sería mejor mentir?

Mi primer pensamiento fue: «¡No, por supuesto que no!» ¡Tú no tienes nada de qué avergonzarte!». Pero no es tan simple, ¿verdad? La vida es compleja. Y, francamente, yo no estoy realmente cualificada para responder a la pregunta porque toda mi vida sexual ha sido una mentira.

La mayoría de nosotras mentimos un poco. Maquillamos los números. Fingimos que nos gusta algo por el bien de nuestra pareja, o que no nos gusta porque ella no está por la labor.

Es algo que habitualmente tiene que ver con la vergüenza. O con la incomodidad. A veces se trata simplemente de la intimidad de una misma. Para mí fue todas esas cosas y más. De modo que aquí está mi confesión: yo no soy la sexualidad personificada. Yo no lo sé todo sobre el sexo. Yo no sé nada sobre tríos. Ni sobre dominación, o bisexualidad, o fetichismo. Es por eso por lo que escribo esta columna con otras tres mujeres, porque ninguna de nosotras, por sí sola, es la sexualidad personificada.

Aun así, he intentado ser todas esas cosas para todo el mundo. Y por culpa de ello, nunca he sido yo misma. Mi verdadero ser es tímido, celoso de su intimidad y, en el terreno sexual, no demasiado aventurero. Me he pasado tantos años intentando esconderme de la gente que he terminado escondiéndome a mí misma. ¿Y quién puede amar a alguien a quien no puede ver realmente?

Así que mi consejo a la lectora es que diga la verdad. Pero mi verdad es que entiendo por qué podría no ser capaz de hacerlo. Es algo que da miedo. Puedes decírselo y, al hacerlo, puede que él se marche. Puede que yo se lo diga y puede que él se marche. Pero si lo hace...

Un suave golpe a la puerta le hizo levantar la cabeza. Cuando se abrió, se levantó con tanta brusquedad que volcó la silla.

–¿Beth? ¿Qué estás haciendo aquí?

Ella sonrió vacilante, de pie en el umbral, como dudando de que él quisiera verla.

—Yo... —Eric miró de nuevo la pantalla del ordenador y luego a ella.

Beth asintió, luciendo todavía aquella nerviosa sonrisa.

—¿Podemos hablar?

—Sí. Claro.

Cuando la sonrisa se borró de sus labios, Eric advirtió que estaba apretando los puños.

—¿Quieres ir a algún otro lado?

—Quizá podríamos dar un paseo. ¿Estás muy ocupado?

A modo de respuesta, Eric rodeó el escritorio y la tomó de la mano. No podía hablar porque había cerrado los dedos sobre los de ella y ella no lo había rechazado, lo cual tenía que ser una buena señal.

La guio a través de la puerta trasera, intentando ignorar las miradas desorbitadas de su hermano y de su hermana mientras los veían marcharse. Caminaba a paso lento, aunque tenía ganas de echar a correr, y Beth se mantuvo silenciosa hasta que llegaron al sendero de asfalto que desaparecía en un bosquecillo de álamos.

Él le apretó la mano.

—Necesito disculparme de nuevo contigo. Por lo que te dije y la manera en que te lo dije.

—No, está bien. He estado pensando mucho en ello. Estabas enfadado, y tenías derecho a estarlo. Lamento haberte mentido. Llamé a Luke esta mañana para disculparme y para intentar explicarme.

—¿Le contaste lo que pasó?

Ella lo miró, pero enseguida bajó los ojos al tiempo que retiraba la mano.

—Roland Kendall me amenazó con contarle a mi padre lo de la tienda.

—Oh —intentó comprenderlo, pero no lo consiguió. Ella era una mujer adulta.

—Sé que debe de parecerte estúpido, el hecho de que eso me aterrara tanto, pero hay aquí más cosas de las que sabes.

—De acuerdo —esperó, reprimiéndose de meterle prisa. De obligarla a explicarse para que él pudiera perdonarla.

Le pareció que transcurrieron horas antes de que comenzara a hablar.

—Cuando tenía diecisiete años, mi novio me sacó unas fotos. Fotos en las que aparecía desnuda. Y algunas de ellas eran todavía peores.

—¿Tú lo sabías?

—Sí, yo le dejé. Pero lo que no sabía era que luego él las llevaría al instituto para mostrárselas a todo el mundo.

—Dios mío, Beth. Lo siento…

—Fue terrible. Lo peor que me ha sucedido nunca. Cuando el director descubrió las fotos, llamó a mi padre.

Eric evocó la imagen de aquel hombre fino y elegante, de modales anticuados, y se encogió por dentro.

—Yo siempre había sido su muñequita, la niña de sus ojos. Yo lo quería más que a nada en el mundo. Y cuando vio aquellas fotos, él ya no me quiso más, o al menos eso fue lo que yo sentí. Me dijo que lo había avergonzado a él, a mi madre y a nuestro apellido. Durante meses, ni siquiera se dignó mirarme a la cara.

—Oh, Dios mío, Beth…

—El instituto fue una tortura y, como no podía seguir allí ni un minuto más, pedí permiso a mi padre para que pudiera recibir educación en casa durante los dos últimos meses de mi último año. ¿Sabes lo que me dijo?

Eric negó con la cabeza.

—Me dijo esto: «si no querías que te trataran como a una zorra, no deberías haberte comportado como tal». Me obligó a ir al instituto día tras día hasta que me gradué, porque era eso lo que, según él, me merecía.

—No sé qué decir —susurró Eric—. Sé que quieres a tu padre, pero esto es terrible.

—Es por eso por lo que no le conté la verdad sobre mi trabajo en The White Orchid, pero esa es también la razón por la que trabajo allí. Quería demostrarme algo a mí misma: que el sexo no era malo. Que no debía sentirme avergonzada. Pero la verdad es que cada compañero sexual que tuve a partir de entonces fue como un traidor en potencia. Nunca fui capaz de relajarme, de dejar de preocuparme, hasta que te conocí a ti.

—¿A mí? ¿Por qué?

—No lo sé. No puedo explicarlo.

—Acabo de leer tu columna —le dijo él, esperando que siguiera hablando.

Beth asintió.

—Me alegro. Llevo demasiado tiempo mintiendo. Yo no soy la mujer experimentada que aparento. En realidad no soy muy buena en el sexo, nunca lo he sido. No puedo relajarme. No consigo disfrutar por mucho que lo intente, o quizá precisamente porque lo intento demasiado…

—Er… —no lo entendía. ¿Acaso era una actriz increíblemente buena?—. Pues yo creía que se te daba muy bien… —se aventuró a decir.

Ella le lanzó una sonrisa fugaz.

—Contigo es distinto, Eric.

Él se detuvo con tanta brusquedad que ella tuvo que dar media vuelta y desandar un paso.

—¿De veras?

—Sí. Contigo me siento cómoda, y no te imaginas lo mucho que eso significa para mí. Yo…

Alzó una mano para apartarle un mechón de pelo de la frente. Eric se la tomó y se la llevó a los labios.

—¿Qué estás diciendo?

—Estoy diciendo que quiero ser sincera. Que quiero confiar. Y que quiero hacer todo eso contigo, si tú estás dispuesto. Basta de mentiras. Se acabó el escabullirse. Solo... nosotros.

—Nosotros.

—Cuando me dijiste aquellas cosas, me di cuenta de que estaba mucho más cerca de ti de lo que lo había estado con nadie en años, pero que tú no sabías nada de mí excepto el sexo. Yo...

—Es no es cierto —la interrumpió, repentinamente irritado—. Eso no es cierto en absoluto. Te dije eso porque estaba enfadado. Pero ahora sé mucho sobre ti. Sé que te ríes de chistes malísimos en las películas. Sé que eres generosa. Sé que cuando duermes, apoyas la mejilla sobre una mano como una niña pequeña, lo que hace que se me derrita el corazón. Y sé que no confías en nadie, pero vas a confiar en mí.

Ella inclinó la cabeza.

—¿De veras?

—Sí —la atrajo hacia sí y ella deslizó un brazo alrededor de su cintura—. Yo también estoy haciendo cambios. Llevo treinta y siete años viviendo para otros. Ya estoy harto. Ya no quiero ser perfecto. Solo quiero ser yo. Contigo.

—¿Conmigo? —susurró Beth—. ¿Quiere eso decir que me perdonas?

—No hay nada que perdonar. Yo sé lo que es sentirse asustado.

Ella apoyó entonces la cabeza en su hombro, y el aroma de su cabello le despertó un anhelo tan intenso que casi se le saltaron las lágrimas. Para Beth, lo que habían tenido no había sido simplemente sexo, al menos desde hacía algún tiempo. En realidad, nunca había sido simplemente sexo. Lo habían usado como una excusa para sentir la conexión.

—Se lo conté a mi padre —susurró ella—. Le conté la verdad. Y voy a comprar The White Orchid.

—¿Qué? —se apartó de ella, sorprendido, y cuando Beth volvió a alzar la mirada, estaba sonriendo.

—Voy a hacer algunos cambios, y la tienda va a ser exactamente lo que yo quiero que sea, en lugar de serlo todo para todo el mundo.

—¿Sí? —la tomó de la barbilla, acariciándole el labio inferior con el pulgar.

—Voy a hacer que sea un lugar algo más tranquilo. Menos artículos novedosos. Más lencería, sobre todo de tallas grandes. Y las clases las impartirá una verdadera terapeuta, y no yo fingiendo saber de lo que estoy hablando.

—¿Más lencería? Eso me gusta.

—Pero solo cosas de último grito. Preciosidades que ensalcen el cuerpo femenino.

—Espera un momento. ¿No irás a deshacerte de ese conjunto de cuero negro que vi colgado, verdad?

Ella arqueó las cejas.

—Cuero, ¿eh?

—Simplemente pensé que te sentaría de maravilla —la besó en la boca mientras ella todavía se estaba riendo, pero se apartó cuando se le ocurrió un pensamiento sorprendente—. Aquella columna tuya que dedicaste a los juguetes eróticos…

Beth sonrió.

—¿Sí?

—¿Fuiste tú?

—No.

—Oh —Eric sintió que un rubor ardiente comenzaba a subirle por el cuello—. Entiendo.

—No era mi columna, pero la verdad es que me divertía haciendo ver que lo era.

—¿Estabas fingiendo?

Ella se echó a reír y lo besó en los labios.

—Contigo no. Nunca contigo. Pero tengo una confesión más que hacerte —susurró.

Eric se sintió algo más que nervioso.

—¿Cuál?

Se inclinó hacia él, rozándole la oreja con los labios.

—Te robé un conjunto de ropa interior tuya y lo escondí en mi armario.

—Estás mintiendo.

—No. Quería un recuerdo tuyo.

—Espera un poco. ¡Escribiste una columna entera declarando que no eras una pervertida!

Ella le acarició la oreja con los labios y trazó luego un sendero hasta su cuello, arrancándole un estremecimiento.

—Te mentí —musitó. Y él esperó, realmente, que lo hubiera hecho.

Capítulo 25

—¿Estás nervioso? —le preguntó Beth, apretándole la mano con gesto reconfortante.

Eric volvió la cabeza hacia ella y aspiró el aroma de su pelo.

—No —respondió. En cualquier momento, la gente empezaría a aparecer para la gran reapertura de Donovan Brothers. El salón comedor había quedado perfecto.

—¿Un poco quizá? —insistió.

—Bueno, un poco. Estoy algo nervioso por Jamie. Quiero que todo sea perfecto.

—Lo será —le aseguró ella, y Eric se sintió mejor, aunque Beth no podía tener idea alguna al respecto. Se volvió para asomarse por las pequeñas ventanillas de la puerta doble. Resultaba extraño mirar hacia atrás y ver la cocina tan ocupada. En el pasado casi no la habían utilizado.

—Tal vez debería echar un vistazo a...

—Todo está bien —volvió a asegurarle ella—. Jamie lo tiene todo bajo control. Déjale en paz.

—De acuerdo. Le dejaré en paz.

—Buen chico —dijo Beth con una sonrisa que, inmediatamente, le hizo pensar en el sexo.

Eric alzó una ceja.

—¿Buen chico? ¿Estás pensando quizá en alguna nueva fantasía?

Riendo, intentó apartarse de él, pero Eric la atrapó y volvió a acercarla hacia sí.

—Dime la verdad. Has estado soñando con ponerme un collar de perro, ¿cierto?

Cuando ella echó la cabeza hacia atrás y soltó una fuerte carcajada, él aprovechó la oportunidad para saborear su cuello.

—Mmmm...
—¡Para!
—¿Por qué?
—Porque hay gente...
—Quizá sea esa mi fantasía.

Ella le aferró del pelo y lo obligó a apartarse. ¿Pensaría que con eso conseguiría disuadirlo?, se preguntó Eric. Pero su sonrisa de oreja a oreja consiguió distraerlo al final. La imagen de una Beth tan feliz llenó su pecho de una embriagadora sensación de calidez.

—Tengo una idea —dijo ella—. Si es que realmente quieres probar algo nuevo.

—¿Ah, sí? —se acercó un poco más.
—¿Has pensado alguna vez en la depilación a la cera?
—¿La depilación a la cera? ¿Para ti?
—No. Que te depiles tú a la cera.

Eric se apartó con tanta rapidez que casi tropezó.

—¿Estás loca?
—Vamos. He oído que es increíble.
—¡Pero si es tremendamente doloroso!

Cuando ella soltó una risita, Eric consiguió tranquilizarse, aunque todavía tenía el vello erizado de horror.

—¿Estás hablando en serio?

Beth se encogió de hombros.

—Rex y Harrison se lo hicieron por Cairo.

—¡Yo no tengo por qué saber eso!

—Lo siento —dijo ella encogiéndose de hombros, con una actitud que indicaba que no lo sentía en absoluto.

—Eres un monstruo —masculló él justo antes de que se abrieran las puertas.

Jamie tenía una expresión seria cuando apareció en el umbral.

—Es la hora.

—¿Estás listo? —le preguntó Eric.

—Puede.

Le dio a su hermano una palmada en la espalda.

—Saldrá estupendamente bien, Jamie. ¿Necesitas alguna ayuda?

—No, estamos bien.

Una hora después, el local estaba lleno a rebosar de gente. Como en cualquier noche normal, la cervecería bullía de risas y música. Pero las diferencias eran tan extrañas como surrealistas. Las mesas lucían platos y cuberterías, el aire olía a tomate y a especias, y cada rostro de aquella multitud era el de un buen amigo.

Luke estaba allí, listo para ayudar cada vez que se derramaba un vaso o se caía algo. Y había llevado consigo a Simone, que cargaba en brazos a su bebé.

La novia de Jamie, Olivia, se había llevado a unas cuantas amistades de la universidad, y parecía más relajada que nunca. Tenía una expresión resplandeciente de triunfo por Jamie.

Las otras cuarenta o cincuenta personas eran todas amistades que los Donovan habían hecho a lo largo de los años. Antiguos camareros y empleados. Mujeres que trabajaban en The White Orchid. Compañeros y compañeras de la comunidad empresarial local.

Sonriendo, Eric cargó una bandeja de platos sucios y la llevó a la cocina.

Si la sala principal había experimentado un cambio más o menos sutil, la cocina era un lugar completamente distinto. Entre el horno de leña, el nuevo frigorífico, el congelador y las estanterías con los servicios de mesa, Eric no habría sido capaz de reconocerla ni aunque hubiera asistido personalmente a la reforma. Y Faron la gobernaba como una diminuta y firme dictadora. Su palabra era ley en la cocina, a pesar de la dulzura y suavidad de su voz. Nadie quería decepcionarla, y menos aún Wallace. El hombre seguía tan enamorado como siempre, aunque mucho más feliz ahora que había convencido a Faron de que correspondiera a su amor. Lo que Eric no había esperado era un Wallace más dulce y suave. Ya no le gustaba gritar, porque siempre que lo hacía se encontraba con el ceño decepcionado de Faron. Contratar a Faron podía, verdaderamente, haber hecho mucho bien a la cordura de Eric. Por no hablar de sus tímpanos.

—Hey —dijo Luke mientras se abría paso entre la multitud con dos jarras de cerveza—. Parece que necesitas una copa.

—Gracias —Eric aceptó la jarra que Luke le ofreció y la chocó a modo de brindis—. *Sláinte*.

—Es una buena noche —comentó Luke—. Las pizzas están todas estupendas. Diablos, hasta me ha gustado la que tiene encima una berenjena marinada.

—Sí que es una buena noche. Me alegro de que trajeras a Simone. No había vuelto a ver al bebé desde septiembre.

—Está enorme, ¿verdad? Sonríe ya y todo.

—¿Es cierto que te quedaste a cuidarlo este fin de semana?

Luke pareció encogerse.

—Con la ayuda de Tessa.

—¿Vais a casaros?

Luke lo miró de reojo.

—No hemos hablado de eso todavía.

—Ya —dijo Eric con una sonrisa—. Apuesta a que esa conversación no tardará en llegar. Quiero decir, solo puedo suponer que estás pensando en pedirle matrimonio, dado que vives con ella.

Luke se removió inquieto, esforzándose claramente por guardar el secreto, pero Eric se lo quedó mirando fijamente.

—Sí —admitió al fin—. Estoy pensando en ello.

—Bien. Pues no te lo pienses demasiado.

Luke se aclaró la garganta.

—De todas formas, quería decirte que creo que Graham Kendall va a regresar a los Estados Unidos. El fiscal está preparando un trato con él.

—¿De veras?

—Sí. Su papá le cortó la financiación, pero sigue pagando a los abogados. Graham estará un tiempo en prisión aparte de pagar unas multas muy elevadas. Y estoy seguro de que tendrá que enfrentarse a unas cuantas denuncias por lo civil.

—Bien. ¿Y Mónica? —inquirió Eric.

Luke se limitó a sacudir la cabeza.

—Tuvimos que dejarla en paz.

Eric quiso contarle lo que había hecho Roland Kendall, pero Beth se había mostrado muy firme al respecto. No deseaba más problemas.

—Gracias —le dijo a Luke—. Sé de un montón de policías que nunca habrían llegado tan lejos como tú.

—Tenía mis razones —comentó con un guiño. Chocó una vez más su jarra con la de Eric y regresó a la sala.

Con la cerveza en la mano, Eric observó a Faron trabajar durante unos minutos más, pero la cabeza le daba vueltas. Todo era tan nuevo… y todo el mundo era feliz...

Necesitado de un poco de tranquilidad por unos minutos, atravesó el salón, sirviéndose de la excusa de que una de las cubas había estado teniendo algún problema de enfriado. Le llevó solamente un momento revisar los medidores de temperatura y presión, pero el leve zumbido de la maquinaria se le antojaba tan tranquilizador como las olas del mar. Sacó un taburete, apoyó la espalda en una cuba y cerró los ojos, sintiéndose más que nunca en casa.

—¡Mamá! ¡Papá! —llamó Beth, apresurándose a abrazar a sus padres—. ¡Habéis venido!
—No nos lo habríamos perdido por nada del mundo, corazón —dijo su madre. Beth le apretó la mano, y luego se dejó abrazar por su padre. Hacía como cincuenta años que llevaba la misma colonia, y, al olerla, lágrimas de felicidad le cerraron la garganta.
—Querida, te hemos echado de menos.
—Lo siento, papá. He estado muy ocupada, intentando formar a Cairo como directora antes de que terminara el año.
—Estoy tan, tan contento de que estés cambiando ese lugar...
Beth sacudió la cabeza.
—No lo estoy cambiando tanto. Todavía quedarán muchas cosas que seguro te harán avergonzar, papá.
—Ya lo creo —repuso, aunque se notaba claramente que continuaba diciéndose a sí mismo que su hija estaba convirtiendo el establecimiento en una auténtica tienda de sujetadores. Si así le resultaba más fácil de asimilar, ella no iba a poner objeción alguna. Había mantenido un sorprendente silencio sobre todo el asunto, y ella lo había dejado hacer.
A nivel económico, aquello no iba a resultar nada fácil

para ella, pero cada mañana se despertaba entusiasmada. Iba a ayudar a las mujeres cada día. Había contratado a una terapeuta sexual para impartir clases y dirigir seminarios todas las semanas. Cairo se estaba haciendo cargo de la columna y ayudando a restringir el surtido de juguetes sexuales. Estaban convirtiendo la mitad de la trastienda en una zona de probadores, con las paredes forradas de un maravilloso papel satén color gris perla. La otra mitad seguiría exhibiendo juguetes y artículos eróticos, pero solo lo mejor de lo mejor. Ninguno de los novedosos artículos que siempre la habían incomodado: fuera los muñecos inflables o los falos de sesenta centímetros.

Disimulando una sonrisa, Beth se volvió para contemplar la atestada sala en busca de Eric, pero su padre le tocó en ese momento el brazo.

—¿Qué es eso? —le preguntó él, señalando un cartel que habían colgado el día anterior.

Beth casi gruñó al ver el logo de la nueva cerveza: *El Falo del Diablo*.

—Una nueva cerveza —explicó.

—Ah. Puede que la pruebe.

Beth carraspeó.

—Permíteme que te traiga una…

—Espera un momento. Quería decirte algo —la atrajo hacia sí.

—¿Qué?

Miró a su alrededor.

—Fui a ver a Roland Kendall.

—¿Que tú qué?

—Llevaba semanas intentando contactar con él, de hecho. Lo localicé por fin ayer por la mañana, cuando se dirigía al trabajo.

—Papá… ¿por qué? ¿Por qué lo hiciste?

—Quería dar la cara por ti, Beth.

Sus tranquilas palabras despejaron su preocupación, y cerró la boca rápidamente. Él no dijo nada más, pero ella pudo escuchar el significado que escondía aquella sencilla frase. Las cosas que él no podía decirle. Y lo amó por ello.

—Pero no había motivo para ello. Yo ya te conté lo de la tienda.

—Hablé con él de padre a padre. Le dije que debería sentirse avergonzado.

—No creo que ese tipo de cosas funcionen con un hombre como él, papá.

Su padre sonrió.

—En cualquier caso, le dejé saber que me sentía orgulloso de ti, querida. Y que él jamás podría cambiar eso. Nada podrá cambiarlo nunca.

—¡Ay, papá! —se lanzó a sus brazos, pero en ningún momento sintió la tentación de llorar. Su padre lo estaba intentando. Un poco tarde, sí, pero mejor tarde que nunca. Mucho mejor—. Gracias —susurró.

—No me lo agradezcas, Beth. Es lo que debí haber hecho hace mucho tiempo.

—Vamos. Busquemos una mesa. Sé que echas de menos los increíbles restaurantes italianos de Argentina, pero creo que te encantará esta pizza.

Una vez que tuvo sentados a sus padres y avisó a un camarero, Beth se acercó a la mesa de Luke y se inclinó para preguntarle a Simone Parker, en un susurro:

—¿Qué tal fue?

—¿La cita? —se cambió a su diminuta hija de brazo y le palmeó suavemente la espalda—. Un fiasco, pero al menos lo intenté. La próxima vez no pasaré tanto miedo.

—Ven a la tienda la semana que viene. Acabo de recibir una colección fantástica.

—Así lo haré.

Beth seguía sonriendo para cuando se escabulló en busca de Eric. No lo veía desde hacía un buen rato, y la preocupaba que se estuviera entrometiendo en el camino de Jamie. Pero Eric no se encontraba en la cocina, y tampoco en su despacho. Se internó aún más en la trastienda y lo vio en la sala de cubas. Se detuvo en seco para observarlo a través de la puerta de cristal.

Con una pinta de cerveza en la mano, estaba sentado con un aspecto de absoluta relajación... la cabeza apoyada en una cuba de acero, los ojos cerrados y una leve sonrisa en los labios. Cada día parecía más y más relajado. Era simplemente... feliz.

Beth no deseaba molestarlo, así que retrocedió unos pasos y dio media vuelta para respetar aquellos pocos minutos de intimidad. Pero una vez transcurridos, le envió un mensaje de texto: *¿Podemos vernos en tu despacho? Quiero enseñarte algo.*

La puerta del despacho se abrió bastante más rápidamente de lo que ella había esperado. Eric la cerró a su espalda.

—Hola —lo saludó ella.

Estaba sentada en la mesa, y la mirada de Eric resbaló a lo largo de sus piernas.

Beth se echó a reír, feliz de que el mensaje de texto hubiera conseguido su objetivo. Descruzó las piernas y vio que sus ojos se desorbitaban por un instante.

—En realidad solo quería ver cómo estabas —dijo, riendo—. Y mis padres están aquí. Pensé que quizá te apetecería saludaros. Ya sabes lo mucho que te aprecian.

—Soy un gran chico —se acercó a ella y apoyó una mano sobre su muslo desnudo, allí donde se le había levantado la falda.

—Todo el mundo piensa que eres tan serio y formal...

—Bueno, no sé muy bien cómo decirte esto, pero creo

que mi familia sospecha que estamos manteniendo relaciones sexuales.

—¡No! —Beth separó aún más las piernas, y soltó un suspiro cuando sintió su pulgar subiendo por la cara interior de su muslo.

—Es solo una corazonada. Además, ¿no has notado lo colorado que se ha puesto Jamie cada vez que te ha visto esta semana?

—Vaya, ahora que lo dices, sí que parecía nervioso. Yo lo atribuí a los nervios por la apertura del restaurante.

—Error. Ha sido por tu última columna.

Beth frunció el ceño, intentando recordar. De repente se llevó una mano a la boca para ahogar una carcajada de horror.

—Oh, Dios mío. ¿No le dijiste que no la había escrito yo?

—Preferí dejarlo retorciéndose por un tiempo… Finalmente está empezando a tratarme con el respeto y la deferencia que merezco.

Beth le dio un golpe en el brazo, pero Eric le agarró la mano y se la puso en su cintura al tiempo que se instalaba entre sus rodillas.

—¿Había algo más que deseabas enseñarme?

—Tenemos que volver a la fiesta —murmuró ella, ya distraída por el calor de su cuerpo.

—¿De veras? Tú siempre me estás diciendo que tengo que dejar a Jamie su espacio.

—Sí, pero…

La mano de Eric continuaba ascendiendo, subiéndole la falda.

—Dios, qué rica estás —susurró.

—Eric, no podemos. Ahora no.

—¿No se supone que eres la clase de mujer capaz de hacer cualquier cosa en cualquier parte?

Ella sonrió en el instante en que Eric rozó sus labios con los suyos.

—Sabes bien que no.

—Curioso —su aliento le abanicó la mejilla antes de que la besara en el cuello—. Tú siempre estás conmigo.

Beth esbozó entonces una sonrisa de orgullo.

—Eso es cierto. Creo... —su pulgar se deslizó sobre su braga, y ella se quedó sin habla cuando él le tocó el clítoris—. Oh.

La boca de Eric se concentró en un lugar especialmente sensible de su cuello, y Beth suspiró al sentir de nuevo la presión de su pulgar. Se excitó inmediata, insoportablemente.

—Eric... —musitó con la intención de decir algo, para olvidarse en seguida de lo que era. En lugar de ello, le rozó con los nudillos el pantalón. Solo para asegurarse de que ya estaba excitado para ella. Volvió a tocarlo, delineando con los dedos la cremallera de su bragueta.

—Hazlo —le ordenó él.

Perdió otra vez el aliento ante la brusquedad de su orden. Durante las últimas semanas, Eric se había mostrado cada vez más osado, más asertivo. Cada día había insistido un poco más. Y, cada día, ella había cedido también un poco más. Resultaba curioso, porque siempre se había tenido por una mujer fuerte y segura que necesitaba llevar la iniciativa en la cama. Pero, en aquel momento, se sentía lo suficientemente valiente como para continuar cediendo.

Beth le desabrochó el botón del pantalón y le bajó la cremallera. Él le alzó entonces la falda con las dos manos y se dispuso a bajarle la braga.

—Eric, no podemos. Alguien podría vernos y... —pese a sus palabras, alzó las caderas para ayudarlo a que le bajara la braga.

—Creo que esto te gusta —murmuró mientras sacaba un

preservativo–. Creo que podría ser precisamente una de tus fantasías. El peligro de que alguien te sorprenda.

Respirando aceleradamente, Beth vio como se ponía el condón, pero su mirada voló fugaz por encima de su hombro hacia la pequeña ventanilla de la puerta.

–Mmm –dijo Eric con un murmullo de asentimiento y tiró de ella hacia sí para acercar su miembro a su entrepierna.

Beth le clavó las uñas en los hombros cuando él la penetró, hundiéndose lentamente en su interior.

–Oh, Dios mío, Eric. No podemos –pero los muslos ya le temblaban mientras su corazón atronaba por lo peligroso y arriesgado de la situación.

Él empezó a empujar lentamente hacia delante y hacia atrás, y repitió el movimiento antes de lanzar una mirada sobre su hombro.

–Supongo que tienes razón...

–Oh –suspiró ella, decepcionada ante su reacción–. Está bien –susurró–. Pero solo... ¿unos segundos más?

–¿Unos segundos, dices?

–Por favor –suplicó, paladeando su sabor en la lengua.

Él empujó a fondo entonces, arrancándole un gemido.

Eric se quedó muy quieto por un instante, con la respiración tan acelerada que no tardó en equipararse a la de ella. Miró nuevamente por encima de su hombro y soltó una maldición.

–Tú tienes la culpa de esto –gruñó.

–¿Yo?

–No puedo dejar de pensar en ti. En esto. En nosotros.

Beth se echó a reír, pero cuando él se movió, su risa se transformó en suspiro.

–Por favor –rogó de nuevo, abriendo todavía más los muslos para recibirlo aún más profundamente–. Tú estás al mando –musitó–. La culpa es toda tuya.

–Tienes razón. Cuélgate de mi cuello.

Hizo lo que le ordenaba, sorprendiéndose cuando él deslizó las manos bajo su trasero y la levantó en vilo.

–¡Eric!

Él se volvió y dio unos cuantos pasos hacia la puerta. Una vez allí, la apoyó contra la pared que estaba al lado.

–Nadie podrá vernos ahora –le dijo.

Beth bajó un pie al suelo, pero Eric enganchó un brazo debajo de su corva para alzarle la pierna, al tiempo que comenzaba a percutir contra ella.

–Oh, Dios… –jadeó, estirando una mano para sujetarse en un archivador.

El cuerpo de Eric se apretaba contra el suyo, empujando con todas sus fuerzas. Ella podía oír a la gente de la cocina hablando, riendo, gritando órdenes. Estaban justamente allí, a solo unos pasos de distancia. Alguien podría abrir la puerta en cualquier momento.

–Eric –susurró mientras él la llenaba, con su grueso miembro dilatando su sexo, forzando la entrada. Enterró los dedos en su pelo–. Oh, Dios mío, Eric. Yo…

–Sshh –la advirtió él, pero eso solo consiguió empeorar las cosas: el recordatorio de que si chillaba, alguien la oiría.

Cuando ella gimió de nuevo, Eric le puso la mano libre sobre la boca mientras continuaba empujando con mayor fuerza cada vez.

Aquello era demasiado. Todo el placer concentrado en un nudo ardiente que parecía apretar todas sus terminaciones nerviosas, retorciéndoselas hasta… Beth chilló de pronto mientras su cuerpo empezaba a convulsionarse. Los dedos de Eric le taparon más fuertemente la boca. Él mantuvo el ritmo durante unos cuantos embates más hasta que finalmente se tensó y gimió suavemente contra su cuello.

Beth estaba temblando, pero no solo de piernas, de brazos o de manos. Su corazón también estaba estremecido. No podían seguir así. Su relación no podía volverse todavía más seria, más intensa. Aquello era demasiado. Demasiado cercano a...

—Te quiero, Beth —jadeó contra su cuello.

Ella abrió mucho los ojos. Le tiró del pelo con fuerza al tiempo que él retiraba la mano de su boca.

—Te quiero —repitió Eric, con lo que el corazón de Beth se estremeció aún más—. Te quiero a ti, tu cuerpo, tus secretos, tus miedos. Y quiero también a la persona que soy ahora contigo.

Le soltó la pierna para que pudiera bajar el pie al suelo, pero Beth dudaba de que pudiera sostenerse. No estaba segura. No estaba...

Eric la besó, un beso dulce y tierno, y Beth sintió que el corazón se le escapaba del pecho. Él le enjugó una lágrima con el pulgar, pero no le pidió que no llorase. No le pidió nada en absoluto: simplemente secó con los labios la siguiente lágrima que resbaló por su mejilla.

—No te fallaré —le aseguró.

—No digas eso —la voz de Beth apenas era el ronco eco de un murmullo—. Puedes cometer errores. No tienes que ser perfecto por mí.

—No —murmuró él—. Pero tú te lo mereces.

Ella lo obligó a apartar la cabeza para apoderarse de su boca.

—Te quiero —le confesó, asombrada de la manera en que se serenó su corazón ante el sonido de sus propias palabras—. Tal como eres. Y tal como soy yo, también.

Beth sonrió contra sus labios, besándolo una vez más antes de que él se apartara para intentar recomponerse un poco. Ella recogió la braga del suelo y se la puso, pero el estado de su falda, tan arrugada, la preocupó.

—¿Parezco como si acabara de tener sexo? –inquirió, atusándose el pelo.

—Sí –fue la respuesta de Eric.

—Eric, eres un... –le regañó. Seguía buscando el insulto adecuado cuando él alzó las manos para peinarle con los dedos la enmarañada melena. Le alisó luego la blusa y le estiró un poco la falda.

Una cálida sonrisa brillaba en sus ojos.

—Así. Estás perfecta.

Beth quiso arreglarse el pelo, pero de repente se detuvo. Desarreglada estaba muy bien. Él estaba sexy. Su hermano Jamie probablemente le gastaría bromas al respecto, con lo que todos acabarían riendo a carcajadas. Y ella adoraba ver a Eric feliz.

—¿Estás lista para salir? –le preguntó él.

Lo estaba. Finalmente, lo estaba.

ÚLTIMOS TÍTULOS PUBLICADOS EN HQN

Está sonando nuestra canción de Anna Garcia

Siempre un caballero de Delilah Marvelle

Somos tú y yo de Claudia Velasco

Noches de Manhattan de Sarah Morgan

Azul cielo de Mar Carrión

El Puerto de la Luz de Jane Kelder

Vuelves en cada canción de Anna García

Emocióname de Susan Mallery

Vacaciones al amor de Isabel Keats

No puedo evitar enamorarme de ti de Anabel Botella

Dulce como la miel de Susan Wiggs

Un lugar donde olvidarte de J. de la Rosa

Una boda en invierno de Brenda Novak

El hechizo de un beso de Jill Shalvis

La tentación vive arriba de M.C. Sark

Ardiendo de Mimmi Kass

www.ingramcontent.com/pod-product-compliance
Lightning Source LLC
LaVergne TN
LVHW030337070526
838199LV00067B/6329